好兵

The Good Soldier

Ford Madox Ford

[英] 福特·马多克斯·福特 著
杨向荣 译

北京出版集团公司
北京十月文艺出版社

目　录

致斯特拉·福特[1]的信

我亲爱的斯特拉：

我向来觉得这本书是我最好的作品——无论如何视之为我战前最好的作品。从动笔开写到我的下部小说问世，其间几乎相去十年，所以，从那以后无论我写了什么，都可看作出自另一个不同的人——你的人之手的作品。因为显然，没有你给我生存下去的激励，我大概不太可能活过战争岁月，同样，更加确凿的是，没有你鞭策我去写作，我可能不会再写。凑巧的是，不知什么古怪原因使然，《好兵》几乎是我的著作中唯一没有题献给某人的作品：命运大概挑中它，让它等待十年，才等来此刻，让我将它献给你。

我把自己现在的一切都归功于你：我把写《好兵》时的自己归功于毫无目标和反复无常的生活际遇。直到1913年12月17日我坐下来开始动笔写作时，用一个赛马训练的术语来说，我还没有打算拉展自己全力以赴呢。部分原因在于，我总是固守这样一个信念，

① 画家，出生于澳大利亚，曾与作者共同生活八年。

即——无论别的作家是怎么样——如果我要写一部小说能够很在意地坚持到四十岁以后才写，那么我最起码不会在四十岁之前写的；还有一部分原因在于，我绝不想跟其他作家竞争，他们对别人的赏识承认以及由此带来的东西的要求和需求都远甚于我。我从来不曾真正试着把自己对写作的全部认识放进我的任何一部小说中去。我漫无边际地写了许多书——数量浩大——但它们本质上都是拼贴，是我极其珍惜的文字的片段或者杰作的片段拼贴。可我始终对写作如痴如醉——醉心于写作理应进行的方式，而且，要么有时独自一人，要么有时在康拉德的友情陪伴下，那时甚至对如何选词造句，如何经营小说的结构，进行了不遗余力的研究。

所以，在四十岁那天，我坐下来，想看看自己能做什么——就这样《好兵》诞生了。我刻意希望它是自己最后的作品。那时我经常想——我不知道现在我依然不这样去想——无论谁，写出一部作品就足矣。《好兵》完成的时候，至少伦敦，甚或整个世界，更加生机勃勃的新兴作家处于主导地位。那是一个文学上的立体派、旋涡主义、意象派以及那个青春的十年间其他恣意突进、喧嚣吵闹的年轻人组成的激情年代。所以，我自视为鳗鲡，钻进大海深处，生下幼子，然后死去——或者自视为大海雀，抵达早已划定的地盘，产下自己的蛋后也不妨死去。因此，我在一本叫《鹪鸟》的杂志的专栏上登了一个告别文学的正式声明——那本杂志犹如可怜的小海雀，也因产卵而死去。此后，我准备站在一边，去支持我们的好朋友——你的以及我的——埃兹拉、艾略特、温德姆·刘易斯、H. D.[①]，以及其他吵吵嚷嚷的年轻作家们，那时他们正在叩敲文学之门。

但是，更激烈的喧嚣在围攻伦敦和整个世界，直到那时，伦敦和整个世界似乎仍然躺在那些征服者高傲的脚下；立体主义、旋涡主义、意象主义等在隆隆枪声中绝对没有平等发声的机会，可是我又从自己的空洞中走出来，鼓起勇气在你那些感人、精致、美丽的作品旁边，放上几部我的作品。

然而，对我来说，《好兵》仍然是我的大海雀产下的蛋，属于不会再有子嗣的某个种族，因为它写于很久之前，如果我对它稍加看重，可能也算不上过于自负吧。我想，对作家的这点虚荣不值得过度责难，如果他取出十年前的一部旧作，惊叫道："老天啊，那时我写得这么好吗？"因为这通常意味着他再也没有写出过这么好的作品，很少有人嫉妒心强烈得会责备一座死火山的自鸣得意。既然如此，那就随它好了。最近，我被迫要对这部作品重新进行严格的审视，因为我得把它翻译成法语，这迫使我要对它严加留意，用心程度要远超任何细致入微的阅读活动。那么我可以惠允自己说，

① 希尔达·杜丽特尔（Hilda Doolittle，1886—1961），通常署名为 H. D.，美国诗人，小说家。

我对自己在写作此书时投入使用的结构，以及错综复杂的关联和交叉关联深感惊诧。其实也不必惊讶，因为尽管我用比较快的速度把它写出来了，但在我心中孕育了整整十年。因为这是一个真实的故事，因为我从爱德华·阿什伯纳姆本人那里听到的，除非其他知道的人都不在人世，不然我是无法去写的。所以，那些年我把它深藏在自己内心，时时刻刻都在思量琢磨着。

那时我有一个巨大的野心：要让我的这部英国小说具有莫泊桑的《如死一般强》在法国文学中那样的地位。一天，我如愿以偿了，因为凑巧去一家公司，碰到一个热情炽烈的年轻崇拜者，兴奋地喊叫："天哪，《好兵》是用英语写的最好的小说！"我的朋友约翰·罗德克对我的作品向来持适度赞赏态度，对此，他清晰又慢吞吞地说："哦，没错。是的，不过你漏掉一个词。它是用英语写的最好的法国式小说！"

对此——我要把自己的赞赏献给我钟爱的法兰西大师和更出色的作家们——我将把自己的这部作品交给读者评说。但我还想就书名费几句口舌。这部作品我本来取名《最悲伤的故事》，但是直到战争最黑暗的日子降临头顶，"好兵"这个名字还没有问世，莱恩先生就写信、发电报来纠缠骚扰我——那时我在忙别的工作！——想改书名，他说在那样的日子，这样的书名会让书卖不好。一天，我正在参加检阅，收到莱恩先生发来的最后一封恳求电报，这封电报已经付过回复资费，我抓过回电单，用很不耐烦的讽刺腔调写道：“亲爱的莱恩，何不就叫《好兵》呢？……”令我恐怖的是，六个月后，这本书出版了，用的就是这个名字。

事已至此，我的后悔从未消停过，可是，自战争以来，我得到太多的证据，表明人们在读这本书，用的是这个书名，乃至我犹豫不决，不想再变书名，害怕招致迷惑。如果战争期间有机会，我会毫不犹豫换掉书名，因为我只得到两个证据，有人曾听说过这本书。一次是，我遇到团里成功请假的副官，看上去脸色非常难看。我说：“老天啊，伙计，你是怎么了？”他答道：“噢，我前天忙着结婚，今天一直在读《好兵》来着。”

另一次，我又在接受检阅，当时正在切尔西的卫兵方阵中接受常规操练检查。由于要在半打戴红帽圈儿的年老的大人物面前操练，我紧张得动作僵硬，弄得周围的伙计无望地陷入窘境，就像H.M.科尔斯特雷卫兵团的绅士兵们那样不知所措。其间我僵硬地站在那里，注意到其中一个老红帽圈儿走近我的后背，对着我的耳朵清清楚楚地说：“是你说的《好兵》吧？”这样看来，有人替莱恩先生报了仇。无论如何，我终于明白，讥讽是一把双刃剑。

我亲爱的斯特拉，你本来可以不止一次地听我讲述这些故事。可是，现在重洋将我们阻隔两方，我只好把这些故事写在这里，写在给你的信中，你见到我之前就会读到，希望这些故事以你听着熟悉——乃至非常虔诚的声调产生的幻觉给你带来些许快乐。所以，我真诚地签上自己的名字，希望你一并接受这本书的特别献词以及本版的共同献词。

你的F.M.福特

纽约，1927年1月9日

好兵

一个激情故事

"Beati Immaculati" ①

① 拉丁文，意为“品行端正的人有福了”，出自《圣经·旧约·诗篇》（119：1）。

第一部

1

这是我听过的最悲伤的故事。我们在瑙海姆[①]小城跟阿什伯纳姆夫妇认识已有九个春秋，关系非常亲密——或者毋宁说是一种老相识的关系，既松散、随和又亲近密切，就像一副不错的手套与手的关系。我和妻子对阿什伯纳姆上尉和他的夫人的了解程度跟其他普通人可能相差无几，但是，在另一种意义上，我们对他们又一无所知。我相信，这种情况大概只会在与英国人交往时出现，直到今天，我坐下来苦苦思考试图弄明白我对这桩悲伤事件知道些什么时，发现自己居然一无所知。六个月前，我从未去过英国，而且，显然，我也从来不曾探测过英国人心灵的深度。我只知道些肤浅的表面现象。

我不是说我们并不认识很多英国人。因为不得已要在欧洲生活，不得已要做悠闲的美国人，这足以说我们已是非美国人，所以

① 法兰克福附近的温泉小镇，深受心脏病患者喜爱。

我们有太多机会与高雅些的英国人打成一片。你知道，我曾以巴黎为家。每年冬季的三个月，我们都是在尼斯和博迪盖拉之间的某地度过。从7月到9月，瑙海姆又总欢迎我们过去。从这番陈述中你应该已经猜出我们当中有一位，如俗语所说，有“心病”，同时，弦外之音是我妻子已经去世，而她就是那位患者。

阿什伯纳姆上尉也有心脏病。但是，每年在瑙海姆待的那一个多月，已经足以让他调整得恰到好处，令一年余下的时间里过得非常惬意，而我们在瑙海姆的那两个多月却只能让可怜的弗洛伦斯年复一年勉强存活下去。他得心脏病的原因大概与打马球，或者年轻时剧烈的体育运动有关。可怜的弗洛伦斯这些年体弱多病跟我们第一次越洋过海来欧洲时遇到的那场暴风雨有关，而我们被困欧洲大陆的直接原因是听从医生的嘱咐。他们说，连穿越英吉利海峡如此短暂的航程都可能要了这个可怜人的命。

我们几位第一次相遇时，阿什伯纳姆上尉因病从印度某地回国，此后就再也没有回去，那年他三十三岁；阿什伯纳姆夫人——利奥诺拉——三十一岁。我那时三十六岁，可怜的弗洛伦斯三十岁。所以，如今弗洛伦斯还活着的话应该是三十九岁，阿什伯纳姆上尉应该是四十二岁。而我现在已经四十五岁，利奥诺拉四十岁。因此，你会觉得我们的友谊是中青年人的事儿，因为我们几个全都性情十分文静，阿什伯纳姆夫妇更是英国习惯上称为“十分得体”

的那种人。

可能如你所想，陪伴查尔斯一世走上断头台的那位阿什伯纳姆，上尉跟他是同宗共祖的后裔，同样肯定如你所料，跟这个阶层的英国人相处，你是不会注意到这个事实的。阿什伯纳姆夫人是波伊斯家族的一脉。弗洛伦斯出自康涅狄格州斯坦福特的赫尔伯德家，你知道，他们家在那里甚至要比英国克兰福特的居民可能还要老派。我本人出身于宾夕法尼亚州费城的道威尔家族，历史上这是真的，那里来自英国的古老家族要比你在随便英国六个郡能找到的家族全加起来还要多。我随身带着我家农场的地契，真的，它好像是唯一无形地把我固定在地球上某个点的东西。我家农场曾经覆盖栗子街到核桃街之间好几个街区的地盘。这些地契是印第安人的贝壳串珠，是一个印第安头人赠给道威尔家第一个来那里定居的祖上的礼物，他与威廉·潘恩结伴离开萨利郡的法纳姆来到这里的。弗洛伦斯的先人来自弗丁桥地区，而康涅狄格州的居民来自这里的比比皆是，这里也是阿什伯纳姆夫妇的老家所在地。此刻，其实我正在这里写东西。

你也许极有可能会问我为什么写小说。说来我的理由太多了。因为，对那些见证过一座城市惨遭洗劫或者一个民族分崩离析的人而言，想把亲眼目睹的东西记录下来，让不知名的后人或者世世代代的子孙从中受益，这是人之常情。或者，如果你愿意的话，这样做只是想把那幅画面从头脑中拿掉。

有人说一只耗子得癌症而死亡演变成罗马遭哥特人全面洗劫，我向你发誓，导致我们这个小小的四人团体分崩离析的原因就是一桩与此类似的不可想象的事件。假如你正好看见我们围坐在某家俱乐部前面的一张小桌旁喝下午茶，看微型高尔夫球比赛，不妨说就在霍姆伯格吧，按照人之常情，你可能会说我们是座无比安全的城堡，如果你愿意这么想，不妨认为我们是一艘漂泊在蓝色大海上，挂着白帆的高高的大船，恐怕是上帝允许人类的头脑所能构想的最雄伟、最美丽、最安全的事物。哪里能找到比这更好的避风港？哪儿还有更好的？

永久？稳定？我无法相信它已成为过去。我无法相信那漫长、宁静的生活，那犹如跳小步舞的生活，在我们认识九年零六个星期结束前灾难性的四天里消失殆尽。没错，我绝不妄发虚言，我们的亲密关系就像一场小步舞曲，只因为在任何可能的场合，在任何可能的情况下，我们都知道去哪里，在哪里坐下，我们会一致选定哪张桌子。我们可以起身就走，四个人不约而同，谁都不曾接到任何信号，总是去听库尔管弦乐队的演奏，而乐队总是在舒适的阳光天演奏，或者，如果碰到雨天，就在毫不起眼的避雨处演奏。不，真的，这样的生活不会就此结束。你无法消灭心中的小步舞曲。你可以合上曲谱本，关上大键琴；在壁橱和衣柜里，耗子可以毁掉洁白锦缎华服。暴徒可以洗劫凡尔赛宫；特里亚农宫会倒塌，可是小步舞曲——小步舞曲本身肯定会慢慢传到最遥远的星辰，甚至就像我们海森浴场的小步舞曲至今还在跳着。难道就没有什么天堂，古老美丽的舞蹈、古老优雅的亲密友情在那里恒久不断？难道没有什么极乐世界，四处弥漫着若有若无动人的乐声，即使落入烦恼的尘世，却仍然有着敏感、颤抖和永恒的灵魂？

不，上帝做证，绝非如此！生活不是我们跳的小步舞；它是一座监狱——里面关满了惊声尖叫、歇斯底里的病人，他们被捆绑起来，免得喊叫声盖过我们沿着陶努斯瓦尔德林荫大道行驶的马车车轮发出的隆隆声。

但是，我以神圣的造物主的名义发誓，生活是真真实实的。它是真实的阳光，真实的音乐，是石海豚嘴里喷出的真实的水花。因为，如果在我看来，我们四个趣味相同，欲念一致的人，共同行动——或者，不，不行动—— 一致同意坐在这里或者那儿，难道这还不够真实吗？如果九年来，我拥有一只漂亮但心儿烂透的大苹果，直到九年零六个星期差四天时才发现它烂了，难道说我九年来拥有一只漂亮的大苹果不对吗？对爱德华·阿什伯纳姆，对他的妻子利奥诺拉和可怜的亲爱的弗洛伦斯来说，这件事可能没什么。但是，如果你想想这事儿，我们的四方楼至少有两条支柱腐烂了，我却没有想到这会威胁到它的安全，这难道不多少有点儿离奇吗？至今我都没有明明白白地想到，虽然他们两个其实都已死去。我不知道……

我不知道——不知道这世上——人心是怎么回事。我只知道我形单影只——孤单得可怕。对我来说，再也不会有炉边朋友间其乐融融的聚谈。吸烟室里，除了重重烟圈中充满数不清的幻影，不会再有别的东西。可是，老天啊，如果我不知道客厅和吸烟室的生活，我还会知道什么？因为我的整个生活是在这种地方度过的。那温暖的炉边！——哦，还有弗洛伦斯：我相信，在她生命延续的十二年中，在似乎不可逆转地损害了她的心脏的那场暴风雨过后，我以为她片刻都没有走出过我的视线，除非在这种时候：把她妥帖地安顿上床后，我下楼在会客室或者吸烟室跟某位好友或者其他人聊几句，或者上床前抽完最后一根烟。你知道，我并不责怪弗洛伦斯。可是她怎么能知道那些事情呢？她是怎么知道的呢？而且知道得如此详尽。天哪！好像没有足够真实的时间。肯定是在我洗澡，以及做瑞典体操、修剪指甲时进行的。过着这种勤勉、辛劳的护士生活，我得做些运动来让自己保持健康。肯定是在那样的时候！可是即便那些时间都不足以让她进行长时间充满世俗智慧的谈话，而这些都是他们死后利奥诺拉跟我讲的。想象这有可能吗？当我们在瑙海姆和附近，遵照医嘱散步时，她找到时间在爱德华·阿什伯纳姆和他妻子之间进行没完没了的调停？难道这还不够不可思议吗，在所有这段时间，爱德华和利奥诺拉彼此私下里没有说过一句话？想想这符合人之常情吗？

我向你发誓，他们是一对模范夫妻。爱德华虽然从不显露愚痴，对妻子的忠诚可谓竭尽全力。他身材高大魁梧，长着一双如此诚实的蓝眼睛，略微带点儿傻气，又有些热心肠！而她——如此高挑，骑在马鞍上如此光彩夺目，如此漂亮！是的，利奥诺拉异常漂亮，是个真正非同寻常的尤物，事事似乎美好得让人很难信以为真。我想说，通常你不可能把这一切全都如此高度完美地集于一身。她出身本郡大家，显得像望族，如此得体又如此绝对的富有；举止风度如此无可挑剔——甚至连保留些许傲慢的神情似乎都有必要。想象下拥有那一切和成为那一切！不，那完美得让人难以相信是真的。然而，就在今天下午，谈论这件事时她对我说："我也曾想找个情人，可是我心里感到厌恶了，而且消耗得简直疲倦不堪，只好把他打发走。"我一怔，这是我听过的最令人惊奇的事情了。她说："我其实已经投在一个男人的怀抱中了。多好的一个男孩！多可爱的一个小伙子！我心里狠狠地对自己说，牙齿间都嗞嗞作响，就像人们在小说里讲的那样，而且真的咬紧牙关：我对自己说：'现在，就要这样做了，而且我这辈子就好好享受这一回——这辈子就这一回！'当时是在黑漆漆的晚上，在马车里，参加完狩猎舞会回来。我们得行驶十一英里啊！然后，突然，那种无尽的虚弱的苦涩感，无尽的表演的苦涩感涌上心头——它像招致毁灭的灾星般落在我身上，它糟蹋了一切。是的，我不得不认识到，当这美妙的时刻来临时，我都无法享受。我忽然失声痛哭，哭啊哭，哭了整整十一英里。想象下我痛哭的样子！想象下我就那样耍弄了一番那个可怜可爱的小伙子。那显然不是在玩游戏，现在看来是吗？”

我不知道，我不知道。她最后的那番表白难道不是一个婊子的陈词吗？或者那正是每个体面女子，不管出身名门望族还是寻常人家的女子内心深处想的事情吗？或者为了那个原因而时刻想着？谁知道？

然而，如果一个人不知道，在此时在当今，在我们已经到达的文明的巅峰，在听完所有道德家的所有说教之后，在所有的母亲对所有的女儿进行完没完没了的教诲之后，那会怎么样……不过那可能是所有母亲都会教给所有女儿的东西，不是用嘴唇告诉，而是用眼睛，或者用心对心的轻轻诉说。如果一个人对世上第一要事还不太知道，那么他又知道什么？为什么自己会出现在这里呢？

我问阿什伯纳姆夫人是否把这件事告诉过弗洛伦斯，她又说了什么，阿什伯纳姆夫人回答道：“弗洛伦斯根本就未置一词。她还能说什么？没有什么可说的。为了装点门面，面对难以承受的虚弱我不得不强忍着，包括那种虚弱出现的方式——你知道我说的什么意思——任何女人找个情人或者接受礼物都自有道理。弗洛伦斯曾说起过一个非常类似的情况——她就是教养有点儿太好，太美国做派，不愿说到我的——还说这是一种完全开放的自由表演，女人完全可以根据瞬间的冲动参与进去。当然她说的时候用的是美语，不过意思很明白。我想她的真正说辞是：'做还是放弃女人说了算……'"

我不想让你觉得我要把阿什伯纳姆写成一个畜生。我认为他不是畜生。天知道，也许所有的男人都差不多。因为，正如我所说，即便吸烟室里的情况，我又能知道多少？男人们走进吸烟室讲些粗俗不堪的故事——粗俗得必然会给你带来痛苦。可是，如果你暗示，他们不是那种你可以把妻子单独相托的人，他们会很生气。很有可能他们会非常生气——就是说如果你能把什么人单独托付给随便哪个人照管的话。可是那种人显然从听或者讲粗俗故事中能够获得更大的快感——比世上其他任何事都更让他们大快朵颐。他们打猎时无精打采，穿衣时无精打采，吃饭时无精打采，工作时毫无热情，无论谈什么话题，进行三分钟就厌倦了，但是，其他那种谈话开始后，他们就会放声大笑，马上清醒过来，坐在椅子里摇首拧身。那么，如果他们如此津津乐道那种故事，他们怎么可能因为受到冒犯而生气——而且非常生气——在听到暗示他们可能打你妻子声名的主意？或者再说说他吧：爱德华·阿什伯纳姆是那种看着非常干净秀气的男子，是个出色的长官，一流的士兵，最好的地主之一，在英国汉普郡大家都这么说。如我本人亲眼目睹，对家人和绝望的酒鬼，他煞费苦心地充当保护人。在我认识他九年的时间里，他讲的故事没有一个上不了《原野》杂志的专栏，除了一两次例外。他甚至都不喜欢听那种粗俗故事。别人讲这种故事时，他会焦躁不安，然后起身走出去买盒雪茄或者类似的东西。你会说他正是你可以托付妻子的那种人。于是我把妻子托付给他，而那简直是疯了。

你又逮住我的不是了。如果可怜的爱德华因为说话言辞质朴优雅才成为危险人物——人们说那种讲话风格是放纵淫荡者的显著标志——那我呢？我庄严发誓，不仅我有生以来任何言谈中都不曾流露过不得体的意思，而且我还保证我思想纯洁，生活绝对正派。那么，即便这样，最后又如何呢？整个这件事是胡闹和嘲弄吗？我跟阉人相比好不到哪里去吗？或者一个正常人——有生存权利的人——不过是永远跟在邻居女人后面嘶叫的种马？

我不知道。也没有什么可以指导我们。如果在诸如性道德这样基本的问题上一切都模糊不清，那么在所有其他个人接触、联系与活动中更为微妙的道德上，还有什么能指导我们的吗？或者，我们天生就该单凭本能冲动行事吗？这一切都是一片黑暗。

2

我不知道怎样才能最好地把这件事写下来——试着把它像个故事般从头讲出来更好呢，还是保持一定的距离，像我从利奥诺拉嘴里听到，或者从爱德华本人那里听到的那样讲述出来，我不知道。

因此，我便想象自己在一个乡村农舍的壁炉旁边，跟一个心有灵犀的朋友相对而坐，倾谈上两个多星期。我会悄声细语不停地讲下去，远方大海在回响，头顶大片的黑云擦拭着明亮的星星。我们会一次又一次地站起身，走到门口，仰望那巨大的月亮，说："噢，明亮得几乎像普罗旺斯的月亮了！"然后我们又回到壁炉边，带着一声叹息，因为我们不在普罗旺斯，那里连最悲伤的故事都喜气洋洋。想想佩罗·维达尔[①]那哀伤的历史吧。两年前，弗洛伦斯和我从比亚里茨驱车前往黑山的拉斯图尔斯。在一条弯弯曲曲的峡谷中段，一座巨大的岩峰拔地而起，山顶上有四座堡垒——拉斯图尔斯，就是四座塔楼的意思。浩大、干冷的西北风吹向那条峡谷，那里是从法国进入普罗旺斯的通道，银灰色的橄榄叶看上去像头发般在风中飘

① 中世纪吟游诗人，被称为"世上最悲伤的人"。

飞，簇簇迷迭香爬进铁一般的岩石，这样可能就不会被连根拔起。

当然，是可怜又可爱的弗洛伦斯想去拉斯图尔斯的。你不妨想象下，无论她那灵慧的个性有多少来自康涅狄格州的斯坦福特，她毕竟也是波基普西学院的毕业生。我无法想象她是怎么毕业的——她可是个古怪、爱唠叨的人。她经常眼睛看着远方——当然，没有一点儿浪漫色彩——我是想说她的神态看上去并不是显得像在凝视着诗一般的梦幻，也不是视你若不存在，因为她几乎就不看你！——总是举起一只手好像要让任何反对意见——或者对那件事的任何议论——不要发声，最后她来说话。她会谈论沉默者威廉，会谈起饶舌者古斯塔夫，会说起巴黎的连衣裙，说到1337年拙劣的衣着。谈起方丹-拉图尔，谈到巴黎—里昂—地中海路线的豪华列车，谈到是否值得在塔拉斯孔下车，穿过常年被风吹刮的罗讷河上的吊桥，去再看一眼博凯尔。

当然，我们从来没有再去看一眼博凯尔——美丽的博凯尔有座高高的三角形白塔，看上去纤细如针，高得堪比第五大道和百老汇之间的弗兰蒂伦——博凯尔的岩石山顶，灰墙围着一英亩蓝色鸢尾花，就生长在高高的石松下。那些石松简直太美了！……

没有，我们从来没有重返过任何地方。没有再去过海德堡、没有再去过哈梅林，没有再去过维罗纳，没有再去过蒙特梅杰——连卡萨索尼同样也没再去过。当然我们谈起过这个地方，不过，我想弗洛伦斯只要对一个地方看一眼就会得到自己想要的一切了。她有一双善于观察的眼睛。

不幸的是我没有这样的眼睛，所以这个世界上充满了我还想回去看看的地方——那些永远都处在刺眼透亮的阳光照耀中的城镇。在蔚蓝的天空下，石松格外显眼，山墙的角上全都雕刻着五颜六色的雄马和猩红色的花朵，带阶梯式压顶的山墙最高处塑着小圣徒像。灰色和粉红色大厦，以及位于里窝那和那不勒斯之间地中海沿岸的那些围着城墙的城镇，离海只有一英里左右。这些地方没有一个我们曾看到过两次以上，所以，整个世界对我来说就像一张巨大的画布上的彩色斑点。也许，如果不是这样，我现在应该有所捕获了。

这些都是节外生枝，或者说难道不是节外生枝？我又不知道了。你，倾听者，坐在我对面。可是你却如此沉默不语。你不跟我说任何话。我无论如何却想让你看看我跟弗洛伦斯过着什么样的生活，弗洛伦斯是个什么样的人。噢，她聪明伶俐，她爱跳舞。她似乎跳着舞越过城堡的地板，越过海洋，越过时尚女裁缝的沙龙，越过里维埃拉的海滩旅游胜地——像一条欢快、颤动的光束，从水中映照在天花板上。我在生活中的作用就是让那条明亮的光影活着。这简直跟你试图用手捕捉这道飘舞的光影一样艰难。这项使命已经延续了好多年。

弗洛伦斯的姑妈们常说，我大概是费城最懒惰的人了。她们从来没有去过费城，她们心里装的全是新英格兰的道德观念。你知道，当我去高高的、长着细薄叶子的榆树下那幢古老的殖民时期的木楼去拜访弗洛伦斯时，她的姑妈们向我问的第一个问题不是我怎么样，而是我是干什么的。我什么都不干。我想我本应是干点什么的，可我看不出有任何理由非要去干点什么。为什么人非要做事情呢？我不过漂泊过来，想要弗洛伦斯而已。最初，我漂泊到第十四大街勃朗宁书友会或者类似的活动上，与弗洛伦斯相遇，当时那条街还是居民区。我不知道我为什么要去纽约。我不知道我为什么要参加那次茶会。我不明白弗洛伦斯为什么会去参加那种拼字比赛。即便在当时，在那种地方你也别指望会看到一个波基普西学院的毕业生。我猜弗洛伦斯想提高斯图维桑群众[①]的文化水平，就像她可能去访问贫民区那样。那次是智慧贫民区访问。她总想让这个世界在自己看到的那个基础上稍微再改进些。可怜又可爱的人，我听过她按钟点给阿什伯纳姆讲解弗朗茨·哈尔斯和沃尔曼作品的区别，以及为什么前迈锡尼文明时期的雕像都是立方体而且顶上要带个圆球。我怀疑他听得懂吗？也许他还是心存感激。

我知道我是很感激的。因为你知道，我全部的注意力，全部的事业就是让可怜又可爱的弗洛伦斯尽量谈些诸如克鲁索斯的考古发现以及沃尔特·潘特的精神灵性这样的话题。我必须让她只限于谈这种话题，你知道，否则她可能会死掉。我曾被严肃告诫，如果她

---

① 指纽约斯图维桑广场上的富人。

对什么事情激动或者如果她的感情真的被搅扰了，她的小小心脏就可能停止跳动。十二年来，我得留心任何谈话中任何人说的每一句话，我不得不让谈话避开英国人所谓的“事情”——如爱情、贫穷、犯罪、宗教等等。是的，当她在阿弗尔从船上被抬下来时，我们碰到的第一个医生就一定要让我确保办到。老天啊，所有这些家伙都是可怕的白痴，还是世界上各个角落的医生全都制定了一份心照不宣的共谋？……正是这件事让我想起那位叫佩罗·维达尔的家伙。

当然，因为他的故事与文化有关，我得把她引到文化上来，同时，那故事特别可笑，而她却不会被惹得放声大笑，虽然其中充满了爱，她却不会想到爱情。你知道这个故事吗？四座城堡组成的拉斯图尔斯为女主人布兰奇所有，不知她姓什么，有个美誉叫拉鲁弗——母狼。行吟诗人佩罗·维达尔苦苦追求拉鲁弗。她却不愿与他有任何关系。可是，为了想对拉鲁弗献殷勤——恋爱中的人们经常会做这种事——他把狼皮穿在身上，朝黑山走去。黑山的牧羊人和猎狗误以为他是一只狼，他又被狗牙撕咬，又遭棍棒抽打。后来大家把他抬回到拉斯图尔斯，拉鲁弗却毫无感觉。大家又为他整容装扮一番，拉鲁弗的丈夫严肃地批评了她。你知道，维达尔是个伟大的诗人，这样冷漠地对待诗人是不合适的。

于是，佩罗·维达尔就自称是耶路撒冷或者什么地方的皇帝，拉鲁弗的丈夫只好跪下来亲吻他的脚，拉鲁弗却并不想这样。佩罗和四个伙伴乘一艘划船启程去赎救圣墓。他们在某地触了礁石，拉鲁弗的丈夫不得不花费巨大的代价装备了一支探险队把他们挽救回来。佩罗·维达尔横躺在这位夫人的床上，而她那位勇猛无比的武士又讲了许多劝说的话，要对这位伟大的诗人敬重有礼。但是我认为这两个人中拉鲁弗要更加勇猛厉害。反正，最后的结果就是这样。这还不算个故事吗？

你不知道弗洛伦斯的姑妈们——赫尔伯德小姐们，都还不包括她的叔父——是怎么个古怪老派的样子。那位约翰叔叔非常可爱，单薄、柔和，因为有“心病”，他的生活与后来的弗洛伦斯几乎如出一辙。他没有住在斯坦福特，他的家在沃尔特伯里，那些手表就出自那地方。他在那儿有一家工厂，而厂子几乎每年都以我们奇怪的美国方式变换着它的功能。有九个多月的时间，它用骨头制造纽扣，然后，又会忽然制造马车夫制服的铜纽扣，接着，又转而制造糖果盒上带浮雕图案的锡盖。

事实上，这位可怜的老绅士因为身体虚弱和心悸，不打算让自己的工厂再生产任何东西了。他想退休。七十岁的时候，他还真退休了。可是城里那些街头男孩让他忧心忡忡，他们常常在后面指着他大喊大叫：“他是沃尔特伯里最懒的人！”可是他准备漫游世界。弗洛伦斯和一个叫吉米的年轻人跟他同行。好像是弗洛伦斯告诉我的：吉米的职责是避免赫尔伯德先生招惹对他来说容易激起兴奋的话题。他得尽量让老先生，比如不要涉猎政治讨论。因为这位可怜的老人是个狂热的民主党人。在那个时代，你可能走遍全世界，所到之处看见的无不是共和党人。总之，他们开始漫游世界了。

我想讲个逸事大概是让你了解这位老绅士的最好方式。因为也许你了解下这位老绅士的为人挺重要，他对我那可怜又可爱的妻子性格的形成有着巨大的影响。

就在他们要从旧金山出发去南海前，赫尔伯德先生说他必须随身带点儿东西好给航行途中遇到的人送些小礼物。他忽然想到，应该为此带些橘子——因为加利福尼亚是橘子之乡——和舒适的折叠椅。所以他买来许多漂亮的加利福尼亚橘子和六把折叠椅，装在一只特殊的箱子里，并且总是放在自己的客舱里。船上有一半的货物大概是水果。

对他们雇的几艘汽船上的每个人——对每位顶多只是点头之交的相识，他每天都送一只橘子。这些橘子直到他环游完我们这个巨大无比的地球后才用完。当他们来到北角时，这个可怜、可爱又瘦削的人，看到地平线上出现了一座灯塔。他自言自语地说："哎，这些人肯定很孤单，我们去给他们送些橘子吧。"于是他就装了一船水果，让人摇船把他送到地平线上的那座灯塔。他把折叠椅借给自己在船上偶尔碰到并且喜欢的女士，或者借给看着好像疲倦和身体很虚弱的人。就这样，小心呵护着自己的心脏病，在侄女的陪伴下，他周游了世界……

他对自己的心脏病从不贸然讨论。你都不知道他有这个病。

他只想为了科学的进步把自己的心脏捐给沃尔特伯里的生理实验室，因为他认为自己的心脏非常特别。这件事令人好笑的是，在他八十四岁的时候，就在可怜的弗洛伦斯去世前五天，他死于气管炎，最后发现心脏却没有任何问题。他的心脏肯定惊跳过或者尖叫过，或者发生过什么情况足以骗过医生们，可是那一切好像是肺部的异常构造引起的。我对这些事情知道得并不多。

我继承了他的钱财，因为弗洛伦斯在他死后五天也去世了。我倒希望自己没有继承。那太让人操心了。弗洛伦斯死后不久，我就得前往沃尔特伯里，因为那可怜又可爱的老伙计留下大笔慈善捐赠，我得指定财产受托人。我不想草草地随便处理这些事情。

实在是件太让人操心的事情。我刚把事情大致了结完毕，就接到阿什伯纳姆发来的一封有些不寻常的电报，恳请我回去跟他聊聊。紧接着利奥诺拉的电报又来了，说“是的，请一定回来。也许你能帮上大忙”。好像他发这封电报时没有跟利奥诺拉商量，事后却告诉她了。情况差不多如此，只是他先告诉了那女孩，那女孩又告诉了他妻子。然而，我回来时实在已经太晚，完全无济于事，如果我还能发挥点作用的话。然后我算第一次品尝了英国生活的滋味。实在很奇妙。简直令人销魂。我永远不会忘记爱德华在我旁边骑的那匹亮闪闪的矮脚马，忘不了它的动作，它那高高地举步前行的样子，它那像锦缎般的皮肤。还有那宁静！那红扑扑的脸膛！还有那美丽，美丽的老房子。

那就在布兰肖·特里拉弗附近，我们骑着马从新森林高高的、畅通无阻、狂风席卷的荒原上下来。我想告诉你，从沃尔特伯里到这里简直太奇妙了。我忽然想到——因为，你还记得，阿什伯纳姆曾给我发电报说“回去跟他聊聊”——如果说有什么实质性的灾难会降临在这个地方和这里的人们头上，那简直太让人难以置信。我告诉你，那里绝对宁静到了骨髓。美丽又爱笑的利奥诺拉黄发盘卷起来，站在门口最上面的台阶上，身后站着一个男管家、打杂的和女佣等等。她只说了句：“你来了真让人高兴。”好像我是从一个十几英里之外的小镇赶过来吃午饭似的，而不是在两封加急电报的召唤下绕了半个地球才到达这里的。

我想，那女孩可能带着猎狗出去了。

我身旁那位可怜的冒失鬼陷入极度痛苦。那是想象中进入人类头脑的绝对、无望又无法言说的痛苦。

3

1904年8月，那年夏季酷热异常。弗洛伦斯坚持浴疗已经达一个月。我不知道在那种地方当个病人是什么感觉。我从来没有去任何地方做过疗养病人。我敢说，病人会有种如同在家里和类似在某地隐居的感觉。他们好像挺喜欢那些浴场侍者，个个脸蛋兴高采烈，透着权威劲儿，随身带着白色亚麻毛巾。但是，对我自己而言，待在瑙海姆给我一种感觉——怎么说呢？—— 一种近乎赤身裸体的感觉——那种人们站在海岸边或者置身于某个巨大辽阔的空间时会有的裸露感。我既无牵挂，又没负累。在自己家里，好像那种微妙、天生的敏感会把你拖到那些特别的椅子上，那椅子仿佛能够一把抱住你，把你裹住，或者带着你走在那些特别的大街上，当别的大街充满敌意时，这些大街却充满友善和爱。相信我，那种感觉是生活中非常重要的组成部分。在各种公共休闲胜地浪迹多年，我非常清楚这点。有的人太衣冠楚楚。老天知道，我从来不是个不修边幅的人。可是，当可怜的弗洛伦斯晨浴时，我站在精心打扫过的英国会馆的台阶上，望着在精心布置过的沙地上的浴池里精心种植的树木，而精心安排好的人员迈着精心算计过的步子，在精心算计过的时刻走过去，公园里的大树向右侧长过去。还有淡红色的洗浴石——或许是半木质的白色小屋？我发誓我已经记不得了，尽管我频繁地去那里。那会给你一个尺度，看看我去那片景区到底有多频繁。我就是蒙上眼睛都能找到那些热蒸室，能够找到冲洗室，以及四方形广场中央那个涌着锈水的喷泉。是的，我蒙上眼睛都能找到路。我知道精确的距离。从雷加纳旅馆出发，走一百八十七步，然后突然拐弯，向左转，再走四百二十步就直接到了那个喷泉旁边。从英国会馆的人行道出发，走九十七步，同样再走四百二十步就会到喷泉前，不过这次可是向右转。

现在你明白了吧：我在这个世界上无所事事——而且完全没有什么事情可做！——我养成了算步子的习惯。我会跟弗洛伦斯步行走到浴池。当然，她会跟我聊天，让我开心。我说过，她聊出的东西美妙无比。她走路步履极其轻盈，头发收拾得非常精致。她穿着漂亮，而且非常昂贵。当然，她自己有钱，而我也不该在意。可是，你知道，我连她的哪怕一件衣服都想不起来。或许我只能想起那么一件来，一件非常简单的带蓝色图案——一种中国样式——的丝质裙子，裙摆非常宽松，肩部向外宽松地突起。她的头发颜色是铜黄色，鞋跟非常高，所以她的身体会支撑在脚尖上。当她来到浴室门口，有人打开门迎她进去时，她总是回头向我微微卖俏地一笑，这样一来她的脸颊好像快要蹭着肩膀了。

我仿佛还记得，她穿着那条裙子时，戴着一顶非常宽大的里窝那草帽——像鲁本斯的那幅油画《麦秸草帽》，只是颜色非常白。草帽用跟裙子质地一样轻轻绾着小结的丝巾扎住。她知道如何让自己的蓝眼睛更好看。她的脖颈上绕着几颗简单的粉红色珊瑚串珠，她的皮肤洁净得完美无瑕，光润无瑕……

是的，这就是我清楚地记得的她的样子，穿着那条裙子，戴着那顶草帽，回过头望我时那双眼睛显得湛蓝湛蓝——像墨色卵石般发蓝……

可是，真见鬼！她究竟为谁而笑？为那个浴场侍者吗？为过路人吗？我不知道。总之，那不可能是为我而笑，永远不可能，在我和她有生之年相处的所有那些岁月里，在任何可能的场合，或者在其他任何地方，她都不曾这样为我笑过，如此嘲弄，如此诱人。哦，她完全是一个谜团；不过，在那个时代，其他女人全都是谜团。我忽然想起，往前回溯几步，我写出了一个句子，但却没有写完……那个句子写的是我每天早晨站在自己住的旅馆台阶上，即将出发去接回洗完浴的弗洛伦斯时产生的感觉。我穿得干净利落，一丝不苟，头发梳得整齐考究，站在一群修长的英国人、瘦削的美国人、圆胖的德国人，以及肥胖无比的俄国犹太女人中，感觉自己非常渺小，我应该站在那里，在烟盒外面轻轻磕着一支香烟，扫视一眼阳光明媚的世界。但是，终有一天，我将永远不会再独自这样做了。因此，你可以想象，阿什伯纳姆夫妇的到来意味着什么。

许多事情的细节我都忘记了，可是我永远不会忘记那天晚上埃克塞尔旅馆餐厅里的细节——包括其他很多个晚上。所有的城堡已从我的记忆中消失了，所有那些我没有再去回访的城市都从我的记忆中消失了，可是那个用混凝纸水果和花朵装饰的白色房间，我却永远不会忘记。那高高的窗户，那众多的桌子，那门边黑色的屏风，每扇隔板上都绘着三只向上翻飞的金鹤；还有房子正中的那丛棕榈树；侍者唰唰唰的脚步声；那冰冷奢侈的优雅；用餐者每天晚上走进来时的气度——那种渴望的神态，好像一定要吃上一顿库尔疗养院管理人员像处方般开具的晚餐，还有他们那持重节制的样子，好像千方百计非要享受这餐美食——所有这一切情景，我不会轻易忘记。后来，一天晚上，在昏黄的光影中，我看见爱德华·阿什伯纳姆绕过屏风，悠闲地走进餐厅。领头的侍者是个脸色纯灰的男子——在什么样鬼鬼祟祟的犄角旮旯里人们才会培养出这种灰得一塌糊涂的肤色？——带着这种人物怯懦的惠顾态度向他走过去，领班凑上一只灰色的耳朵，准备倾听喁喁细语。这种做派对新来乍到者而言往往是桩极不舒服的折磨，但阿什伯纳姆像英国人和绅士那样忍住了。我可以看到他的嘴唇做出一个三音节词的形状——请记着，除了留心这些细微琐事，我这个世界上完全无事可做——我立刻知道他肯定是爱德华·阿什伯纳姆，轻骑兵十四团上尉，住在布兰肖·特里拉弗的布兰肖庄园。我知道这个是因为每天晚上开饭前，我在大厅里等候时，总是应旅馆老板斯考茨先生的好意请求，看看客人原则上登记入住时要填写的警用简报。

领头侍者立刻带他来到一张空桌旁边，距离我有三桌之远——这张桌子曾供新泽西州福尔斯河来的格伦福尔斯夫妇使用，刚刚空出来。我忽然想到，这张桌子不是很适合新来者使用，因为即便太阳西沉，阳光也直射在上面。同样的想法似乎在同样的时刻钻进阿什伯纳姆的脑子。直到那个时刻，他的脸上没有流露出丝毫表情，这完全是奇妙的英国做派。他的脸上既无欢喜也没有沮丧；既没有希望也没有害怕；既没有厌倦，也没有满足。在那个拥挤的餐厅，他仿佛感觉不到有活人存在；他好像在一片丛林中漫步一般。我从未见过如此完美的表情，而且以后永远不会再见到。他的表情既傲慢又不是傲慢，既谦恭又不是谦恭。他的头发略微带点儿浅黄色，极其井然有序地呈波浪形从额头的左角梳到右角；他的脸呈轻微的砖红色，与发根在颜色上非常和谐。他的黄色胡须像牙刷般硬挺，我深信他的黑色吸烟衫在肩骨部位稍微加厚了些，让他显得可能有些轻微驼背。他喜欢干这种事情，他喜欢在这种事情上动脑子。马颌缰、切弗尼马嚼子、马靴，他关心这些东西；你在哪儿能弄到最好的肥皂和白兰地，那个骑着一匹劣等赛马从凯布尔悬崖上掉了下去的小伙子叫什么名字；用四号炮药装载后的三号子弹会扩大杀伤力……老天啊，除了这些东西，我从未听过他谈论别的任何东西。在我认识他的所有这些年里，我也不是听到他除了这些话题别的一概不谈。噢，没错，有一次他对我说，我不妨从伯林顿拱廊街市场的一家店里买我那种色调有些特别的蓝领带，而且更便宜些，不要从我们纽约自己人那里去买。从那以后我还真就从那家店里买领带了。否则，我应该不会记得伯林顿拱廊街这个名字。我想不起来那是什么样子。就从来没有见过那地方。我想象应该有两排巨大的柱子，像古罗马广场遗址的石柱，而那地方阿什伯纳姆曾昂首阔步行走其间。但可能完全不像那东西。另外一次是，他劝我买科勒多尼亚·德弗雷德的股票，因为预期会涨。我买了，股票果然涨了。可他是怎么获得这种信息的，我丝毫不知道。好像是从蓝天上掉下来的。

这绝对就是我对他所知道的全部了，直到一个月前——除了这个，还知道他有大量皮箱，全都是猪皮做的，上面印着他名字的大写字母：E.F.A.。其中有猎枪箱、衣领箱、衬衣箱、信件箱，而且每只箱里装着四个药瓶，还有礼帽箱、头盔箱。这大概得需要一大群加大拉猪[①]才够置办好他的这副装备。如果我有朝一日深入他的私室，将会看到他站在那里，不穿外套和坎肩，优雅无比的裤子长长的缝线从腰部延伸到靴跟。他脸上会略带沉思的表情，肯定刚刚打开某只箱子，同时又刚刚合上另一只箱子。

好家伙，那些人到底看中他身上的什么了？因为，我敢发誓，他里里外外只有这些东西，虽然人们都说他是个好兵。可是，利奥诺拉却很崇拜他，那种激情犹如痛苦，而恨起他来的那股痛苦又像海

① 加大拉猪群，典出《圣经》：耶稣来到加大拉人的地方，遇到两个被鬼附身的人，鬼央求耶稣，若要把他们从附身赶出来，就赶进不远处的一群猪，耶稣说去吧，于是鬼进入猪群，全群忽然跳下山崖，投海淹死。

水般苦涩。他怎么可能在任何人身上激起类似情趣这样的东西呢？

他甚至能跟他们谈些什么呢——在四目注视之下？——哦，忽然，仿佛灵感闪现，我明白了。因为所有的好兵都是伤感主义者——所有的好兵都是那种类型的人。只举一例来说吧，他们的职业充满了像勇敢、忠诚、荣誉、忠贞这些大词儿。如果我让你认为，在我们亲密无间的九年里，他只字未曾谈起过他称为“比较严肃的事情”，那我肯定让人对阿什伯纳姆产生了错误印象。甚至在他最后向我倾吐心声之前，有时，比如说甚至深夜，他也曾突然说出些想法，让人洞察到他那属于自己的伤感的宇宙观。他常说与美好淑女结交相处对人的救赎作用何其巨大。他还说忠贞是美德的极致。当然，他说这话时有些僵硬，但这样的陈词似乎不得质疑。

忠贞！这个想法难道不怪异吗？然而，我还得再说句，可怜又可爱的爱德华是一个了不起的读家——他会接连好几个小时沉迷在某种类型的伤感小说里，在这些小说中，打字女孩会嫁给侯爵，家庭女教师会跟伯爵喜结连理。他看的那些书里，通常，真正的爱情进展像黄油里拌了蜂蜜般柔滑。他还喜欢诗，某种类型的诗——他甚至还会阅读一篇伤悲至极的爱情故事。我见过他读到绝望的离别场面时双眼充满泪水。他泛爱所有的孩子、小狗和弱者，怀着一种伤感的怜悯……

所以，你看出了，他有的是谈资，可以跟一个女人叽叽咕咕地谈下去——凭借上面那些东西和对马颌缰扎实的常识感以及——仍然带着伤感——他作为县行政长官的经验；他怀着坚定、乐观的信念认为，他此刻正在追求的女人，归根结底，是他命中注定的，要永远对之忠心……好吧，我想象如果没有男人在场让他感到不好意思的话，他会有太多可谈的东西拿出来。在他最后向我倾吐肺腑时，我十分震惊，对那些事情最后的结局，当那个可怜的女孩正在去布林迪西的路上遭遇致命的毁灭时，他却试图说服自己和我相信他从来没有真正关心过她——我真是万分惊讶，看着他讲述时多么讲究文辞，又是何等的有理有据。他说话时很像一本好书—— 一本丝毫没有廉价伤感的书。你知道，我想他不完全把我当一个男人来看待。而把我看作一个女人或者律师。总之，在那个恐怖之夜，他突然倾诉了。然后，第二天早晨，他带我去阿西齐斯家，我看到他非常沉着冷静，公事公办地着手处理确保陪审团不要判一个可怜的女孩有罪，这是他的一位佃户的女儿，曾被指控危害自己的婴孩。他还花了两百英镑用来替女孩辩护……哦，这就是爱德华·阿什伯纳姆。

我忘了说说他的眼睛了。那双眼睛像一种火柴盒的侧面一样湛蓝。如果你仔细端详这双眼睛，会看到它们是那么诚实，那么直率，又是那么愚蠢。可是他那砖红色的肤色，与内眼睑的砖红色非常相配，这种肤色让那双眼睛带上一种奇怪的阴险的神情——犹如镶嵌在粉红色瓷料上的一片蓝色的瓷质马赛克。这家伙走进房间后会立刻抓住所有女人注视的目光，利索得像个杂技演员把弹子球收进口袋。实在太奇妙了。你知道，舞台上的艺人他能够同时向空中抛出十六个弹子球，然后这些弹子球会纷纷落到他遍布全身的兜里，有的落在肩上，有的落在脚跟儿上，有的落在衣袖的里侧，悉数入兜。而他纹丝不动地站着，什么都不做。嗯，就像这样。他的声音非常粗硬、沙哑。

他就在那里，站在那张桌子旁边。我望着他，背对屏风。接着，忽然，我看到两种截然不同的神色从他安然不动的眼中迅速掠过。那双毫不畏怯、喜欢直视的蓝眼睛是怎么做到这样的？因为那双眼睛本身动都未动，越过我的肩膀凝视着屏风。那种凝视绝对平直、绝对直接、绝对毫不眨动。我以为那眼睑其实肯定会稍微转动下，双唇也许会稍微动一动，好像他会说："你来了，亲爱的。"无论如何，那是得意、满足和占有者的表情。我后来又看到过他一次，看到他凝视了片刻布兰肖阳光明媚的田野，说道："所有这些都是我的土地！"

接着，凝视变得可能更加直接，如果可以这样说，变得更加严厉——也可以说放肆。那是一种估量算计的眼神；一种挑战的眼神。有一次，我们在威斯巴登看他跟波纳胡萨因队比赛打球，我看到同样的眼神又出现在他眼睛中，在权衡着各种可能性，在扫视着整个赛场。德国队长伊狄冈·冯·莱洛菲尔男爵以那种花招多端的德国风度悠然地慢步驱马带着球直接来到他们的目标门柱前。场上的其他人都不知在何处。情况处于危急时刻。阿什伯纳姆就在离护栏很近的地方，离我们不足五英尺，我听到他在自言自语："也许能干成！"他果真行动了。好家伙！他把那匹小马打转身，马的四条腿全都向外侧分张开来，像只从屋顶掉下的猫……

噢，我又从他的眼睛里看到那种表情了："也许，"我甚至此刻都能听到他在喃喃地自言自语，"能干成。"

我转过头越过肩膀望去，看到了高挑、面带灿烂微笑，轻松愉快的——利奥诺拉。还有娇小、白皙，灿若海边光影的——我的妻子。

那个可怜的倒霉鬼！想想他身陷可怕的险境，居然还出现在那里，在头脑深处说："也许能干成。"这就像一个家伙在火山喷发中，还说他也许可以设法冲进这片混乱，放火烧了一堆干草垛。疯了？命中注定？哪个混账知道？

那一刻，阿什伯纳姆夫人显得格外开心，比我此后所见过的任何时候都显得开心。那里有各种阶层的英国人——有些人出现在各种温泉度假地时，会变得更令人愉快，他们被引荐给我的国人同胞时，似乎会刻意变得要比平常更有活力些。我经常注意到这种现象。当然他们肯定首先早就接受美国人。但是他们一旦接受了，好像又会对自己说："哎呀，这些女人太聪明了。我们在聪明方面可不能被超过了。"至于眼前，他们显然还没有被超过。但是聪明会渐渐削弱的。利奥诺拉就是这样——至少在她注意到我之前是这样。她出现了，利奥诺拉还真出现了——也许正是这个，让我觉得她的性格中有些微傲慢，因为她后来从未做过哪怕一件那样的事——她从很远的地方大声说出这样一句话算是出场了：

"别在那张不通空气的旧桌子旁边逗留，特迪。过来跟这些正经人坐一块儿！"

说来这真是件非同寻常的事。太不寻常。即使要我的命，我也不会管这些压根儿就陌生的人叫正经人。不过，当然了，她在采取自己的措施，用同样的手段，无论如何我——这个房间里再无别人如此，因为她也不辞辛劳浏览过旅客名单——随随便便就能数出如此之多干净、雄壮的猎犬[①]。她光彩夺目地在我们侧面的一张空桌子旁边坐下——那是给古根海默夫妇预留的桌子。她径直坐在那里，根本不听那位长着灰公羊脸的领班侍者的劝说。那个可怜的小伙子仍然在固执地履行自己的职责。他知道，来自芝加哥的古根海默夫妇，在这里住了一个月后，因为忧心他生计贫困，他们会给他2.5美元，免不了会对小费制度发一阵牢骚。他知道爱德华·阿什伯纳姆

① 这里指决意要达到某种目的的人。

和夫人不会给他找麻烦，只是利奥诺拉的微笑可能会在他犹如止水的心中引起小小的触动——虽然你永远不知道在那件还不至于毫无瑕疵的硬衬衫后面活动着什么东西！——爱德华·阿什伯纳姆每星期都会给他一枚纯色足量的英国金币[①]。这位勇士铁了心要把这张桌子留给芝加哥的古根海默夫妇。最后弗洛伦斯说话了：

“我们大家干吗不在同一个槽里吃呢？——这是不上台面的纽约俗话。不过，我相信我们大家都是不喜欢吵闹的正经好人，我们这桌能放四个座位。这张是圆桌。”

这时从上尉喉咙里似乎传出一阵欣赏的咕噜声，我清楚地注意到一丝不易察觉的犹豫——一个迅速而剧烈的表情掠过阿什伯纳姆夫人的脸庞，好像她骑的马突然被挡住了。但是她冷静地把马拴在栅栏旁，从刚才选定的座位站起，在我对面坐下，好像用一个动作一口气完成。

我向来觉得利奥诺拉穿着晚礼服的样子不是特别好看。她好像把礼服弄得过于干净利索，没有丝毫皱褶。她从来都对黑色情有独钟，她的肩膀也太正统。她穿着胸衣的样子就像在一只黑色的韦奇伍德花瓶上放了个白色大理石胸像。我不知道如何表达好。

我平常本来就很喜欢利奥诺拉，而今天，我愿由衷地献出自己

① 原文为 sovereigh，即沙弗林，英国旧时面值 1 英镑的金币。

的生命，我剩余的生命，为她效劳。不过，我坚信，我从来没有对她产生过丁点儿所谓性冲动的萌芽。我想——不，我敢肯定，她也从来没有对我产生过这样的冲动。就我自己而言，我认为这是那对雪白的肩头引发的。当我看到那对肩膀的时候，仿佛感觉到，如果我把嘴唇贴上去，她的肩头会略微有些冰凉——不是冰一般的冷，不是没有丝毫人体的温热，而是像人们提到洗浴时说的那样，微微有些激冷。看到她时我的牙尖仿佛感觉到了那种激冷……

不，利奥诺拉穿上一件裁缝做的蓝色衣裙时，在我看来总是显得最漂亮。这时她那靓丽的头发不会因为洁白的肩膀而黯然失色。某些女人的曲线会把你的眼睛引到她们的脖颈、睫毛、嘴唇和乳房。而利奥诺拉的曲线却似乎总是把你的目光引向她的手腕。她的手腕只戴着一双黑色或者狗皮手套，就已经显得非常漂亮了，她的手腕上总是戴着一只缀着小链的金镯子，那段小链上系着把用来开公文箱的小小的金钥匙。也许那只箱子里锁着她的心和感情。

总之，她在我对面坐下，然后第一次她注意到了我的存在。她突然刻意长时间地凝视了我一会儿。她的眼睛也是深蓝色的，而且眼睑弯曲得很厉害，让你能看清整个圆圆的眼珠。那是引人注目，又是激动人心的一瞥，仿佛刹那间一座灯塔的光照在我身上。我似乎能感觉到这个女人头脑深处互相追逐、迅速驰过来的念头。我仿佛听到这个女人的头脑在提问，而她的眼睛以一个女人极其绝对的明确回答了问题，这个女人在相马方面可谓一把好手——她也确实如此。“站姿挺好，腹带后面有足够的空间可以盛放它吃不下的燕麦。肩膀不是很理想”，如此等等。因此她的眼睛在询问：“这个男人在钱财方面可靠吗？他可能想扮演情人的角色吗？他会让自己的女人陷入麻烦吗？最重要的是，他会跟人喋喋不休地泄露我的私情吗？”

突然，一丝暖意，一丝温柔，一丝友好的认可闪现在那双冰冷、微微有些放肆，几近防范的瓷蓝色的眸子上……哦，那实在太迷人，太感人——但又太让人感到屈辱。这是母亲看儿子的眼神，是姐妹看兄弟的眼神，它暗示着信托；它暗示着任何阻碍都没有必要。我敢对天说，她看我的样子就好像我是个无用的病人——就像某个善良心软的女人在看着一个坐在浴椅上的可怜鬼。没错，从那天开始，她对待我就像我是个无用的病人，对弗洛伦斯却不这样。噢，碰上大冷天，她总是拿一条毛毯从我后面追来。因此，我猜想，她的眼睛已经做出一个赞许的回答。当然，那也有可能不是赞许的回答。后来，弗洛伦斯说：“那么整个圆桌骑士的故事就可以开始了。”爱德华·阿什伯纳姆又在喉咙里发出轻微的咕噜声，可是利奥诺拉却微微颤抖起来，像一只鹅从她的坟墓上走过去。我把那只镍银合金的面包筐递给她。向前进！……

4

于是开始了九年没有纷扰的平静岁月。这些年最典型的特征是，阿什伯纳姆夫妇方面异乎寻常地缺乏书信往来，对此，我们这边同样几近异乎寻常、差不多彻底省却了个人短简往来。其实，你可以不妨认为，我们的关系特点是那种把一切都视为理所当然的氛围。首先要考虑到的前提是，我们都是“有教养的人”。我们理所当然地认为我们都喜欢牛肉做得嫩一些，但不要太嫩；两个男人都喜欢一种上好的利口白兰地；两个女人都爱喝一种很清淡的掺兑法钦根水的莱茵酒——诸如此类。同时，理所当然的是，我们都生活裕如，足以负担得起追求任何适合我们条件的合理娱乐——白天可乘汽车和马车出行；我们可以彼此请客吃饭，还可以宴请朋友，如果愿意，我们也可以迁就自己节俭。因此，弗洛伦斯养成让人从伦敦每天给她寄来《每日电讯报》的习惯。她总是对盎格鲁传统痴迷不已，这就是弗洛伦斯；对我来说有《纽约先驱报》的巴黎版就够了。但是，当我们发现阿什伯纳姆夫妇订的伦敦的报纸从英国随他们送过来时，利奥诺拉和弗洛伦斯两人商量决定：这一年压缩掉这份报纸，第二年又压减掉另一份报纸。同样，每年都来洗温泉的纳骚·舒韦林大公的习惯是逐一到十八个库尔的常来家庭吃一次饭。作为回谢，他大摆宴席把十八家人同时请过来。由于这种宴请都非常昂贵（你得请大公和大量的随员，以及任何可能在那里的外交使团的成员）——弗洛伦斯和利奥诺拉碰头一合计，认为我们干吗不一块儿宴请大公呢。于是我们还真行动起来了。我认为，大公不会在意节俭的，说不定压根儿就注意不到。不管怎么样，我们对这位皇家大人物的联合宴请渐渐具有年度重大聚会的规模。事实上，它的规模变得越来越大，最后成为疗养季结束的闭幕式，不管怎么样，对我们而言就是这样。

我绝对无意说我们是那种渴望结交"皇族"的人，我们肯定不是；我们没有任何诉求。我们不过是"教养良好的人"而已。可是大公却是让人舒服、和蔼可亲的那种皇族，就像已故的爱德华七世那样，听他讲赛马、听他极其罕见地作为保留美味说起自己的侄儿，即那位皇帝；有时他散步时稍停片刻探问起我们的治疗进展，或者慈祥地对我们为赢得法兰克福重骑师赛马赌金在利奥菲尔的猎马上投了多少钱表示感兴趣，这一切都听来让人舒服愉悦。

不过，说实话，我真不知道我们的时间都是怎么用掉的。人们又是怎么消磨时间的呢？怎么可能九年已然过去，却没有任何东西能够表明它已经过去？你知道，没有任何迹象。连一支骨质笔杆都不如，它雕刻得像一枚棋子，顶部有一个孔，透过小孔可以看瑙海姆城四面的风景。至于经验，至于说对他人的了解——二者同样没有。我敢说，无法立刻告诉你，站在通往车站的那条路的尽头的那个女人是否会欺骗我；同样我闹不清要把我们的行李搬到里窝那车站对面的那位脚夫，声称通常一件行李的关税是一里拉时，是不是个小偷。在这个世界上，你碰到诚实行为跟碰到欺骗行为同样令人惊讶。跟人厮混了四十五年后，你应该已经养成善于了解他人脾性的习惯。可是你仍然没有养成这种习惯。

我认为，这种现代文明的习惯——这种理所当然地把每个人当作诚实者的英国人的习惯，在很大程度上要对这样的现象负责。我对这个问题已经观察了足够长的时间，知道此事奇怪而又微妙；知道人的官能，无论是否值得看重，从来不会让你失望。

注意，我无意说这不是世界上最惬意的生活方式；无意说它不是一个几乎高得不合情理的标准。因为你虽然厌恶，却每天都要吃几片薄薄的、不冷不热、粉红色的印度橡胶般的东西时，这实在让人倒胃口；如果你更想喝点儿热热的、甜甜的库梅尔酒来提振精神，却不得不喝白兰地，这会让人很不舒服。当你真正需要的是晚上洗个热水澡，可是却非得在早上洗冷水浴，这也让人难受。当你实际上是个老派的费城贵格会教徒，却又非得被顺理成章地当作圣公会教徒，那肯定会轻轻地搅扰到已深深积淀到你内心的父辈的信仰。

可是这些事情都得去做；这是这个社会的全体成员拜埃斯库拉庇乌斯[①]所赐才确立的规矩。

稀奇古怪的事儿是，整个这套规则要用于任何人——包括你在旅馆、火车上，说得再保守些也许最后还要加上在汽船上遇到的任何人。你遇到一个男人或者女人，从一个小小的私密的声音，从一个细微的动作，你立刻就会知道你是跟有教养的人还是没有教养的人打交道。这就是说你知道他们会不会从嫩烧牛肉到圣公会教义整个程序都严格地完成下来。他的个子高还是矮，声音尖细如提线木偶或者洪亮如镇上的公牛，这些并不重要；他们是德国人、奥地利人、法国人、西班牙人，甚至巴西人都不重要——他们可能是每天早上要洗个冷水澡、大致说来在外交圈里活动的德国人或者巴西人。

然而此事最棘手之处在于——噢，真见鬼，我还得说说它——整个事情最他妈的恶心之处在于，虽然有着太多的理所当然，除了我列举的这些事情，别的你连哪怕一寸都深入不进去。

我可以给你举个非常特殊的例子来说明这点。我不记得是不是在我们认识的第一年——我们四个在瑙海姆的第一年，因为，当

① 埃斯库拉庇乌斯，罗马神话中的医术之神。

然，那应该是弗洛伦斯和我结婚的第四年——但肯定是我们大家认识的第一年或者第二年。这件事能够立刻给出一个尺度，衡量出我们的讨论有多么不寻常，也能看出我们之间的亲密关系发展得多么迅速。一方面我们似乎开始了那场探险游，来得如此自然，而且准备如此不足，弄得好像我们之前肯定进行过很多次这样的旅游，而且好像我们的亲密关系如此深厚……

而且我们去的地方显然是弗洛伦斯至少早就想带我们去的地方，所以你几乎会认为在我们关系亲密之初，我们就应该结伴去一趟。弗洛伦斯是充当考古探险向导的独一无二的行家里手，而且没有什么比让她带着人们徜徉在历史的废墟上，给你指点某人从那扇窗户探出脑袋俯视另一个人惨遭谋杀更让她欢喜的了。她只做过一次这种事，可是却干得相当出类拔萃。仅靠《毕代克手册》她就能找到正确的路径，能够轻而易举找到任何古老的纪念碑，容易得像寻找任何一座街区方方正正、街道全都编过号码，能让你轻轻松松从二十四街走到三十街的美国城市。

现在，从瑙海姆出发，乘一趟不错的火车，五十分钟就到M古城[①]——位于一座巨大的玄武岩大山峰顶，一条三重道公路环绕着从旁边向上延伸到山峰的肩头，犹如一条围巾。山顶有一座城

① 这里指马堡（Marburg），距离瑙海姆35英里。

堡——不是像温莎城堡那样四四方方，而是页岩山墙随处可见，高耸的尖顶上挂着镀金的风信鸡，闪着五彩缤纷的光芒——这是匈牙利的圣·伊丽莎白城堡。这座城堡的不利条件是位于普鲁士境内；进入这个国家向来令人不痛快；可是它的历史非常久远，有许许多多带双塔尖的教堂，它像一座金字塔，醒目地矗立在绿色的拉恩河谷中。我猜想阿什伯纳姆夫妇不是特别想去那里，我自己也不是特别想去那里。可是，你知道，居然没有任何反对意见。一星期远足三四次是治疗活动的组成部分。所以，我们大家全都挺感激弗洛伦斯提供了这份动力。当然，弗洛伦斯有她自己的动机。那时她正忙着教导阿什伯纳姆上尉——噢，当然完全是出于美好的愿望！她经常对利奥诺拉说："我实在理解不了你怎么能够让他生活在你身边，他居然如此无知！"利奥诺拉给我的印象总是受过非常良好的教育，无论如何，弗洛伦斯认为有必要告诉她的，她提前就已知道。也许她在弗洛伦斯早上起床前就查阅过《毕代克手册》了。我无意说你本来早就知道利奥诺拉什么都知道，可是如果弗洛伦斯开始告诉我们勇敢者路德维希皇帝想同时拥有三个妻子——这点倒有别于亨利八世，他想一个一个分别来娶，这还招致很多麻烦——如果弗洛伦斯开始给我们讲述这个典故时，利奥诺拉就会一个劲儿地非常开心地点头，那样就会弄得我可怜的妻子惊慌失措。

她经常大声喊叫说："哦，既然你知道，干吗不全都早告诉阿什伯纳姆上尉啊？我敢肯定他会觉得很有意思！"利奥诺拉则会若有所思地望着丈夫说："我想那会伤了他的手——那只手，你知道，可要经常跟马嘴打交道什么的……"可怜的阿什伯纳姆会红着脸，嘴里含含糊糊地说："好了，别为我的事操心了。"

我想象他妻子的嘲讽肯定让爱德华很不自在；因为一天晚上他在吸烟室里严肃地问我，是否认为一个人脑子里的东西太多，真会影响他打马球时的敏捷性。他说，他觉得那些博学的家伙骑在四条腿的马上时普遍都笨手笨脚。我尽自己所能安慰他放心。我说，他不大可能因为吸收的东西太多而打乱自己的平衡。那段时间，上尉很明显对弗洛伦斯的指教甘之如饴。她平常在我和利奥诺拉赞许的目光下，每周给他讲三四次课。你知道，这些课程并不系统。想到哪儿讲到哪儿。那是弗洛伦斯正在清除地球上的某个黑暗之地，想让这个世界比她所见到的更明亮些。她给上尉讲哈姆雷特的故事；解释某个交响乐的形式，给他轻轻哼唱第一和第二乐章，等等；她还会向上尉解释阿民念主义者和伊拉斯图主义者[①]之间的区别；有时她还会给上尉办个有关美国早期史的小讲座。讲课方式经过处心积虑的算计，以期捕获一个年轻人的注意力。你读过马卡姆夫人的东

① 阿民念主义和伊拉斯图主义各为基督教神学的一派，分别由荷兰神学家阿民念（1560—1609）和瑞士神学家伊拉斯图（1524—1583）提出。

西吗？嗯，这个就像那样……

可是我们远游M城是桩重大得多，而且也要庄严得多的活动。你知道，在那个城市的施洛斯档案馆，里面保存着一份文件，弗洛伦斯认为这份文件最终会让她有机会把我们一网打尽搁一块儿接受教育。在文化问题上，始终不如利奥诺拉占优势，这真让可怜的弗洛伦斯忧心忡忡。我不知道利奥诺拉知道些什么，或者有什么她不知道，不过，显然，只要弗洛伦斯拿出什么信息时，利奥诺拉总是已经知道。她给人的印象是真正地知道，而可怜的弗洛伦斯给人的印象是不过在拾人牙慧。我没法确切描述这种感觉。这几乎是个体力活儿。你见过寻回犬玩耍似的狂奔着追逐灰狗的情景吗？只见两个家伙在一片绿野中奔跑，几乎是肩并肩，忽然，寻回犬会友好地冲另一位怒叫起来，而灰狗还在出神。你没有看清楚它加快速度，或者收紧一条腿，可它已经到了目的地，就在寻回犬伸得长长的嘴巴前面两码远的地方。所以在文化问题上，弗洛伦斯和利奥诺拉就像这两个动物。

但是，此行，我知道会有事儿的。我看到前几天弗洛伦斯就在读兰克斯的《教皇史》、西蒙兹的《文艺复兴》、莫特利的《荷兰共和国的兴起》以及路德的《桌边闲话》之类的书。

我必须得说，直到那件让人惊愕之事到来前，我从那次远游中得到的完全是快乐。我喜欢赶两点四十分的那次火车；我喜欢巨大的火车舒缓地向前流动——它们是世界上最好的火车！我喜欢被载着穿过绿油油的乡村，喜欢透过巨大的窗户上明亮的玻璃向外凝视。可是乡村并不是真的青葱翠绿。阳光闪耀，大地的颜色有血红色、紫色、红色、绿色，然后又是红色。耕地上的牛群被漆成光亮的棕色、黑色和黑紫色。农民们身着黑白衣服，像喜鹊一般；地里就有大群喜鹊。另一片田地里点缀着像小土墩般的干草堆，很快向阳的一面会变成灰绿色，朝阴的一面会变成紫色——这块田里的农民穿着银红色的衣服，配着鲜绿的带子，有的还穿着紫色裙子、白色衬衣和黑色天鹅绒兜包。而且，印象中你好像被拖着穿过从两侧奔跑着通向深紫色冷杉树林的鲜亮的绿草地；驰过一座座玄武岩山峰，穿过一片片大森林。小溪旁边长满绣线菊，布满了牛群。哦，我记得那天下午，看到一头褐色的奶牛从一头黑白相间的动物腹下挑起尖角，这头牲口被高高地抛起来，稳稳当当地落进一条窄窄的小溪中。我突然放声大笑起来。可弗洛伦斯正在辛苦地传授知识，利奥诺拉听得如痴如醉，谁都没有工夫关注我。至于我，则乐得什么责任都不用负。想到弗洛伦斯此时绝对不会胡闹——因为她正在讲述勇敢者路德维希皇帝（我认为是勇敢者路德维希皇帝，可我不是历史学家），以及黑森[①]的勇敢者路德维希的故事，后者就想同时

① 旧时德国中西部一地区。

娶三个妻子，而且曾经资助庇护过路德——诸如此类的事！——因为她不能做任何刺激自己兴奋或者导致可怜的心脏颤动的事情，我什么都不闻不问后，简直太放松了，乃至那头奶牛的插曲让我感到十分开心。那天余下的时间里，我一次又一次地为此暗自哧哧发笑。因为你知道，看见一头花色奶牛四蹄朝天躺在溪水中，那样子显得实在太可乐了。因为你绝对想不到这种事会发生在一头母牛身上。

我想我应该同情那头可怜的牲口；可我却没有这样做。我出来是为了开心。我只想自寻乐趣。被火车带着从那些有着尖顶城堡和众多双尖塔的壮丽城镇掠过，那感觉真是太让人惬意了。在阳光披照中，城里散发出一束束白光——这些光束来自窗户玻璃；来自药店的镀金招牌；来自高高的山顶上的学生军团，来自那些滑稽有趣、穿着白色亚麻裤子移动着僵硬小腿儿的小小士兵头戴的钢盔。从那处处是锤形青铜器装饰物以及农夫、鲜花、奶牛绘画的宏伟、壮丽的普鲁士火车站出来，让人心旷神怡；听着弗洛伦斯跟两匹马拉着的陈旧的轻便敞篷马车的车夫精力充沛地讨价还价，同样感觉不亦乐乎。当然，我的德语要讲得比弗洛伦斯正确多了，可我始终摆脱不了童年时宾夕法尼亚的杜依克式德语口音。不管怎样，我们怀着类似胜利的得意，没有给任何小费，只花了五马克就直接来到城堡前。我们被带进博物馆四处参观，察看了壁炉的后壁，古老的玻璃，过去的宝剑和各种奇妙的古董机器装置。我们沿着蜿蜒的盘旋式楼梯往上攀登，穿过利特撒尔厅，那是一间涂画得五彩缤纷的大厅，就是在这里，改革者路德在那位一次娶了三个妻子的绅士的保护下，第一次跟自己的朋友们相会，那位绅士又跟那位先后娶了六位妻子的绅士结盟（我对这些史实其实并不感兴趣，但这些东西对我的故事却有某种意味）。我们穿过几所小教堂和音乐室，爬到高入云霄的空中，来到一间古老的大房间，里面放满了书柜，四面装着沉甸甸的百叶窗。弗洛伦斯变得像受到电击般活跃兴奋。她告诉那位疲惫、无聊的管理员打开那些百叶窗；于是明亮的阳光像一条条可以触摸到的光柱般流进阴暗、古老的房间。她解释说这里是路德的卧室，还说就在阳光落下的地方曾经摆着他的床。事实上，我认为她说错了，路德为了逃避追捕，其实只是在那里停留吃了顿午饭。但是，毫无疑问，如果他能够被劝说留下来过夜，那里应该就是他的卧室。后来，尽管遭到管理员抗议，她还是推开另一扇百叶窗，又转身轻快地来到一只大玻璃柜前。

“看这儿”，她用欢快、得意和大胆的口气大声喊道。她正指着一片纸，像半张信纸，上面有些用铅笔写的模模糊糊的潦草字迹，像是我们匆匆写就的日常消费开支的记录。看到她这样欢快、得意和大胆，我非常高兴。阿什伯纳姆上尉把双手放在玻璃柜上。“这是——那封宗教抗议书。”然后，当我们演戏般适度地假装出很惊讶的样子时，她继续说，“你们知道不知道，我们为什么被称为抗议者吗？[1]这是他们起草的《抗议书》的铅笔稿。你可以看到马丁·路德、马丁·布瑟和茨温利、勇敢者路德维希等人的签名……”

我可能听错了某些名字，不过我知道上面有路德和布瑟的名字。她的亢奋活泼状态持续不减，我很高兴。她状态不错，她不再淘气磨人。她抬头望着阿什伯纳姆上尉的眼睛：“正是因为有了这片纸，你才正直、清醒、勤奋、节俭、生活清白。如果没有这片纸，你就会跟爱尔兰人、意大利人或者波兰人，不过特别是爱尔兰人一样……”

她把一根手指搭在阿什伯纳姆上尉的手腕上。

我意识到今天的情况会有些阴险，有些可怕，有些邪恶。我无法准确描述，也找不到一个比喻来说明。那感觉就像一条蛇已经在洞口向外探视。那感觉就像我的心脏错过了一次跳动。那感觉就像我们在奔跑惊叫；好像我们四个全都四散开来、掉头离去。我知道阿什伯纳姆脸上掠过极度惊慌的神色。我惊恐万分，后来发觉，我的左手手腕被利奥诺拉攥得发疼。

“我受不了了，”她极其冲动地说，“我必须出去躲开。”

---

① 这里原文为Protestants，一般翻译为新教徒，为了与前文的抗议书相照应，故暂译为此。

我感到非常恐怖。刹那间，我想到，尽管我没有时间去多想，她一定是个嫉妒心很强的女人——嫉妒弗洛伦斯和阿什伯纳姆上尉，嫉妒世上所有的人。那是因为陷入恐慌，我们才飞逃的！我们从蜿蜒曲折的楼梯上走下来，穿过宏大的利特撒尔厅，来到一个小平台上，在那里可以俯瞰拉恩河、那条宽阔的峡谷，以及从河谷伸展开来的辽阔的平原。

“难道你没有看见吗？”她说，“难道你没有看见在发生什么事吗？”我惊骇得心脏又停跳了一次。我含糊其词，结结巴巴地说——我不知道这些话是怎么说出来的：

“没有！怎么回事？到底怎么了？”

她直视着我的眼睛，顷刻间，我觉得那两片蓝色的圆眸无比巨大，强烈的情绪势不可当，就像两堵把我封闭在世界之外的蓝色的墙壁。我知道，这听上去十分荒唐，可当时的感觉就像这样。

“你难道没有看见，”她说，声音中满含真正令人恐怖的酸楚，满含真正令人恐怖的悲伤，“你难道看不出这就是整个这桩痛苦事件的原因，是这个世界所有悲伤的原因？那是你和我以及他们走向万劫不复的原因……”

我想不起她后来怎么了；我太恐惧了；我太惊讶了。我想我当时只想跑去抓住什么人来救援——或许是一个医生，乃至阿什伯纳姆上尉。也许她需要弗洛伦斯温柔的关怀，不过，当然，那会对弗洛伦斯的心脏非常不利。可是，我知道，当我清醒过来时，听到她在说：“哦，世上那些聪明、幸福、纯洁天真的人都去哪儿了？幸福在哪里？人们只能从书本上读到它吧！”

她用单手向上抓了把额头。她的眼睛瞪得很大；她脸上的表情完全就像凝望地狱的深渊，看到了其中的恐怖景象。然后，她忽然不看了，恢复原貌。她又奇妙地变成了阿什伯纳姆夫人。她的脸蛋又恢复了绝对清澈、棱角分明、确定的模样。她头上金色的发卷显得华贵夺目。她的鼻孔有点像鄙视般抽搐了一下。她好像在兴致盎然地望着一支吉普赛人的大篷车队从我们脚下很远的小桥上驶过来。

“难道你不知道，”她说，声音清晰又强硬，“难道你不知道我是个信仰天主教的爱尔兰人？”

5

那些话给了我这辈子体会过的最大的解脱感。我觉得这些话所告诉的有关我自己的东西简直要比我任何时刻领悟的都要多。我认为，在那天之前，除了弗洛伦斯，我不需要太多的东西。当然，我仍然有欲望和不耐烦……嗯，比如说，有时在旅馆的餐桌边，手传鱼子酱时，我就非常不耐烦，害怕盘子到我这里时其他客人吃得所剩无几，让人不满。错过火车时我也会极不耐烦。比利时国家铁路局耍个小花招，就会让法国人在布鲁塞尔错过联运列车。这经常让我恼火不已。我曾给《泰晤士报》就这件事写过几封信，而报方却从未刊登过。我给《纽约先驱报》的巴黎版写的那些东西总能登出来，但见报后好像总是令我不满。哦，我大概有点癫狂吧。

那是一种我现在都不明就里的癫狂。我从理智上可以理解它。你知道，那些日子我对有“心病”的人很感兴趣。有弗洛伦斯、有爱德华·阿什伯纳姆——或者，也许，利奥诺拉更让我感兴趣。我不是说在爱的意义上。可是，你瞧，我们两个的职业相同。反正我是这么看的。这个职业就是努力让两位心脏病人活下去。

你不知道这种职业怎么可能会变得如此令人着迷。正如铁匠所说，“凭借铁锤和双手，所有的职业就能立得起”。正像面包师认为整个太阳系会围绕他早晨送面包转，正像邮政局长坚信只有他才是社会的保护者——没错，没错，为了让我们继续走下去，这些幻觉必不可少——正如我所坚信，我和利奥诺拉同样想象整个世界应该为了确保心脏病人存活下去而安排好，你不知道这种职业怎么可能会变得如此令人着迷——考虑到那种令人着迷的程度，王孙贵族们的活法，共和国以及市政当局的治理方式，都显得多么弱智低能。汽车轮胎下面一小段崎岖路面，快速颠簸几下后随之而来的几声“谢谢太太”足以让我向利奥诺拉抱怨那位亲王、大公或者这座自由城，我们正在游历他的领地。我像个被城市教堂钟声打断电话的股票经纪人般抱怨着。我会聊到中世纪的残余，聊到居高不下的税赋。顺便说一下，在布鲁塞尔搭上加来的摆渡火车事关重大，因为选择最短的可能海上路线，对心脏病人来说往往相当重要。如今，在欧洲大陆，有两处特殊的心脏病疗养地，瑙海姆和斯帕，如果想确保走一条比较短的海上路线，从英国到达这两个温泉中的某一个，你得从加来出发——得在布鲁塞尔换车。可是因为比利时的火车片刻都不会多等从加来或者巴黎来的客人，即便法国火车正点到达，你也还得奔跑——想象一个心脏病人奔跑！——沿着布鲁塞尔火车站那些陌生的通道，然后又使劲登上正在移动的火车高高的台阶。有时，如果错过那次车，你只好再等五六个小时……有时我会好几个晚上整宿不眠，诅咒让人受罪的弊病。

我妻子经常奔跑——她从来都设法给我一种印象，让我觉得她是个勇敢无畏的人，而在别的任何事上，她都可能会误导我。可是，有一次刚登上德国快车，她就向后靠过去，一只手放在身体的一侧，然后闭上眼睛。哦，她是个不错的演员。可我会进地狱的。会进地狱的，我告诉你。因为弗洛伦斯，我既让她身兼妻子，又充当很难得手的情人——反正事情就成这样了——让她在这个世上活下去的过程中，我找到了自己的工作，自己的事业，自己的理想。这些东西并非经常同时统一于一体。利奥诺拉也是个好演员。向朱庇特发誓，她演得真好！我告诉你，她会一连好几个小时听我讲，为我设计确保无虞的计划。没错，有时我注意到她脸上流露出失神的表情，就像母亲听着坐在膝头上的孩子的话，或者，准确地说，好像我自己才是那位病人。

你知道，爱德华·阿什伯纳姆的心脏没有大碍——他放弃了委任自己的职务，离开印度，走了大半个世界，就是为了追随一个真正有“心病”的女人来到瑙海姆。这么看来，他还真有点像个多愁善感的蠢驴。因为，你也知道，他们其实需要生活在印度，节俭过日子，同时把布兰肖·特里拉弗的房子给出租掉。

当然，那时候，我还从来没有听说过基尔塞特案件。你知道，阿什伯纳姆在一列火车上吻了一个女服务员，全拜托上帝体谅，通信线路运转及时，以及我觉得你们叫作汉普郡长椅[1]的痛快的宽容同情，所以这个可怜的恶魔才幸免于在温彻斯特监狱中年复一年地打发时日。我从未听说过那个案件，直到利奥诺拉在最后阶段泄露了实情……

可是，想想那可怜的倒霉鬼……我，绝对有权请求你想一想那个可怜的倒霉鬼。这样一个不走运的恶魔，就活该遭受盲目又神秘莫测的命运的折磨吗，可以这样吗？因为没有别的思路可以看待此

① 即法院，因为前面有“你们叫作”修饰，所以暂且用原始词义译出。

事。没有。我有权利这样说，因为多年来他是我妻子的情夫，因为他杀害了她，因为他毁掉了我生活中所有的欢乐。任何神父都无权告诉我，我绝不能请求你，炉边默不作声的听众，请求这个世界，或者在他心中制造了那些欲望、疯狂的上帝，怜悯他……

当然，我不会听到基尔塞特案件。我不认识他们的任何朋友；对我来说，他们就是体面人——幸运的人，在南方某郡广有良田，阳光普照。肯定是体面人！我向天发誓，我有时会想，如果这个案子属于那种我不得已必须要听到的案子而且是这样听到——女仆、使役和其他库尔旅馆的秘密客人们多年后还窃窃私语、直到人们的同情心在世上这里流点儿，那里花点儿，最后逐渐彻底淡忘，那样对他可能会更好些，可怜的人儿。设想他在温彻斯特监狱或者不管什么监狱，总之是神秘莫测和盲目的正义，因为你听由自己本能但却不合时宜的欲望的驱使而遭到天谴的地方度过七年，终定有一天会到这个地步：库尔旅馆阳台上那些平常点个头，爱说三道四的人想到他的事业已经毁灭，就会说："可怜的家伙。"他将沦为现在脊梁已经佝偻却仍然很出色的战士……可怜的恶魔，如果他的脊梁还没成熟就弯掉的话，那样反而对他好得多。

哦，那会好上一千倍……因为，当然了，基尔塞特案是在他刚刚发现利奥诺拉冷漠和不通情性的时候发生的，让他感到非常不舒服。从那以后，他就不再招惹女仆们了。

自然而然，这件事让他转而在本阶层的女人中变得更加放纵不羁。嗯，利奥诺拉告诉我，梅登太太——他从缅甸追到瑙海姆的女人——曾对她说，他发誓在火车上吻那个女仆是受情欲的驱使，这点唤醒了她的注意。我相信他是受情欲的驱使，受试图寻找一个最终满意的女人的疯狂激情的驱使。我敢说他足够诚挚。老天保佑我，我敢说他对梅登太太的爱是足够真诚的。她是个娇小的尤物，一个可爱娇小的黑皮肤女人，长着长长的睫毛，弗洛伦斯后来越来越喜欢她的睫毛。她有点儿咬舌，笑容很甜蜜。在认识她的头一个月里，我们经常见到她，后来，她就死了，死得很安静——死于心脏上的毛病。

可是，你知道，可怜的小梅登太太——她是那么温柔，那么年轻。她还不到二十三岁，有个娃娃般的丈夫，在奇特拉尔工作，还不到二十四岁，我想。应该让这样年轻的人们好端端地生活着。当然，阿什伯纳姆没法放过她。我认为他不会放过。唉，隔了这么长时间，连我自己都觉得记忆中还喜欢着她呢。每当忽然想起她，我不禁会微笑——想起她就像你会想起在某幢早已离开的房子里的某个抽屉中有个用薰衣草小心翼翼包裹的东西。她是如此——如此温顺听话。唉，甚至对我，她都表现出温顺听话的样子——对我这样一个连最小的孩子都不愿留意的人。是的，这是一个非常悲伤的故事……

不，我还是不禁希望弗洛伦斯能够放了她——别跟她玩通奸的游戏。我猜想是那样；虽然她还是个孩子，人们印象中会认为她几乎还不知道怎么拼写“通奸”这个词。不，正是对胡搅蛮缠的听任，对暴风骤雨般的力量的屈从，把那个不幸的家伙推向毁灭。我不觉得弗洛伦斯事实上有多么不一样。如果不是因为她，那么也会因为其他女人的缘故，阿什伯纳姆才放弃了对梅登太太的忠诚。但是，我仍然不知道。也许这个年轻女人还会死去——她注定要死去，无论如何，而且很快——但不见得死的时候泪水浸透了中午睡的枕头，而弗洛伦斯正在窗下跟阿什伯纳姆上尉谈论美国宪法……是的，如果弗洛伦斯能够让她平静地死去，留在她嘴里的味道会稍微好些……

在某种意义上，利奥诺拉的举动要好些。她只是打了梅登太太一个耳光——是的，她打了梅登太太，在不可控制的暴怒袭来的情况下，在她的脸颊上狠狠地打了一巴掌，就在爱德华的房间外面，旅馆的走廊里。你知道，正因为那个缘故，弗洛伦斯和阿什伯纳姆夫人之间忽然蹦出一种奇怪的亲密关系。

当然，因为那原本就是一种古怪的亲密关系。如果你从外部看这种关系，没有什么比它更不可能的了；天底下最骄傲的人居然跟两个偶遇的美国佬成为朋友，而这两位其实在她看来都还不如她脚下的地毯。你可能会问她骄傲个什么。嗯，她出身波伊斯家族，又嫁给了阿什伯纳姆家族的人——我猜这个给了她鄙视这两位偶遇的美国人的权利，只要她别做得过于明目张胆就可以了。我不知道人们有什么可骄傲的。她可能会为自己的耐心而骄傲，为她能够让丈夫没有上破产法庭而骄傲。也许她值得骄傲。

无论如何，弗洛伦斯就是这样跟她认识的。她从旅馆走廊拐角的一个屏风旁边绕过来，就在吃晚饭前，看到利奥诺拉挂在手腕上的那把金钥匙缠在梅登太太的头发里。谁都不说一句话。娇小的梅登太太脸色苍白，左脸上还留了道红色印迹，金钥匙还缠在她的黑头发里没取出来。非得弗洛伦斯才能把金钥匙摘下来，因为她没法让自己碰了梅登太太却又不恶心。

仍然谁都不说一句话。你知道，在四目注视下——她自己和梅登太太的眼睛——利奥诺拉顶多只能放任自己打一下梅登太太的耳光。但是，顷刻间来了一个陌生人，她又奇迹般让自己镇定下来。她开始还默不作声，当钥匙被弗洛伦斯摘下来时，她的状态已经可以说出："我太笨拙了……我刚才正想把梅登太太头发上的梳子弄好了……"

但是，梅登太太毕竟不是嫁到阿什伯纳姆家的波伊斯家的姑娘；她是奥弗莱厄蒂家的可怜的小女子，丈夫还是个出身于乡村牧师家庭的孩子。所以当她孤苦伶仃地沿着走廊过去时，她肯定在不停地抽泣。但是，利奥诺拉正在演戏。她故意惹人注目地推开阿什伯纳姆的房门，这样弗洛伦斯就应该能听到她用亲密又欢喜的腔调跟爱德华说话的声音。“爱德华。”她喊道。可是爱德华不在里面。

你知道，爱德华没有在房间。就在那个时刻，利奥诺拉平生第一次真正连累到自己——她大声喊叫……“太可怕了！……可怜的小梅西！……”

在这件事上她把自己拖进去了，但是，当然已经为时太晚。事情有些蹊跷……

我想尽量公正地评判利奥诺拉。因为一件事，我对她亲爱有加，这件事显然是我的家庭小船的祸根，她也显然在其中栽了跟头。我不相信——利奥诺拉自己也不相信——那个可怜娇小的梅西·梅登竟然是爱德华的情妇。她的心脏病其实非常严重，一次静悄悄的拥抱这种事都可能要了她的命。用平常的英语说就是这样，而且我认为平常的英语最好不过。她确实就是另外两个人出于各自的目的一心想假装要做的那种人。这不怪异吗？就像老天爷在我们身上玩弄的那些邪恶游戏。再者，我认为如果换在别的时候梅登太太做了利奥诺拉丈夫的情人，她是不会太在意的。那样可能会让她免得听到爱德华多愁善感，喉咙里叽里咕噜地谈论这个女人，免得知道这个女人心甘情愿地接受那种声音。不，她不会在意的。

但是，在打梅登太太耳光的时候，利奥诺拉无异于在抽打一个不可忍受的世界的耳光。因为那天下午，她曾跟爱德华发生过一场极其痛苦的争吵。

至于爱德华的信件，利奥诺拉声称有权在愿意的时候拆开。她把这个权利揽给自己，是因为爱德华的风流韵事已经到了如此可怕的境地，他在这些事情上谎话连篇，于是她声称有处置他的秘密的特权。其实，没有其他任何办法，因为这个可怜的傻瓜对自己的过失羞惭不已，任何事都不想讲得清楚。利奥诺拉只好自己把这些东西从他身上扯出来。

对利奥诺拉来说这肯定是件特别能提神的活儿。可是那天下午，按照库尔疗养中心管理方的治疗规定，爱德华在自己的床上躺了一个半小时，利奥诺拉打开一封她认为是从赫维上校那里寄来的信。9月，他们打算去林利思戈郡他家住段时间，她不知道定的日期是11日还是18日。信上的地址是用手写的，就像这片玉米叶子跟另一片叶子一样，毫无区别。所以，利奥诺拉当时也就打消了监视他的念头。

当然，她肯定要监视。因为她发现爱德华正在给一个自己从未听说过的讹诈者一年三百镑的费用……这一打击简直犹如猛兽；就像死神来了。因为她想象那时自己已经探到丈夫债务的底细了。你知道，债务是非常重的。真正让他们遭到毁灭性打击的是发生在蒙特卡洛的一件极为平常的事——这事跟一个冒充俄国某大公情妇的国际泼妇有关。她向爱德华索要一枚价值两万英镑的珍珠头饰，作为跟她相处一个星期左右的代价。要弄到这么大一笔钱，让他特别烦恼。他可不是普通意义上的赌徒。其实，他可能会弄到那两万英镑，这笔在一家旅馆跟那位漂亮尤物待上一周所需要的价值不菲的开销。那时他身家大概有五十万美元或者更多些。

哦，他必须得上赌桌了，然后输了四万英镑……四万货真价实的英镑，而且是从诈骗大鳄那里借的！即使在赌输之后，他还必须要——那是一种十万火急的激情——去享受那个女人的伺候。当然，他得到了那些伺候，当时那可谓是一桩艰难的讨价还价的买卖，因为还没到两万英镑，与他最初打包票出的价钱相比。我敢说，一万美元就付清了账单。

然而，对一个有着差不多十万英镑钱财的人家来说，这可是个很大的窟窿。利奥诺拉必须得把它修补好。她从这个借贷者跑到那个借贷者那里。那还是她刚刚开始发现丈夫的不忠行为的时期——如果你愿意把这称为不忠行为的话。她是从报纸上发现的。天知道，如果她不是从报纸上发现，将会发生什么事。我想他会对利奥诺拉隐瞒，直到他们一文不名的时候再暴露出来，但是，托上帝的福，她有本事，掌握了实际放贷人，搞清了需要的确切款项。于是她去了趟英国。

当然，她回英国去见他们的律师，而此刻丈夫还躺在他的瑟西[1]——怀中，就在安蒂贝斯城，后来他们离开那里。很快爱德华就厌倦了这个女人，不过是在利奥诺拉还没有从她的律师那里学到理财艺术，以便制订出清晰的、堪比1870年特罗舒将军把普鲁士人挡在巴黎城外的计划之前。起初计划还有效果，或者貌似如此。

你知道，那是1895年的事，是在我提到的日期——即弗洛伦斯掌控了利奥诺拉的时候——之前九年的事，因为那就相当于……嗯，阿什伯纳姆夫人直接强迫爱德华把他的全部财产放在自己手上来管理。她能够强迫爱德华做任何事情。因为他不活泛，脾气温和，不善辞令，对她怕得就像见到了恶魔。他对利奥诺拉却钦佩爱慕有加，对她的喜爱跟任何一个男人对任何一个女人的喜爱一样强烈。利奥诺拉充分利用这点，对待他就像自己的产业都交由破产法庭管理了。我想，这是对他最好不过的事情。

不知怎么，前三年利奥诺拉的事儿简直没个完了。出乎意料的债务成批成批地涌现——而那个备受煎熬的傻瓜丝毫没有让情况有所好转。追女人的激情劲头在他头脑中挥之不去，也让他感到极度羞愧。你可能不相信这点，可他真的对利奥诺拉想象的纯洁性非常尊敬，乃至都讨厌了——他肯定厌恶这个想法：利奥诺拉居然知道他所做的那些事在这个世界上还真存在。所以他冲动地坚决否认对

---

① 希腊神话中可以把人变成牲畜的女巫。

以前所做那种事的指责。他要维护妻子思想的纯真。在我们那些长时间散步的时候，他亲口告诉我这个的——当时那女孩正在去布林迪西的路上。

所以，难免，在那三年多的时间里，利奥诺拉有过多次激烈冲动。当时他们还真争吵过。

是的，他们吵得可激烈了。这听上去太夸张。你可能以为利奥诺拉只是心平气静地憎恨，他则是哭得泪人似的悔恨。然而情况根本不是这样……爱德华欲壑难填，却又深感羞惭，同时对自己身份承担的责任又狂热地坚信不疑——这个信念真是昂贵得不合情理。我相信，在谈及他的债务时，我不想让人留下这种印象：可怜的爱德华是个性喜滥交的浪荡子。他不是这样的人；他是个伤感主义者。基尔塞特案中的那个女仆非常漂亮，可是神情却很凄楚。我想，爱德华在亲吻女仆的时候，有种强烈的愿望想安抚她。如果她温顺地听从了他甜言蜜语的奉承，我敢说，他会把姑娘安置在普茨茅斯或者温彻斯特的某幢小房子里，对她忠诚地侍奉四五年。他完全有可能做得到。

其实，只有两桩风流韵事损失了他的钱财，大公情妇的那桩，以及利奥诺拉拆开的那封讹诈信的主角。那是跟一个俊俏女人的激情之恋，发生在跟大公情妇的露水情之后。这个女人是位军官哥们儿的妻子，利奥诺拉对这场热恋知道得清清楚楚。这是一场真正的激情热恋，持续了好多年。你知道，可怜的爱德华追逐女色的激情品位在循序渐进地提升。这种追逐起于女仆，接着找了个高级妓女，后来又与一个琴瑟不和的良家妇女相恋。这个女人的丈夫极其龌龊，他利用信件和物证，不断敲诈可怜的爱德华，一年的数量达三四百英镑——还威胁要上离婚法庭。这位夫人之后又来了梅西·梅登，在可怜的梅西之后就只有一次婚外情了——而那次是他一生中真正的激情爆发。他与利奥诺拉的婚姻由父母安排，但他仍然非常爱利奥诺拉，却很少装出对她的态度超出温柔的范畴，尽管又非常急需获得她的道德支持……

然而他真正令人难受的债务本质上主要由与自己的地位相适应的慷慨大方造成。据利奥诺拉说，他总是免除佃户的田租，并且让佃户们知道，这种减免是永久性的。他经常出钱赎回那些送到他的治安官席前的酒鬼。他经常试图把妓女放在一个令人敬重的地位——而且他对孩子们有种狂热的痴迷。我不知道有多少被虐待的人得到过他的帮助，然后又给他们提供谋生之道——利奥诺拉告诉过我，但我敢说她肯定夸张了，这个数字太荒谬，我都不想把它写出来。所有这些事情及其后续对他来说好像是自己的职责——包括对医院和童子军提供令人不可思议的捐款，以及给家畜展览和反动物活体解剖协会提供奖品……

噢，利奥诺拉看到，这些事情大多数不能再继续搞下去了。那笔钱弄到大公情妇身上后，照那种速度花，他们恐怕连维持布兰肖庄园都难以为继了。她把租金又定回原来的数目，放走招在家里的酒鬼们，给所有的协会寄去通知说不要指望再收到捐款了。对孩子们，她的态度要温柔许多；几乎所有的孩子，她支持到能当学徒或者能做家庭服务的年龄。你知道，她自己是没有孩子的。

利奥诺拉自己没有孩子，她认为责任应该归咎到自己身上。她出身于波伊斯家族一个一贫如洗的支脉，家人强迫她攀上可怜又可爱的爱德华，没有规定孩子们要按照天主教的规矩培养成长。当然，对利奥诺拉来说，那无异于精神的死亡。如果我没有让你看到利奥诺拉是个坚强、具有清醒良知的女人，就像所有的英国天主教徒一样，那我就给你留下了错误印象。（我本人对这种宗教不由自主很不喜欢；尽管利奥诺拉人不错，在我脑海深处，对绯衣妇[1]却有种不寒而栗的感觉。在费城拱廊街古老的教友派们的小会堂的静谧中，这种感觉逐渐渗透到我心里。）所以，我真的把利奥诺拉对可怜又可爱的爱德华的情况处理失当很大程度上与她所信仰的宗教的独特的英国形式有关。因为，当然了，为爱德华唯一该做的事情就是放任他堕落，最后变成一个谈吐绅士气十足的流浪汉，没准儿会在公路上遇到几桩萍水相逢的恋爱韵事。那样他为害的可能性就会

① 原文为 Scarlet Women，是《圣经·启示录》第 17 章所描写的罪妇。后成为新教对罗马天主教会的贬称。

大大减少；同时，他受的痛苦煎熬也会大大减少。无论如何，他为非作歹和悔恨的机会也会更少。因为爱德华最精通悔恨了。

但是，利奥诺拉英国天主教徒的良知，她的严格原则，她的冷静镇定，甚至她的极度耐心，我不禁认为，在爱德华这个特例中全都错了。她非常严肃又天真地想象，罗马天主教会不赞成离婚。她又非常严肃而天真地相信，自己的教会是如此可怕和愚蠢的机构，竟然希望她去承担这样一个难以完成的任务，把爱德华·阿什伯纳姆塑造成一个忠实的丈夫。像英国人常说的那样，她有不信奉国教者的气质。在北美洲的美国，我们将这种气质称为新英格兰良知。因为，那种思想框架已经被英国天主教徒强行接受了。他们经历的那几个世纪——备受盲目和恶毒压迫，被排斥在公职之外，好像生活在一个满怀敌意的国度的所谓狭小兵营里，因此，一切行动都得高度中规中矩——所有这些东西集中在一块儿来上演那魔术般的把戏。我本以为英国的罗马天主教徒都是严格意义上的不信奉国教者。

欧洲大陆的罗马天主教徒是一群肮脏、快乐、放纵的人。不过，那至少可以让他们成为机会主义者。他们会把可怜可爱的爱德华照应得好好的。（请原谅我用这种轻佻的方式来写这些可恶的事情。如果我不写出来，就会崩溃，就会哭泣。）比如说，在米兰，或者在巴黎，利奥诺拉只要把钱花对地方，用两百美元就可以解除自己的婚姻。爱德华就会四处漂泊，最后变成我刚才建议的流浪汉。说不定他会娶个酒吧女侍，这个女人可能会在公众场合让他下不了台，会扯掉他的胡子，在他脸上留下有目共睹的印迹，在此后的余生中，他会对这个女人忠贞不贰。想救赎自己，那正是他向往的……

因为他既沉溺色欲，又备感羞愧，同时又害怕在公众场合难堪，害怕破口大骂，害怕大打出手，总之，害怕招惹公众注意。其实，酒吧侍女会治好爱德华的病。如果她还酗酒，那就再好不过；光照顾她都会让爱德华忙得不可开交。

我知道我在这件事上是对的。我知道这点，是因为基尔塞特案件。你知道，他当时亲吻的那个女佣是本郡不信奉国教主义者首领——不管那个职位被叫作什么吧——家里的保姆。那位绅士铁了心要毁掉爱德华，他是托利党竞选指导委员会，或者不管什么机构的主席——他要让那位可怜又可爱的受难者真正尝一次苦痛。他们在下议会就这件事追问了许多细节；他们想让汉普郡的法官们降级丢脸；他们向国防部提议爱德华不适合担任皇家军队的官职。没错，他那时备受斥责，难受极了。

结果你已经听说了。他在下层人中玩弄女人的毛病被彻底治好。对利奥诺拉来说，那似乎是真正值得庆贺的福音。

跟梅登太太那样的——沾上关系——那也算一种关系——还不

至于像跟一个厨娘沾上关系那样让利奥诺拉厌恶。

那天晚上，利奥诺拉到达瑙海姆时，心里几乎隐隐约约有些满足……

在奇特拉尔和缅甸那些小小的英国殖民官员的驻地，她凭借长年的勤俭节约，几乎把各种事都理得清清楚楚——那些驻地的生活与郡里的权贵相比，费用要便宜多了，但是，在那些地方，这样那样的男女私情却很常见，花费也不高昂。所以，梅登太太出现后——由于丈夫年轻气盛，梅登的私情可能会在那里引起麻烦——利奥诺拉主动退让回家了。凭借努力进取和勤俭节约，凭借出租布兰肖·特里拉弗庄园，凭借卖掉查尔斯一世或几世的一幅画像和一件遗物，她才能够，如她想象的那样，让可怜又可爱的丈夫的财政状况得以恢复到大公情妇不期而至之前的地步。可是，老天啊，所有这些年来，她从来没有穿过一件真正体面的衣服。当然，爱德华本人在财务方面也多少帮了她一点点。他是个许多人喜欢的家伙。他非常爱体面，而且很乐意出借他的雪茄穿孔机——诸如此类的东西。所以，不时有偶然遇到的理财家给他提供一款正好、稳定、有利可图的理财产品。利奥诺拉一点都不怕小赌一把——英国天主教徒难得这样，我不知道为什么。

这样，她的几乎所有投资最后都被证明是翻到了王牌，爱德华真的完全可以重开布兰肖庄园，再度维持他在郡里的地位。因此，利奥诺拉几乎听之任之地接受了梅西·梅登——几乎宽慰地舒了口气。她其实很喜欢这个可怜的孩子——她总要喜欢个人吧。无论怎么，她觉得可以信赖梅西——她相信梅西不会一个星期就敲诈爱德华几千英镑，因为梅西拒绝接受他赠送的廉价戒指。爱德华叽里咕噜地极力夸赞这个女孩，情况属实，这种情况她还从来没碰到过。可是，连这个都让她几乎觉得宽慰。我认为，如果爱德华遇到能终生相爱的女人，她会真心欢迎。这样她也可以休息一下了。

没有比可怜的小梅登太太更好的人了；她病得不轻，不可能被带去短途旅行……还是利奥诺拉本人付了梅西来瑙海姆的路费。她把钱交给那位娃娃丈夫，因为梅西绝对不会接受的。但是，她丈夫也是既害怕又痛苦。可怜的家伙！

我想象，利奥诺拉从印度乘船回国时大概像她过去生活中一样快乐。爱德华对他的这个小姑娘迷恋得如痴如醉——几乎像父亲对孩子那样，手里拿着毛毯和药物从甲板这儿跪到甲板那儿。可是，他举止极为慎重，没有任何东西泄露到别的旅客那里。对梅登太太，利奥诺拉的态度几乎变得像母亲那样。因此情况看上去挺好——仁慈、富有的一对体面夫妇对这个可怜、黑眼睛、垂死的年轻姑娘扮起了救星的角色。利奥诺拉对梅登太太的态度无疑部分解释了脸上打那一巴掌的缘由。她这是揍一个在不合时宜的时刻偷窃巧克力的顽皮孩子。

那肯定是不合时宜的时刻。因为拆了那位受伤军官哥们儿的讹诈信，所有过去的恐惧都向利奥诺拉涌来。她的道路似乎再次无止境地向前延伸出去。她想象，爱德华可能有几百件这样的事情对她隐瞒着。这些事不得不花费更多的抵押，不得不当掉更多的手镯，不得不面对更多而且总是更多的恐惧。她度过了一个备受折磨的下午。当然，这件事够得上立离婚案了，她跟爱德华一样，都想避免招惹大家注目，所以，她觉得他们还必须支付这些花销。对此她倒不是很在意。一年他们可以找到三百英镑。然而，恐怖的是可能还有更多这样的人情债。

利奥诺拉已经有很多年没跟爱德华交心彻谈了——要谈的也顶多是安排坐火车或者雇用仆人这种事。但是那天下午，她得让爱德华好好来谈谈。爱德华还是老样子。那感觉就像十年后打开一本书，发现字句仍然没变。他的动机依然没变。他不愿意告诉利奥诺拉案子的事，因为不想玷污她的思想，让她知道一个称兄道弟的军官可能是个敲诈者，诸如此类的事——他要保护昔日友爱之光的声誉。那位女士肯定不想涉及丈夫。他发誓，不停地发誓说，在这个世界上，没有别的任何东西妨碍他。利奥诺拉并不相信他说的话。

这种事情爱德华做得不在少数了——利奥诺拉开始就错了，最后他倒在这件事上扮演了一个值得赞扬的角色。因为他直接去了邮局。花了好几个钟头编了封密码电报发给自己的律师，吩咐那个头脑精明的人威胁要立刻发出一份逮捕状，抓捕碍他事的那个家伙。后来，他说，如果再这样吓唬可怜的老利奥诺拉就有点太过分了。其实那是他最后的出色的解释，如果那位讹诈者变本加厉，他已准备好冒险上离婚法庭。他会拼着老脸应对这一切——众说纷纭，各种文书，整个空洞喧闹的表演。他那质朴简单的话就是这么说的……

然而，爱德华犯了个错误，没有告诉利奥诺拉他要去什么地方，所以，看到他走进自己房间去拿电报密码本，又看到两个小时后梅西·梅登从他房间走出来，利奥诺拉就想象，这两个小时自己是在默默的痛苦中打发的，而爱德华却是搂着梅西·梅登度过的。她觉得这实在太过分了。

其实，梅西去爱德华的房间部分原因是贫困，部分原因是骄傲，还有部分原因纯属天真无邪。首先，她没钱雇女佣；她尽量克制不去打发旅馆的仆人跑腿办事，因为每个便士对她来说都很重要，她害怕在自己住店快要结束时得给仆人付送高额小费。爱德华曾借给她一只自己迷人的皮箱，里面放了十五把大小不同的剪刀，她从自己的窗口看到爱德华离开去邮局，就抓紧去归还那只皮箱。她不明白，为什么就不应该归还，尽管想到她亲吻过爱德华床上的枕头，她就感觉悔恨交加。她就是这样想的。

但是利奥诺拉却明白，丝毫不用怀疑，这件事给了弗洛伦斯一个掌控她的把柄。这让弗洛伦斯乘机介入了解到某些内情，这让她成了人世间被创造出来的生灵中唯一知道阿什伯纳姆夫妇并非那种没有尾巴可抓的体面人。利奥诺拉立即决定不要给弗洛伦斯太多跟她亲密的特权——那将成为谋利敲诈要付出的代价。因此得把弗洛伦斯置于监视之下，直到她到时能向弗洛伦斯显示，她一点儿都不嫉妒可怜的梅西。因此，这就是她为什么会跟我妻子手挽着手走进餐厅，为什么那么张扬地坐在我们这桌旁边。那天晚上，她连一分钟都没有离开过我们，除了跑到梅登太太的房间祈求她原谅，祈求也让爱德华那天晚上张扬地带她去花园。当梅登太太愁眉苦脸地走进我们全都坐在里面的客厅时，利奥诺拉自言自语地说："喏，爱德华，起来带梅西去花园凉亭那边吧。我想让道威尔太太给我讲讲从弗丁桥过来到康涅狄格州的那些家庭的情况。"因为发现在阿什伯纳姆夫妇到那里之前，弗洛伦斯家那一脉其实已经拥有布兰肖庄园达两个世纪之久了。弗洛伦斯回去睡觉后过了很长时间，利奥诺拉还跟我在那个客厅里坐着，所以我有机会见证了她欢快地接待那一对儿的样子。她很会表演。

我还能准确地记住我们去M城的日期，是因为梅登太太就是那天去世的。我们回来时发现她已经死了——当你想弄明白这一切意味着什么时，这事儿真是太可怕了……

无论如何，当利奥诺拉说她是个爱尔兰的天主教徒时，我放松到什么程度，你就会明白我对这夫妇俩喜欢到什么程度。这种感情是如此强烈，甚至时至今日，我想起爱德华都会不由得叹息。我无法相信，失去了他们，我还能继续过下去。我实在太累了。我也坚定不移地相信，如果我怀疑利奥诺拉嫉妒弗洛伦斯才是她突然发作的原因，我应该疯狂地数落弗洛伦斯一顿。嫉妒是无法治愈的。但是弗洛伦斯对爱尔兰和天主教徒十足愚蠢的嘲讽可以通过道歉消除影响。我好像在两三分钟就把这事儿解决好了。

我道歉时，她长时间定定地、怪怪地看着我。最后，我有意激动地说：

“还是接受现实吧。我坦白，我不喜欢你的宗教信仰。可是我对你这个人非常喜欢。我不怕说，我还从来没真正喜欢过任何人，我也不觉得，有人曾喜欢过我，像我过去认为你真正喜欢我那样。”

“噢，我是很喜欢你，”她说，“喜欢到想说，我希望每个人都像你那样。但是其他人就得考虑了。”事实上，她正想着可怜的梅西。她从我们前面齐胸高的墙上掐下一小段白菊草，在食指和拇指间揉搓了好一会儿，然后从墙顶上扔出去。

“我能接受现实，”她最后说，“如果你能接受的话。”

6

我记得自己对“接受现实”这个说法还大笑了一番，因为她似乎用一种过于庄重的语气重复了下这个措辞。我对她说了这样一番话：

“没有那么严重吧。我想说，作为一个人，自由的美国公民，我肯定有自由认为对你的同修天主教徒哪些方面感到满意。我认为，弗洛伦斯肯定也有自由认为她喜欢什么，并且讲出礼貌能允许她说出的一切。”

“她最好，”利奥诺拉回答道，“别对我的民族或者信仰再说一个字。”

当时这话让我一怔，感觉语气中带着股非同寻常、几乎威胁的强硬味道。这简直就像打算通过我向弗洛伦斯传话：如果弗洛伦斯继续干出什么极端事情来，她会重重地伤害我的妻子。是的，我记得当时自己认为利奥诺拉差不多像通过我对弗洛伦斯喊话：

“你可以由着性子激怒我；你可以拿走我个人所有的东西，但是考虑到就要建立起来的现状，千万不要为了让我变成你脚下逆来顺受的可怜虫而说一句诋毁我信仰的话。”

不过，显然，依我看，那不会是她的本意。体面人，无论他们信念相去多远，都不会互相威胁。所以，我领会利奥诺拉的弦外之音无非想说：

“如果弗洛伦斯不要针对我的教友讲任何不利的话，那样就最好不过，因为这是我最敏感的话题。”

因此，过了会儿，弗洛伦斯和爱德华从堡垒上下来时，这话就成为我向她转达的暗示。我想让你明白，从那一刻开始，直到爱德华和那姑娘以及弗洛伦斯都死了后，我丝毫没有看出过，也没有怀疑过，像人们常说的那样这件事错在哪里。当时，我用了足有五分钟的工夫，琢磨利奥诺拉可能是嫉妒心太强；可是在她那火一般的性格中，嫉妒之火再也没有闪现过一次。我到底应该怎么理解这事呢？

所有那些年，我始终不过是个男护士。他们联手对我隐瞒了好牌，我哪儿有机会斗得过那三个心狠手辣的赌徒？哪儿有什么机会呢？他们是三对一——而且他们又让我那么快乐。噢，上帝，他们让我那么快乐，我甚至怀疑能够抚平全部当下冤错的天堂，能否给我同样的快乐。他们还能做得好到什么程度，或者说他们还能做得糟到什么程度？我不知道……

整个那段时间，我以为自己是个受到欺骗的丈夫，以为利奥诺拉一直在给爱德华做淫媒。那是她漫长、苦难的一生不得不承受的十字架……

你问我充当被欺骗的丈夫是什么感觉。老天，我不知道。可以说毫无感觉。那又不是地狱，显然也并不必然是天堂。所以，我认为是一种中间过渡状态。他们管它叫什么？地狱的边境。不过，我完全感觉不到是这种状态。他们已经死了，他们在最后审判者审判之前就走了，我希望判官向他们打开怜悯之泉。考虑这些不是我的事。像利奥诺拉的人民讲的那样，我的职责是说：让他们安息吧，上帝，让他们安息在永恒的光明中。我们将永远缅怀他们……可他们是什么样的人？正直的人吗？不正直的人吗？天知道！我认为他们这一对儿不过身处永恒、愤怒的阴影中，是爬行在地上的可怜虫。实在非常可怕……

那幅审判的画面有时深夜呈现在我眼前，简直太恐怖了。那可能是我在什么地方见过的画面的联想。可是在一片广阔的原野上，从空中垂下某种东西，我仿佛看到三个人影，其中两个以激烈拥抱的姿态紧紧贴在一起，另一个则孤独难耐。我看到的那场审判画面是黑白色，可能是一幅蚀刻画，可我分不清蚀刻画与照片复制品的区别。那广阔的原野就是上帝之手，延绵好多好多英里，手掌之上和之下，都是无垠的空间。他们都处在上帝的视野范围内，孤单寂寞的那位是弗洛伦斯……

你知道，想到那种强烈的孤独，我感觉有种排山倒海的愿望，想冲上前去安慰她。你知道，对一个你照顾了十二年的人，你不可能不希望继续照顾她，即使你像恨毒蛇般痛恨她，即使哪怕她在上帝的手掌中。可是，在那些夜晚，即便审判的幻觉呈现在我眼前，我知道我能克制住自己。因为我恨弗洛伦斯。我恨弗洛伦斯恨得不想把她从永恒的孤独中解救出来。她根本没必要做那些事。她是一个美国人，是新英格兰人。她没有那些欧洲人炽热的激情。她把爱德华塑造成一个可怜的低能儿——我祈求上帝让他获得真正的平静，紧紧地被拥抱在那个可怜又可怜的女孩怀中！不用怀疑，梅西·梅登将再次找到自己年轻的丈夫，利奥诺拉将燃烧，明亮又宁静，像一道北方的烛光和上帝的一位大天使。至于我……哦，也许他们会找到一条阶梯，让我逃跑……可是弗洛伦斯……

她不该做出那种事儿。她不该做出那种事儿。那太轻佻，太下作。她用彻头彻尾的虚荣毁了可怜的爱德华；她涉足爱德华和利奥诺拉之间，完全是愚蠢的社区访问念头在作祟。你能理解吗，在做爱德华的情妇期间，她还无休止地想让他和妻子重续和好呢？她对利奥诺拉喋喋不休地念叨宽恕——要从阳光的美国人的观点看待问题。利奥诺拉却把她当婊子看待。有回，大清早，她对弗洛伦斯说：

“你从他床上直接下来就想告诉我那里是我应该待的地方。我知道，谢谢你。”

可是即便如此都拦不住弗洛伦斯。她继续说，她的雄心壮志就是拿自己短暂的人生旅程给这个世界留下点更光明的东西，而且如果利奥诺拉，只要给个机会能够离开爱德华，自己将多么感激，她认为，她已经给爱德华建立起一个正确的思维框架了。她说，爱德华需要温柔超过一切。

利奥诺拉则总是回答——她已经忍受了好几年这种肆无忌惮的恶行——据我所知，利奥诺拉一般会这样回答：

“是的，你会放弃他。可你们还会继续偷偷地写信，还会在租住的房间里通奸。我了解你们两个，你知道。行了。我倒更喜欢这样的现状不要变。”

有时，弗洛伦斯对利奥诺拉的话完全不理睬。她觉得她们的举止不是很淑女。别的时候，她试图劝说利奥诺拉相信，她对爱德华的爱完全是精神意义上的——借口她有心脏病。有一回她说：

“如果你连梅西·梅登的话都肯相信，为什么就不肯相信我的话呢？”

我想，利奥诺拉那时正在卧室的镜子前梳头发。她回头看着弗洛伦斯，对她，平常都不屑一顾——她冰冷、镇定地回过头说：

“永远不要再斗胆提梅登太太的名字了。你害死了她。你我偷偷地害死了她。我跟你一样是个十足的恶棍。我不愿再被提醒想起这件事。”

弗洛伦斯立刻咿咿呀呀地说她怎么可能会伤害一个几乎不认识的

人，自己这样一个怀着善良愿望，努力追求让这个世界更加光明些的人，怎么可能伤害一个自己想要从爱德华手中挽救出的人呢。这是她为自己想出的说辞。她真正想的却是……所以利奥诺拉耐心地说：

“很好，就当是我害死她了吧，这个话题实在太痛苦了。谁都不喜欢回想自己曾经杀过人。天生不喜欢。我真不该把她从印度带过来。”

事实上，利奥诺拉正是这样看待这件事的。这样说可能有些不加掩饰，但利奥诺拉在陈述赤裸裸的事实方面向来就是个高手。

我们去M古城远游的那天发生了这件事：

在返回我们住的旅馆时，利奥诺拉直接走进梅登太太的房间，甚至那时都对这个可怜的孩子充满同情和悔恨。本来利奥诺拉想好好宠她的。起初，她只是感觉那张铺着天鹅绒布的干干净净的圆桌上放着一封写给她的信。内容是这样的：

“噢，阿什伯纳姆夫人，你怎么会做出那种事？我是多么信任你。你从未跟我谈起过我和爱德华的事，但我相信你。你怎么可以从我丈夫那里买下我呢？我刚刚听到你是怎样——大厅里，爱德华和那个美国女人正在谈论这件事。原来你付了钱让我来这里的。噢，你怎么可以这样？你怎么可以这样？我想马上回到邦尼身边……”

邦尼是梅登太太的丈夫。

利奥诺拉说，当她往下读这封信时，用不着打量周围就能感觉到那个旅馆房间已经被清理过，桌上没有纸张，钩子上没有衣服，而且有种令人压抑的寂静——她说，好像房间里某种东西把原来存在过的所有声音都吸干了。当她读信的附言时，竟然要与那种感觉搏斗了。

“我不知道你要我充当一个通奸者的角色。”附言这样开头。这个可怜的孩子几乎不识字。“你这样做肯定是不对的，我绝不想做这种人。我听到爱德华在那个女人面前管我叫可怜的小耗子。私下，他总叫我小耗子，我不在意。可是，如果他在那个女人面前这样叫我，我想他肯定已经不再爱我了。噢，阿什伯纳姆夫人，你了解这个世界，我一无所知。我以前想，如果你认为可以，那就没有问题，我还想，如果你了解，你也就不会带我过来。你不应该这么做，何况我们是从同一个修女会学校出来的……”

利奥诺拉说，她读到这里的时候尖声哭叫起来。

后来她看到梅西的盒箱全都收拾停当，她开始搜寻梅登太太本人——搜遍了旅馆。经理说，梅登太太已经结完账，到火车站请求车票预售处给她安排一趟能够立即返回奇特拉尔的车次。他感觉看见梅登太太回来了，可是不敢十分确定。在那么大的旅馆里，没有人会劳神去关心这个孩子的去向。她在大堂里独自走来走去；肯定在一扇屏风旁边坐下来，而爱德华和弗洛伦斯就在屏风的另一边。从那以后，我就再也没有听说过那对宝贝儿之间谈些什么。我想象弗洛伦斯向爱德华灌输一些善意的警告，比如他可能正对那女孩的心脏造成伤害，想借此来塑造可怜又可爱的爱德华。她总是以这种方式开始。爱德华则充满柔情地向她保证这里不会有什么事儿的，还说梅西不过是只可怜的小耗子，她来瑙海姆的旅费还是妻子拿自己腰包的钱给付的。要玩这种小伎俩，那样就足够了。

这个伎俩玩得十分有效。利奥诺拉的恐慌越来越强烈，同时心里的悔恨也非常巨大，她找遍了旅馆的每个公共空间——餐厅、客厅、写作室和冬季花园。天知道，在一家旅馆里他们要冬季花园做什么用，而且只从5月到10月开放。可它还是在那里。这时利奥诺拉已经开始跑起来——没错，她跑上楼梯——想看看梅西是不是回房间了。她已经下定决心马上带这孩子离开那个邪恶的地方。她好像觉得那里已经完全说不出口了。我的意思不是说她在这件事上不是特别冷静。利奥诺拉毕意还是利奥诺拉。但是这件事情客观上的正义性要求她对这个与自己来自同一所修女会学校的孩子担负起母亲的角色。她认为事情应该这样。她将把爱德华交给弗洛伦斯——和我——她将全力以赴去给那个孩子创造爱的氛围，直到可以还给那可怜、年轻的丈夫。自然，这一切都太晚了。

最初，利奥诺拉并没有在梅西房间仔细搜索。现在，她一进去就发现，一双穿着高跟鞋的小脚从床上伸出来。梅西是在使劲捆一只巨大的两半合拢的手提箱时死掉的。她死时姿势如此怪异，娇小的身躯向前栽进皮箱，皮箱像只硕大的鳄鱼嘴，紧紧地吞住她。梅西手里还握着钥匙。她那日本人般的黑发披散下来，盖住身躯和脸庞。

利奥诺拉把她抱起来——她轻得像羽毛——放在床上，她的头发散落在身上。她还面带微笑，仿佛在一场曲棍球比赛中进了一球得了分似的。你知道她并没有自杀。她只是心脏停止了跳动。我看着她，长长的睫毛落在脸颊上，嘴唇间还带着笑意，鲜花簇拥在身边。她手里放着一朵白色莲花的茎秆，所以花朵的穗尖贴在她的肩膀上。在殡仪馆环绕她四周的蜡烛的光辉中，她看上去就像沐浴在阳光中的新娘。两个跪在她脚边，把脸遮起来的修女的白色贴头帽犹如两只天鹅，即将带她到仁慈的大地，或者不管什么地方。利奥诺拉给我看了她的遗容。她没有让另外那两个看。你知道，她尽量让可怜又可爱的爱德华少动些感情。他根本就忍受不了看见尸体。因为利奥诺拉始终没有让爱德华知道梅西曾给她写过信，他就认为梅西的死是世界上最自然不过的事了。很快他就会忘掉这件事。的确，这是他平生风流韵事中并不觉得有多大痛悔的一件事。

第二部

1

梅登太太是1904年8月4日死的。直到1913年8月4日，其间什么都没有发生过。这两个日期有种奇怪的巧合，但我不知道那是不是代表残酷的造物主充满恶意、好像半带逗乐又全然无情的众多举动中的一个，而我们将其称为巧合。因为这很可能是弗洛伦斯的迷信想法，迫使她采取某些行动，好像被催眠了般。然而，毫无疑问的是，看来8月4日对她来说向来是个重要日子。首先，她是8月4日出生的。后来，1899年的那天，在一个叫吉米的年轻人的陪伴下，她跟叔叔出发开始环游世界。不过，那并不单纯是个巧合。她这位被认为心脏不好的善良的叔叔，在那次旅行中以其特有的细腻方式送了她一件生日礼物，祝贺她已经成年。后来，在1900年的8月4日，她不得已采取了一项行动，此举无疑让她的整个人生染上某种微妙的色泽——包括我的人生。她运气不好。那天早晨，她可能送了自己一件生日礼物……

1901年8月4日，她嫁给我，我们在一场巨大的狂风中起航去欧洲——这场大风影响到她的心脏。毫无疑问，她又给自己送了一份生日礼物——那份生日礼物就是我悲惨的人生。我忽然想到，我从未跟你讲过我的婚姻。是这样：如我所料，我已经告诉过你，我是在第十四街的斯图韦森家第一次跟弗洛伦斯相遇。从那一刻起，我怀着一个也许本性柔弱的人的全部固执痛下决心，如果不能把她拥为己有，至少要跟她结婚。我没有职业——我没有任何商务活动。我就那么在斯坦福特一家肮脏的旅馆临时驻扎下来，在住处或者赫尔伯德小姐们的游廊上无所事事地混日子。赫尔伯德小姐们说来有些怪异和固执，并不喜欢我出现在那里。不过在这种事情上当时全国的风气对她们的行为也有所牵制。弗洛伦斯有自己的起居室。她可以邀请自己喜欢的人去里面，我便这样走进那个房间。我像你一样怯生生的，但在那件事上，我就像一只决意要当着一辆汽车穿行公路的小鸟。我经常走进弗洛伦斯漂亮、小巧、老派的房间，摘掉帽子，然后坐下来。

当然，弗洛伦斯还有其他几位小伙伴——几个高大魁梧的新英格兰人，他们白天在纽约上班，晚上才回到出生的乡村过夜。晚上，他们会成群结队来找弗洛伦斯，个个都怀着几乎跟我自己表现出的一样的坚定决心。我不得不说，他们收获到跟我一样额度的冷遇——从赫尔伯德家的小姐们那里……

那两位小姐都是怪怪的老东西。她们简直就是被下过咒的古老家族的成员——很有淑女风范，举止非常得体，连叹息也如此。有时我会看到她们眼中满含泪水。我知道我对弗洛伦斯的追求开始并没有多大进展。可能因为追求行为几乎无一例外都发生在白天的时候，以及炎热的午后，那时正好云一般的尘土像烟雾般悬浮在空中，高得直达那几棵叶子稀疏的榆树尖。我相信，夜晚是动用温柔的爱情技艺的最佳时机，但康涅狄格7月的下午不行，那时任何亲近的想法几乎都会令人惊骇不已。但是，虽说我从来不曾吻过弗洛伦斯，她却让我在连续两星期的时间里，轻而易举地发现了她的那些简单的需求。而我能满足那些需求……

她想嫁给一个悠闲的绅士，她想在欧洲有所宅第。她希望自己的丈夫带种英国口音，一年地产收入五万美元，并且不要再雄心勃勃地增加那份收入。而且——她隐隐约约暗示——在两人关系上她不想要太多肉体激情。你知道，美国人会连眼睛都不眨一下就去展望这样的结合。

在聪明伶俐如滔滔洪水的谈话中，她释放出这些信息——她会在评论威尼斯里阿尔托岛的景色时冷不防插进点儿这种信息，当她欢快地描述巴尔莫拉尔城堡时，又会说她的理想丈夫应该是个能让她被英国宫廷接纳的人。她好像在英国待过两个月——有七个星期花在从斯特拉特福到斯特拉斯佩弗的漫游上了，有一星期以寄膳宿者的身份住在莱德伯里附近一个叫巴格舍威的、源远流长的英国人家，其时这家人生计已经困顿，但仍然门第庄严。他们打算在那个宁静的怀抱中再多住两个月，但是，显然因为叔叔生意上的扫兴事致使他们匆匆回到斯坦福特。那个叫吉米的年轻人继续留在欧洲来完善自己有关那片大陆的知识。他显然这样做了：后来，他对我们的用处挺大的。

然而，由此引发的问题是——不会有误——弗洛伦斯冷静、镇定地痛下决心，对任何不能给她一处欧洲落脚地的男人不再看哪怕一眼。这是她对英国家庭生活的探望导致的结果。她打算结婚后先在巴黎住上一年，然后让丈夫在弗丁桥附近买些地产，1688年赫尔伯德家族就是从那地方出发远走的。她想以此为基础，在英国本郡上流社会阶层占据一席之地。这个已经想定了。

每当想到这些细节时，我以前总是备感得意，因为从她在斯坦福特的那些熟人中，我找不到任何人能够填满这份清单。他们大多数人没有我那样富有，即便有人与我旗鼓相当，又放不下华尔街的诱惑，即使弗洛伦斯答应会永久相守。不过，其实7月里什么事都没有发生。8月1日，弗洛伦斯明确告诉她的姑姑们，她有意嫁给我。

她并没有告诉我，不过，毫无疑问，早已告诉过姑姑们了，因为，就在那天下午，老弗洛伦斯·赫尔伯德小姐在去弗洛伦斯客厅的路上拦住我，激动地把我带到会客间。在那个老派的殖民时期的房间里要来一场奇特的会谈。房间里摆着腿脚尖细的家具，各种剪影像、微缩画，布雷多克将军的肖像随处可见，屋里还散发出薰衣草的味道。你知道，两个可怜的老姑娘痛苦不堪——她们没法直截了当地讲出哪怕一件事。她们几乎手指相绞，问我是否觉得做出这种事算是另一种喜怒无常。我向你保证，她们两个简直太温柔亲切了，甚至对我很关心，好像弗洛伦斯太机灵了，配不上我那单纯、严肃的美德。

因为她们从我身上发现了单纯、严肃的美德。那也许是因为有一次我随口说，我更喜欢布雷多克将军而不是华盛顿将军。在独立战争中，赫尔伯德家族支持战败的那一方，因为那个原因，家族陷入严重困顿，遭到极度压制。赫尔伯德家的小姐们永远不会忘记这个。

然而，想到我和弗洛伦斯要去欧洲谋生，她们都感到不寒而栗。当她们听说这是我希望给侄女的东西时，两人都痛哭失声。部分原因可能是她们认为欧洲是罪恶的深渊，那里形形色色的放纵行为遍地皆是。她们像别人一样，认为英国属于宗教国家控制论者的地盘。她们对这些人表达了极其强烈的抗议……

她们甚至差点要说，婚姻犹如圣礼，但无论老弗洛伦斯小姐还是艾米丽小姐，都不可能让自己讲出那个词。她们几乎想要说，弗洛伦斯少女时代就性喜打情骂俏——差不多是这样吧。

我记得自己是这样结束那次会谈的：

“我不在乎。就算弗洛伦斯抢过银行，我也要和她结婚，带她去欧洲。”

听了这话，艾米丽小姐又放声悲哭，然后晕了过去。老弗洛伦斯小姐虽然看见姐姐处于这种状态，仍然向我脖颈扑过来，大声喊叫道：

“别这样，约翰。别这样。你是个好青年。”我要离开房间让弗洛伦斯来挽救她姑妈时，老弗洛伦斯小姐说：

“我们应该多告诉你些情况。可她是我们亲爱的姐妹的孩子。”

记得弗洛伦斯见到我时面色苍白如粉笔，大声喊道：

“那两只老猫一直在说对我不好的话吧？”可我向她保证没有说，然后赶紧把她送进两位莫名其妙苦恼不已的亲戚房间。其实我已完全忘记老弗洛伦斯的那声喊叫，直到此刻才想起。她待我如此之好——如此有手腕——以至于，即便我后来想起过那声喊叫，也把它归结为对我的深情流露。

那天晚上，我去接弗洛伦斯乘马车游玩，她却消失得无影无踪。我不能再耽误任何时间了。我立即赶赴纽约，订了个“波克洪塔斯”号船上的舱位，这艘船将在当月4日晚上起航，然后我又回到斯坦福特，当天我就查到弗洛伦斯乘车去了拉伊火车站。到那里后，我又得知她乘火车去沃尔特伯里了。她当然是去叔叔家了。老人见到我时脸上毫无表情，肌肉僵硬如壳。我不能见弗洛伦斯；她生病了。她一直关在自己房间里。我从老人无意中漏出的一句话—— 一句怪里怪气的《圣经》里的话，我已经忘了——判断，全家人打算这辈子不让她嫁人。

我立刻弄到最近的一个牧师的姓名和一副软梯——你不知道在当时的美国，这些事情办起来多么粗糙。我敢说可能现在依然如此。8月4日凌晨一点钟，我已经站在弗洛伦斯的卧室里。为了达到目的，我完全是一根筋，根本没想到早晨一点钟出现在弗洛伦斯卧室里有什么不妥。我只想叫醒她。不过，她并没有睡着。她料到我会来，她的亲戚们刚刚离开。她用一个热情的拥抱迎接了我——嗯，这是我第一次被一个人拥抱——同时也是最后一次，对我来说一个女人的拥抱中还有某种热情。

我想，后来发生的事责任完全在我。无论如何，我只想尽快把婚礼办完，而且特别害怕她的亲戚们会发现我在那里，乃至我大概在头脑恍惚的状态下，接受了她的建议。我出了那个房间，不到半分钟就顺着软梯溜下来。她让我在软梯脚下等的时间长得简直太过分——我们去敲那个牧师的房门时肯定已经早晨三点了。说起来，我想刚才的等待是弗洛伦斯唯一表明她还有良心的暗示，除此之外就是她在我怀中躺着的片刻时间。我想，如果我那时表现出热情来，她对我可能还会尽真正的妻子之谊，也有可能再次拒绝。可是如果我的行为举止像个费城绅士，我想她会强行让我自始至终承担起一个男护士的角色。也许她认为我不会介意。

如我所推测，那次之后，她没有丝毫后悔。她只想急不可耐地实施自己的那些计划。因为她从梯子上下来之前，叫我爬到那个古怪器具的顶端。我像个镇定的跳蛙般爬上爬下。我镇定至极。她带着股凶狠劲儿对我说：

“定好了我们今天下午四点启程吗？你没有撒谎说已经订安全舱位了吧？”

我明白，她骨子里急于摆脱那些明显不太理智的亲戚们的地盘，所以我迅速原谅了她觉得我可能在这种事情上撒谎的想法。因此，我明明白白对她说，乘“波克洪塔斯”号航行是我铁定的决心。她又说话了——那是一个洒满月光的早晨，我站在软梯上，她对着我的耳朵轻声呢喃了几句。沃尔特伯里四周，群山轮廓清清楚楚，庄园附近格外宁静。她几乎冷冰冰地说：

“我想知道，这样我好收拾皮箱。”她又补充说，“我可能会生病，你知道。我想我的心脏有些像赫尔伯德叔叔的心脏。属于家族遗传。”

我轻声细语地告诉她，“波克洪塔斯”号是一艘非常稳定的船……

现在我有些好奇，弗洛伦斯让我在软梯脚下等待的两个小时里，她头脑中究竟都闪现过些什么念头。我很想知道。我猜想，直到那时，她头脑中可能还没有成形的计划。她以前绝对没有提到过自己的心脏病，直到那一刻。也许再次见到赫尔伯德叔叔让她产生了那个想法。显然，那位陪她去沃尔特伯里的艾米丽姑妈向她灌输了好几个小时这样的思想：任何过于激烈的讨论都会要了这位老绅士的命。这可能让她回想起可怜又愚蠢的叔叔在环游世界期间为了避免激动所采取的各种防护措施。可能那次经历让她想起这事儿。我想她对自己的说法有些愧疚。利奥诺拉告诉我，弗洛伦斯说有些愧疚——因为利奥诺拉知道这一切，有一次竟然问她怎么会做出这样有污声名的事。弗洛伦斯为自己开脱说，那要归咎于某种突如其来的激情。噢，我总说突如其来的激情向来都是滥情的好借口。你真拿它们没办法。而且那也是直接采取行动的好借口——她可能在嫁给我前后跟那家伙私奔。如果他们没有那么多钱一起生活了，可能会割喉自杀，或者从家里榨取，当然，虽然弗洛伦斯贪求的东西太多，根本不适合嫁给一个干货店小伙计丈夫，因为这个缘故，老赫尔伯德倒中意那家伙。他恨那家伙。不，我认为这里没有多少可为弗洛伦斯开脱的。

天知道。她是个担惊受怕的傻瓜，喜欢胡思乱想，我认为那时她真心爱着那个傻子。可那伙计肯定不在乎她。可怜的东西……无论如何，我向她保证那艘叫“波克洪塔斯”号的船很稳后，她只是说：

“你得好好照顾我——得像别人照顾赫尔伯德叔叔那样。我会告诉你怎么办。”接着她跨过窗台，仿佛登上一艘船。我想她已经把自己燃烧起来了！

不用说，我目睹过太多大开眼界的事。早上八点我们又回到赫尔伯德家的大宅时，全家人都精疲力竭。弗洛伦斯带着坚定、得意的神态。我们已经在早晨四点左右结了婚，而且在城外山丘上的树林坐到那时候，听着一只百舌鸟模仿一只老公猫的叫声。因此，我猜弗洛伦斯发现跟我结婚，整个过程一点都不刺激。我发现，除了说说自己是多么高兴外，也找不出还有什么更激动人心的话可说。我想自己简直太茫然若失了。哦，赫尔伯德家的人都茫然得不知说什么好。我们一起吃了早饭，然后弗洛伦斯去收拾提箱、东西之类。老赫尔伯德乘势抓住机会向我发表了一番激情澎湃的演讲，以美式演说惯用的风格，这篇演讲的主旨是讲述某个年轻的美国女孩潜伏在欧洲丛林中遭遇的诸多危险。他说巴黎的草丛中到处都是蛇，对此他可有过痛苦的经验。最后他下结论道，就像他们那些可怜又可爱的老家伙经常干的那样：希望所有的美国女人有朝一日都性冷淡——尽管原话不是这样讲的……

噢，我们一点三十分的时候已经上了船——这时一场暴风雨发作了。这帮了弗洛伦斯很大的忙。因为我们从桑迪霍克出来不到十分钟，弗洛伦斯就下到自己的舱里，她的心脏病发作了。一个焦急不安的船舱女服务员朝我跑来，我又跑下去。我之前接受过指导，该如何应对妻子的情况。大多数指导就来自她本人，随船医生建议我最好克制住不要有感情冲动的表示。我早就有足够的准备。

当然，我满心懊悔。我忽然想到，她的心脏病就是赫尔伯德家人不想让他们这位最年轻、最可爱的孩子结婚的神秘愿望产生的理由。当然，他们太过考究，无法把这个动机形诸语言。他们是古老的新英格兰人家族。他们不想提出丈夫千万不可亲吻妻子脖颈后面。因为这个缘故，他们也不愿暗示，丈夫可以那样做。不过我有些纳闷儿，弗洛伦斯是如何让医生——而且是好几位医生——进入这场同谋的。

没错，她的心脏有时会吱吱尖叫——她的肺部构造也跟赫尔伯德叔叔的一样。而且，在叔叔的公司里，她肯定听过大量专家有关心脏病的说法。总之，她和他们把我牢牢地绑定住了——当然，还有那位吉米，那个枯燥乏味的男孩——她究竟看中那男孩身上的什么了？他落落寡合，沉默寡言，阴郁孤僻。作为一个画家，他毫无天分。他面色土黄、发暗，从不彻底地刮一下胡须。他在哈文跟我们会面的。随后的两年里，他逐渐把自己打造成一个举足轻重的人物，那段时间他住我们在巴黎的公寓，无论我们是否在那里，他都住那儿。他在朱莉亚之家或者类似的什么地方学习绘画。

那家伙总是把手插在那件令人作呕、肩膀方正、腰身肥大的美国产的上衣的口袋里，那双黑眼睛总是充满不祥的神色。另外，他实在胖得够呛。哦，我比这个男人强多了……

我敢说弗洛伦斯本想待我更好些。她已经流露出这个迹象。我想，也许就是那种谜一样的微笑，每当她走进浴室回首张望我时经常带的微笑，那就是一种邀约。那仿佛在说："我就要进去了，我就要赤身裸体地站着，身体洁白、笔直……你是个男人……"也许就是那个意思……

不，弗洛伦斯不可能喜欢那家伙很长时间。他看上去灰头土脸。我知道弗洛伦斯当初开始丢人现眼的时候，他也许瘦削、黝黑、非常优雅。但是，在巴黎浪荡了些时日后，凭借弗洛伦斯口袋里的钱，以及老赫尔伯德为了让他远离美国给的一笔生活费，他变得大腹便便，像个四十岁的男人，而且整个肚子上洋溢着消化不良的恼怒。

天哪，他们居然让我干这干那！其实都是这两人私下设计出那些规矩。我已经跟你讲过那些东西——我如何要引导谈话，整整十一年间，要避开诸如爱情、贫困、犯罪等等话题。可是，回头再看我写的那些话，我知道，当我说弗洛伦斯从来不曾离开过我的视线时，我已经无意中误导了你；可是直到那一刻我心中确实就存在那种印象。当我仔细琢磨这件事时，发现其实大多数时候，她并不在我的视线范围。

你瞧，那家伙已经让我相信：弗洛伦斯最需要的是睡眠和深居简出。如果不敲门，我绝不能进她房间，否则那可怜的小心脏会颤动得飞出去，遭遇灭顶之灾。他说这些的时候口气中总带着股阴郁的牢骚。他的黑眼睛就像乌鸦的眼睛，所以我好像看到可怜的弗洛伦斯一天要死上十次——变成一具纤小、苍白、脆弱的尸体。噢，我应该早就想到不经许可走进她的房间，像强盗闯进一座教堂那样。我应该早就犯下那桩罪行。如果我早就想到她的心脏状况需要犯那种渎神罪的话，我肯定会去犯的。所以每天晚上十点钟，弗洛伦斯会遵照那家伙的建议轻轻地又很不情愿地关上门。她会祝我晚安，好像一个16世纪的意大利女人对她的情人道晚安。第二天早晨十点，她又会从自己的房门走出来，精神焕发，犹如希腊神话传说中讲到的维纳斯从某张卧榻上刚起来。

弗洛伦斯的房门经常紧锁着，因为她害怕窃贼；不过，有个挂在绳上的微型电器系在她纤细的手腕上，这个可以理解。她只要摁一下那个小球就能把整座房子里的人吵醒。我自己准备了一把斧头—— 一把斧头！——伟大的诸神啊，如果我真的使劲响亮地敲过几次之后没人来应答，就用斧头劈开她的房门。你瞧，这个主意很妙吧。

想不太清的是最后的结局——我们被束缚在欧洲这件事。那个年轻人不厌其烦地对我讲，如果弗洛伦斯越过英吉利海峡，就会有丢掉性命的危险——他对我思想的说服力如此充分，乃至后来弗洛伦斯想去弗丁桥时，我都把这个计划制止了——彻底制止！用一个斩钉截铁的“不”字。这既镇住了她，同时又把她吓着了。我的决定甚至得到所有医生的支持。我好像跟一个又一个医生进行过无穷无尽的交谈，那些冷漠又镇定的人，他们用通情达理的口吻询问我们去英国有什么理由——任何特别的理由。因为我看不出有什么特别的理由，他们就会给出裁定：“那最好别去。”我敢说他们非常诚恳，讲的都是实话。他们可能以为单纯的汽船并联就会影响弗洛伦斯的神经。这就够了，这样让我们把钱留在欧洲大陆花他们会于心有安。

这肯定让可怜的弗洛伦斯极度惊讶，因为你知道，她心中最重要的想法——也是唯一重要的想法，如果失去了，她的心会凉透——就是回到弗丁桥，在她家祖传老宅里做个乡村妇女。可是吉米却拿定了她。他关闭了弗洛伦斯穿越英吉利海峡的大门；即使在天空湛蓝的大好日子里，对面英国的悬崖像在加来看到的珍珠母般闪闪发光，清晰可见，为了她的生命安全，我也不会让她跨过汽船的甲板过道。我告诉你，这样就把她拴住了。

这样拴住她非常绝妙，因为她不会自行宣布病已治愈，因为那样就意味着结束卧室房门紧锁的规矩。等她开始讨厌吉米的时候——此事出现在1903年——她又开始迷恋上爱德华·阿什伯纳姆了。是的，这对她来说是一个很厉害的决定，因为爱德华能带她去弗丁桥，而且，虽然他不可能给她奉送布兰肖庄园，那幢她祖先曾居住过的老宅，现在由爱德华的妻子住着，弗洛伦斯至少可以在那里或者附近，在我们的钱财以及阿什伯纳姆夫妇的支持下，像女王一般要排场。她的叔叔，只要认为她真的跟我生活在一起——我只消写信给他附上对弗洛伦斯的美德和忠贞炽烈的赞美之词就可以了——就会把自己的一大笔资产转到弗洛伦斯名下，那些资产他留着也没用。我设想，我们俩每年会有一万五千美元进到英国的账面，当然我不太清楚她的那份里有多少进到吉米的口袋中。无论如何，我们在弗丁桥可以过得光彩照人。

我也不太清楚，她和爱德华是如何摆脱掉吉米的。我想那只声名狼藉的胖乌鸦，某天早晨肯定有六颗金门牙被爱德华敲到嗓子眼里去了，那时我可能正好出去在派克斯街[①]去买几束鲜花，扔下弗洛伦斯和公寓，让他俩照顾。吉米罪有应得，这就是我想说的一切。他是那种恶劣的敲诈者，我希望弗洛伦斯来世再也不要让他陪伴。

因为上帝就是我的法官，如果我知道他们真心满怀激情相爱，我是不会把他们两个拆开的。我不知道这个情况中何来的公德。当

① 原文为法语 Rue de La Paix，意为和平街，有讽刺意味。

然，没有人真正知道在任何特定情况下，会做出什么。但我真的相信，我会尽可能争取找到体面的方式和办法让他们结合在一起。我想我会给他们生活费用，那会让我自己心有所安，到那一天，我可能会找个像梅西·梅登那样的年轻姑娘，或者可怜的女孩，我或许还能得到几许安宁。说到安宁，我跟弗洛伦斯在一起从来没有体验过，我几乎不相信，过了一两年这样的生活后，我仍然以爱的方式关心着她。对我来说，她变成了某种稀罕、脆弱的东西，变成某种沉重负担，但又非常虚弱。噢，那感觉就像别人把一只薄壳小母鸡的蛋交到我手中，让我从赤道非洲带到霍博肯[①]。是的，现在，对我而言，她成了一场赌博的对象——一个运动员成就的奖品，成为象征他纯洁、严肃、坚韧以及不屈不挠意志的荷兰芹菜编织的花冠。作为妻子的本来价值，我觉得她对我来说已经荡然无存。我想连她的穿着打扮都让我拿不出手。

而她对吉米的激情连激情都算不上，而且，她对自己的性命担惊受怕，有迹象表明怕得快要发疯。是的，她有些惧怕我。我会告诉你是怎么回事。

我过去有个叫朱利叶斯的黑仆。他贴身服侍我，照顾我，爱着我，就像爱他头上的顶冠。喏，我们离开沃尔特伯里去搭“波克洪

① 新泽西城市。

塔斯”号时，弗洛伦斯交给我一个特别珍贵的皮制手提包。她告诉我，她的性命可能全靠那个包了，包里装着对付心脏病突发的药。由于我从来不善于提带东西，反过来又把这件东西转交给朱利叶斯，他是个大约六十多岁的灰发老人，看上去别具一格。老人给弗洛伦斯留下的印象如此深刻，她待他简直就像父亲一般，而且坚决反对我带他去巴黎。老仆人会给她带来诸多不便。

唉，朱利叶斯对自己被留下伤心欲绝，执意要离去，并且丢下那个珍贵的手提包。我看得急红了眼，气得脸都紫了。我朝朱利叶斯飞奔过去。那是在渡口，我狠狠地一拳打到他的一只眼睛上，并且威胁要勒死他。因为一个毫不反抗的黑人会发出凄惨的叫声，摆出那样凄惨的模样，又因为那是弗洛伦斯婚后第一次遇险经历，她算是好好见识了下我的性格。这让她暗下决心，要隐瞒她并不是自称的“纯洁女人”这个事实。因为那才是她怪诞行为真正主要的源泉。弗洛伦斯害怕我会杀了她……

就这样，她抓住尽可能最早的机会，刚上船就让心脏病发作了。也许不该过多责备她。你一定记得她是个新英格兰人，而新英格兰还没有像现在这样厌恶黑人。然而，如果她来自哪怕费城这样稍微靠南的地方，出身于某个古老家族，她可能都会觉得对我来说脚踢朱利叶斯并不是什么残暴行为，相对她堂兄雷吉·赫尔伯德而言，她说——像我听到他对自己的英国管家说的那样——为了两分钱他会把管家打得屁滚尿流。另外，在她眼中那只装药的手提包也没有像在我眼中分量那么重，在我看来那是自己爱慕的妻子生命存在一天的象征。对她来说不过是个管用的谎言……

噢，你大概已经了解了情况，我尽量说得更清楚些——丈夫是个无知的傻瓜，妻子是个带着各种恐惧症的冷淡的色情狂——我愚蠢到这个田地，都不知道她是什么样的人，是不是敲诈勒索的爱好者。接着另外那个情人出现……

噢，爱德华·阿什伯纳姆值得拥有。我曾经向你介绍过这位光彩夺目的家伙吗？——他是一个出色的士兵，一个优秀的地主，又是极端善良、负责、勤勉的地方长官，正直、诚实，公正、没有思想成见的公众人物。我想我还没有向你介绍过这点。事实上，我也是那个可怜的女孩出现后知道的——那个可怜的女孩跟他一样坦诚、一样出色、一样正直。我发誓她确实是这样。我想我应该了解这点。我想，这其实就是我如此喜欢他的原因——喜欢得无度。仔细思量，我都能记得几百上千件他小小的仁慈之举，他对下人的关心体贴，甚至在欧洲大陆时都如此。例如，我知道两个非常不幸、死气沉沉的家庭，都是黑森穷人，阿什伯纳姆怀着极大的耐心，寻根究底，从警局弄出他们的材料，帮助他们自主站起来，或者把他们送到我的病人园来。他连自己都说不清为什么愿意做这些，看到有个孩子在街上哭就会采取行动。他会吃力地翻腾字典，用那种不熟悉的方言口语……总之，他就是受不了看见小孩哭。也许同样受不了看见女人哭，总想用自己肉体的魅力给她以抚慰。

然而，尽管我如此喜欢他，我还是倾向于把这些事看作理所当然。这些事让我跟他相处时感觉很欣慰，对他心怀好感。这些事让我信任他。但我想，我认为那可能是任何英国绅士品质的构成部分。瞧，一天他看到埃克塞尔斯旅馆的领班侍者一直在哭——那个灰脸络腮胡的家伙，他就把这事记在心里。后来，他花了大半个星期的时间，通过书信与英国领事馆取得联系，想把领班的妻子从伦敦弄回来，同时带回他的小女儿。这位妻子跟一个瑞士厨工私奔了。如果她一星期内不回来，阿什伯纳姆就会亲自去找。他就是那样的人。

爱德华·阿什伯纳姆就是这样的人，我认为那只是他的职位和身份本应担负的责任使然。也许这就是全部的原因，本应如此——但是我祈求上帝让我也尽一份自己的责任。可是对那个可怜的女孩而言，我敢说，我本不该见她，无论我的感情如何强烈。她对阿什伯纳姆如此满怀热情，尽管我到现在都对英国人的许多生活习惯不理解，但我能推测个大概。我们在瑙海姆待的所有最后那段时间，她都跟他们在一起。

她的名字叫南希·鲁福特，是利奥诺拉唯一的朋友的唯一的孩子。利奥诺拉是她的监护人，如果这个词正确的话。她从十三岁起就开始跟阿什伯纳姆夫妇一起生活了，据说，因为她父亲残暴无情，她母亲自杀了。没错，那是一个很喜庆的故事……

爱德华总是管她叫“姑娘”，这非常贴切地传达出他们两人对这孩子不言而喻的溺爱之情。她恨不得亲利奥诺拉的脚——在她看来他们是世上最好的男人、最好的女人——包括在天堂。我想她的头脑中恐怕从来没有闪现过魔鬼——可怜的姑娘。

哦，无论如何，她在我面前对爱德华足足赞美了一个钟头，可是，我说过，我不太明白这些话的意思。他好像得过D.S.O.奖章[①]，他的部队对他的爱超过人们对他的爱。你永远没见过像他服役的那样的部队。他有枚皇家人道协会的奖章，带一条扣链。显然那意味着他曾两度从军舰的甲板上跳下水去救过一个名叫“汤米斯”的女孩，她掉进红海或者类似的地方。他曾两次被推荐为V.C.十字奖章[②]的候选人，且不说出于什么原因。尽管由于某些技术原因，他始终没有获得过那枚显然让人垂涎的奖章，但他获得了加冕礼上靠近女王的特殊位置。或许那是担任皇家禁卫军仪仗卫士的职位。那姑娘把爱德华说成好像罗恩格林[③]与巴亚尔骑士[④]的气度兼而有之的

① 全称为Distinguished Service Order，意为杰出贡献奖，英军重要奖项之一。

② 全称为Victoria Cross，维多利亚十字奖章，英国军队奖给勇士的奖章。

③ 德国民间故事中的圣杯骑士，德国作曲家瓦格纳曾创作以其为名的歌剧。

④ 中世纪时期法国名将，被认为是“无懈可击的无畏骑士”。

人物。也许他还就是……但他这个人太沉默寡言，真正灿烂的那面反而没有显示出来。我记得那会儿去他那里，问他D.S.O.是什么奖章，他吞吞吐吐地说：

“那不过是颁给战争期间有幸给军队提供劣质咔啡的杂货商的东西。”——类似这样的意思。他的回答并没有让我特别信服。所以，最后，我直接问利奥诺拉。我问得既彻底又干脆——请教这个问题之前先说了些别的话，比如那些我已经跟你们说过的话，甚至提到如果一个人的亲密关系被引导成一种英国式相熟时，真正了解一个人不知有多困难——我问她丈夫是不是真的那么出类拔萃——至少按照他发挥的公共作用来衡量的话。她用多少有些惊讶的神态盯着我——带着那种几乎震惊的神态，如果利奥诺拉曾经被震惊过的话。

“你难道不知道吗？”她问道，“如果让我来琢磨这件事，在任何三个郡里都找不出比他更出色的人了。你发现哪里有的话，把他们找出来好了——按照那些标准衡量。”她若有所思地凝视了我似乎好长时间后又补充道：

“为我丈夫说句公道话，世上没有比他更好的人了。不可能有余地——如果按照那些标准来衡量。”

“哦，”我说，“那他还真是集罗恩格林和熙德[①]于一身的人物

① 西班牙民族英雄，以其为主角的《熙德之歌》是西班牙文学史上最早的一部史诗。

了。因为其他衡量标准都不值一提。”

她又看了我很长时间。

“你认为其他衡量标准都不值一提吗？”她悠悠缓缓地问道。

“嗯，”我欢快地回答，“你不会骂他不是个好丈夫，或者不是你那养女的好监护人吧？”

接着，她又像人们把一枚海贝贴在耳朵上聆听那样——你相信这个吗？——字斟句酌地讲起来——她后来告诉我，听了我说过的那句话，她第一次对这场马上到来的悲剧有了某种模模糊糊的预感——虽然那姑娘跟他们一起生活了八年多：

“噢，我并不想说他不是最好的丈夫，或者说他不是特别宠爱那姑娘。”

然后我又说：

“好啊，利奥诺拉，一个男人从这些事情中看到的东西要比妻子多得多。而且，我来告诉你，我认识爱德华的所有这些年，你不在的时候，他对别的任何女人都没有动过情。甚至眼睫毛都不动一下。我应该注意到了这点。他提到你的时候，好像你就是上帝的天使。”

“哦，”她司空见惯地应答了下，就像你早就料到利奥诺拉总是司空见惯的样子，“我绝对相信，他总是说我好。”

我敢说她面对那种场合已经训练有素——人们肯定常常借助赞

扬丈夫忠诚和令人崇拜来恭维她。世上多半——乃至全世界认识爱德华和利奥诺拉的人都相信，他在基尔塞特事件中受到的指控纯属审判不公——是一场伪证的阴谋，被一些不信奉国教的教徒的对手扯进去了。可是想到那傻瓜，我就……

2

让我想想我们讲到哪儿了，噢，对了……那次谈话发生在1913年8月4日，我记得跟她说，正好九年前，那天，我认识了他们，成为朋友，所以，那次谈话显得很得体，就像对我的朋友爱德华发表了一篇生日祝词，表达了我小小谢意。我可以十分自信地说，虽然我们四个在各种地方都一起待过，一起待了那么长时间，但是，就我而言，我从来没有抱怨过他们任何人一句。我还说，对相处到这么亲密程度的人来说，那已经是不寻常的纪录了。你可能想象不到，我们不过是在瑙海姆相遇。那地方并不适合弗洛伦斯。

我看自己的日记时发现，在1904年9月4日，爱德华曾陪弗洛伦斯和我去过巴黎，在那里，我们招待他到当月的21日。那年12月，他又短暂拜访过我们一次——那是我们认识后的第一年。可能就在这次拜访期间，他把吉米先生的牙齿给敲进嗓子眼里去了。我敢说，弗洛伦斯请他来就是为了那个目的。1905年，他来过巴黎三次—— 一次是跟利奥诺拉同行，她想买几件长外衣。1906年，我们把六个星期中最好的时光一起在蒙通度过，回伦敦途中爱德华跟我们一起在巴黎住了几天。事情的经过就是这样。

事实上，那可怜的倒霉鬼在弗洛伦斯身上碰到了一个鞑靼人，跟她相比，利奥诺拉还是个吃奶的孩子。他肯定经历过一段地狱般的时光。利奥诺拉想留住他——我还能说什么——为她的宗教着想，想表明信天主教的女人不会丢掉她们的男人。这事就说到这里，到此为止。以后我也许还会对她的动机多写点儿。可弗洛伦斯坚持要做祖宅的所有人。毫无疑问爱德华也是个激情澎湃的情人。不过，我确信他已经讨厌三年间对弗洛伦斯哪怕是断断续续的陪伴，以及她主导他过的那种生活……

只要利奥诺拉在一封信中频繁地提到他们跟一个女人住一起——或者她给我的一封信中频繁地提到一个女人的名字——弗洛伦斯马上就去给住在布兰肖庄园的那个可怜的倒霉鬼发封加急密码电报，命令他回来向她表忠心，否则就立即可怕地把这事透露出去。我敢说他会厚着脸皮把这事坚持到底；我敢说他会扔掉弗洛伦斯，宁肯冒泄露的危险。但是，在这里他还得对付利奥诺拉。利奥诺拉又向他保证，如果真实情况有一丝细节透进我的耳朵里，她将对爱德华进行自己能想象得出的最可怕的报复。他的日子并不好过。随着时间的流逝，弗洛伦斯要求从他那里得到越来越多的关怀。她要爱德华一天随时吻她；而且，只有当他明确讲清离了婚的女人在汉普郡绝不可能有地位，这才让她放弃跟爱德华乘火车私奔的念头。噢，没错，对他来说这件事挺难办。

对弗洛伦斯，如果你愿意，对她的本质慢慢会有更冷静的认识，还会被她多嘴饶舌的习惯击溃，逐渐接触到某种思维框架，在这样的框架内，她觉得几乎有必要把事情的全部都告诉我——绝不会比这个还少。她说，由于我的关系，她的处境太难以忍受了。

她提出要告诉我全部，这样就可以确保跟我离婚，跟爱德华一起过，最后落脚在加利福尼亚……我并不认为她在这件事上真的很严肃。对她来说那就意味着布兰肖庄园的全部希望化为泡影灭绝了。另外，她脑子里固执地觉得利奥诺拉患有肺痨，其实人家健康得像条鳊鱼。她经常当着我的面，请求利奥诺拉去看医生。但是，尽管如此，可怜的爱德华似乎还相信她要带他远走的决心。他是不会走的，他非常爱妻子。但是，如果弗洛伦斯要逼迫他的话，那就意味着我会知道这件事，他会招致利奥诺拉的报复。她会拿十几种不同的方法把问题炒热，让他难受。她向我保证，每种方法都会用到。她决心不伤害我的感情。当时，她非常清楚，她对爱德华能够做出的最激烈的事恐怕就是，她本人拒绝再见到他……

行了，我觉得我已经讲得非常清楚了。我还是继续讲1913年8

月4日的事吧，那是我完全蒙在鼓里的最后一天——不过，我向你保证，也是我最幸福快乐的一天。因为那个女孩的到来又平添了更多快乐。

8月4日那天，我跟一个非常招人厌烦、名叫巴格肖的英国人在客厅里坐着，他是那天晚上到的，由于太晚，已经吃不到晚餐。利奥诺拉已经上床睡觉，我正等着弗洛伦斯和爱德华以及那姑娘在凉亭那边的卡西诺俱乐部听完音乐回来。他们不是一起出去的。我记得，刚开始，弗洛伦斯说她要跟利奥诺拉和我在一起待会儿，所以爱德华和那姑娘就单独先走了。后来，利奥诺拉极为镇定地对弗洛伦斯说：

“我真希望你跟那两位一块儿去。我觉得那女孩应该在爱德华陪伴下出现在这些地方。我想该到时候了。”于是，弗洛伦斯迈着轻盈的脚步跟在他们后面溜出去了。她全身穿着黑服，可能是因为某个同辈亲戚或者什么人不在了。美国人在这种事情上特别讲究。

我们在客厅里一直坐到快十点钟，这时利奥诺拉已经上床睡了。那天非常炎热，那里却凉凉的。那个叫巴格肖的人在房间的另一头读《泰晤士报》，可是，后来那人凑过来向我问了个无关紧要的问题，算是想结识的前奏曲。我想他打听的好像是库尔旅馆的人头税什么的，以及能否避税的问题。他大概就是那种人吧。

而且，他是那种绝不会认错的人，长着副军人身材，喜欢夸夸其谈，一双圆球般的眼睛总在躲避你的眼睛，暗淡苍白的肤色在提醒人们想到经常在秘密中实施的邪恶行径，加上总想不惜一切代价跟人结识的心神不宁的企图……简直就是让人讨厌的癞蛤蟆……

他从告诉我自己是从莱德堡附近的勒德洛庄园来的开始聊起。这名字听着有些熟悉，可我在头脑中却没个确切定位。然后他又说起啤酒花，以及洛杉矶的事，他去过那里。他把话题定位在我可能会感兴趣的东西上。

然后，突然间，我看到弗伦洛斯在明亮的街灯下奔跑。大概就是这副模样——快速奔跑的弗洛伦斯脸色比纸还苍白，一只手捂在心脏上方的黑衣服上。我告诉你，我自己的心都好像停止跳动了。我告诉你，我都好像不能动了。她冲进转门，环顾了一圈那个放满灯芯草编的椅子、藤编桌子和报纸的地方。她看见了我，然后惊得张开嘴。她看到那个跟我说话的男人。她伸出手捂住脸，好像要把眼珠给挤出去。后来她就消失得无踪无影了。

我都动不了，连根手指都动弹不了。后来这人说：

“老天啊，弗洛里 · 赫尔伯德。”他用谄媚、让人不舒服、惹人发笑的腔调说。他真的想讨好我。

“你知道那人是谁吗？”他问道，“我上次见到她，发现她早晨五点钟从一个叫吉米的年轻人的卧室里出来。就在莱德堡我家里。你瞧她认出我来了。”他站起身俯视着我。我不知道自己成什么样子了。总之，他发出类似叽叽咕咕的声音，结结巴巴地说：

“噢，我说……”这是我从巴格肖先生嘴里听到的最后几个字。过了很长时间，我才拖着身子从客厅里走出去，上楼去了弗洛伦斯的房间。她没有锁门——我们婚后生活中第一次没有锁门。她躺在床上，显得非常正经，不像梅登太太那样。她右手拿着一只小瓶，里面应该装着亚硝酸异戊酯。那是1913年8月4日。

第 三 部

1

那天晚上剩下的时间，还有件离奇的事，在我的记忆中格外醒目，那就是利奥诺拉说的话：

“你当然可以娶她，”然后，当我问娶谁时，她回答说：

“那姑娘。”

当时对我来说那可是件太让人惊喜的事——惊喜是因为那种可能性的光芒照进了人心。因为我没有动过丝毫念头要娶那姑娘；我甚至没有动过丝毫念头要喜欢她。我这样讲听着肯定很古怪，简直就像刚从麻醉中苏醒过来，好像一个人具有双重人格，其中一个我完全意识不到另一个我的存在。我什么都没想过；我就说出这样非同寻常的话。

我不知道分析自己的心理对这件事究竟有什么重要性。我应该说没什么重要关系，或者不妨说我已经讲得够充分了。但是我那个奇怪的想法对后来发生的事产生了强烈的影响。我是说，利奥诺拉可能永远不会对我讲丝毫弗洛伦斯与爱德华的关系，如果我在妻子死后两个小时没有说：

“现在我可以娶那姑娘了。”

当时，她理所当然地认为，我在忍受着与她完全一样的痛苦的折磨，或者，至少认为我已经答应了她曾同意的事。所以，一个月前，大概在可怜的爱德华的葬礼过后一个星期，她才能以世界上最自然的方式跟我说——我一直在讲自己在布兰肖逗留期间的事——用她那清晰和若有所思的语气：

“噢，如果可以，你就永远永远在这儿住下去吧。”然后她又补充了句，“你不能对我只做兄弟、顾问，或者支持者什么的。你是我在这个世界上全部的慰藉。想来有些奇怪吧？如果你妻子不是我丈夫的情妇，你恐怕绝对不会待在这里吧？”

我就是这样了解到那些情况的——就是那样当面告诉的。我什么都没说，也没什么特别的感觉，可能无非就是跟潜藏在大多数人内心深处的那个神秘和无意识的自我有关的想法。也许有一天我会无意识或者梦游中去可怜的爱德华的坟墓上啐唾沫。那大概是我最不可能做的事，可是在心里却产生了那样的念头了。

不，我记得自己没有任何情绪反应，只是有种清清楚楚的感觉：当某人听到某某太太跟某某先生亲密的昵称如何时会一次又一次产生的那种感觉。我感觉奇怪的许多事突然变得豁然开朗了。那一刻，我似乎想起某个多风的11月的夜晚，事后细想时，许多无法解释的事情全都合上缝了。但当时我对很多事情都没有去细想。这点我记得清楚。我就那么僵硬地背靠一把深深的扶手椅坐着。我只记得这些。当时正值薄暮时分。

布兰肖庄园坐落在一个小小的盆地里，草地横穿而过，凹地周边全是松林。大风从森林中贯过，树梢上咆哮不已。但是从窗户里望出去看到的风景却是一片绝对宁静，颜色灰灰的。除了几只兔子在草地最远端，没有一件东西在扰动。我们坐在利奥诺拉自己的小书房里，等着送上茶来。我刚才说了，我坐在那把深深的椅子里，利奥诺拉站在窗边一圈又一圈胡乱旋转着百叶窗尾端的木头结。根据我的记忆，她望着对面草坪说：

“爱德华才去世十天，可草坪上已经有兔子了。”

我知道在美国兔子对浅草的危害相当严重。然后她转过身面向我，毫不掩饰地说，我记得原话是这样：

“我觉得弗洛伦斯自杀太蠢了。”

我不能跟你说，那一刻我们两个似乎都有种特别的轻松感。那种感觉似乎不像在等火车，不像在等着吃饭——其实没有什么可等的。什么都没有。

宁静至极，只有远方时断时续的风声。那个昏黄的小房间里只有灰白色的光。好像这个世界上别的什么都没有。

我知道那时利奥诺拉想让我能够获得她完全的信赖。好像——

不，或者说，事实上就是——还抱着一种古怪的英国人的礼仪感，决心要等爱德华下葬满一个星期后才肯讲这件事。我出于某种说不清的动机，想让她知道，她允许自己建立的信赖到了什么程度，我语气缓慢地说——这些话我同样记得清清楚楚：

“弗洛伦斯是自杀的吗？我不知道。”

你知道，我只想让她知道，如果她想说，就得说些比她以前认为有必要、范围更大的话题。

所以，那是我首次得知弗洛伦斯是自杀的。我从来没有出现过这样的念头。你也许认为我罕见地缺乏怀疑精神。你甚至可能认为我是个笨蛋。可是想想那种处境。

在那种环境，吵闹、哭喊，许多奔跑的人互相冲撞，有的人保持着像旅馆老板一样专业的沉默，还有像阿什伯纳姆夫妇那种“体面人”传统的缄默——在这样的环境中，往往只有某些重要的事才会吸引人的目光，并激发想象。没有可能的线索让我联想到自杀，看到弗洛伦斯手里的那只装着亚硝酸异戊酯的小瓶子，我迅速联想到她的心脏出问题了。你知道亚硝酸异戊酯是给心绞痛病人服的。

我看见弗洛伦斯时，仿佛看到她脸色苍白，一只手捂着胸口奔跑的情景，很快看到她后，仿佛看到她手里紧紧握着如此恶心的褐色小瓶躺在床上的情景，我的头脑建立起这样的念头，那是再自然不过的事情。就像经常发生的那样，我想，她外出时没带任何药物，然后恰好在花园里感到绞痛袭来，以尽可能快的速度去取药以缓解症状。同样必然的是，我的头脑会形成这样的想法，认为她的心脏不能承受奔跑的紧张，可能会导致心力衰竭。我怎么可能知道，在我们婚后所有这些年里，那只小小的褐色瓶里装的不是亚硝酸异戊酯而是氢氰酸？这真让人不可想象。

为什么，甚至连爱德华·阿什伯纳姆，毕竟跟她要比我更亲密，都丝毫不知道真相呢。他只觉得弗洛伦斯死于心脏病。其实，我猜只有几个人知道弗洛伦斯是自杀的，他们是利奥诺拉、大公、警察局的头儿和旅馆老板，我之所以提到后面三个人，是因为我对那天晚上的记忆只有旅馆客厅里的电灯散发出的粉红色的光。那三个人的面孔像飘浮的圆球，好像在我的意识中来回摆动着。一会儿是长着胡子、像君主般仁慈的大公的脑袋，一会儿又是表情冷峻、肤色发黄、留着骑士胡子的警察局长的面孔；一会儿又出现了圆滚、油光可鉴、竖着高领、空空洞洞、代表斯考茨先生的脑袋。有时某个脑袋会单独出现，有时出现的画面里那位警官尖尖的钢盔和亲王生气勃勃的秃头挨在一块儿；有时斯考茨先生一绺油光的头发插在那两个脑袋中间。大公用柔和、悦耳、训练有素的声音说着："是的、是的、是的！"每个字像许许多多粒柔软的板油丸子从嘴里丢下来；然后又传来警官低沉、刺耳的声音："是，是的，阁下。"像左轮手枪射出的五发子弹；斯考茨先生的声音则不停地细声细气地说着什么，像一个牧师在火车车厢的一角含含糊糊地背诵每日祈祷书。这就是那些东西自动呈现在我头脑中的情景。

他们似乎没有注意过我，我想我甚至都没有听过他们中的一位跟我讲过话。但是，只要他们中的一位或者两位，乃至三位同时出现，他们就把我放一边，好像我只是这具尸体名义上的所有者，有权参加他们的会商。然后他们又全都离去，把我一个人长时间地撇在那里。

我心里什么都没有想，绝对没有。我没有任何念头；我也没有任何气力。我既不觉得悲伤，也没有采取行动的欲望，更不想上楼去抚着妻子的身体痛哭。我只是看着粉红色的光、藤编的桌子、棕榈树、球形的火柴托、锯齿形的烟灰缸。后来利奥诺拉走到我身旁，好像我只对她说了一句孤零零的话：

“现在我可以娶那姑娘了。”

这就是我要告诉你的那天晚上的全部记忆，也是我此后三四天能回忆起的全部。我当时完全僵住了。他们把我放在床上，我就躺在那里不动；他们拿来我的衣服，我就穿上。他们领我到一座还没合拢的坟墓，我就站在旁边。如果他们带我去一条河的岸边，或者如果把我扔到火车下面，我大概会麻木地被淹死或者轧死。我就是具行尸走肉。

哦，这些都是我的想象。

事情的真实经过是这样。是我事后把碎片拼起来的。你可能还记得，我说爱德华·阿什伯纳姆跟那女孩先走了，那天晚上，去俱乐部听音乐，他们刚离开，利奥诺拉就请弗洛伦斯跟着他们去做那女孩的陪护人。弗洛伦斯，你可能也还记得，全身穿着黑衣服，她在为死去的堂姐琼·赫尔伯德服丧。那天晚上天格外黑，那女孩穿着奶油色细棉布裙子，在漆黑的公园大树下，衣服肯定会像橱柜里鳞光闪闪的鱼，发出闪烁的微光。没有比这更好的指路灯了。

好像爱德华·阿什伯纳姆没有领着那女孩走上直通俱乐部的小路，而是走进黑乎乎的公园的树中。爱德华·阿什伯纳姆最后突然发泄时告诉了我这一切。我跟你说过，那种场合，他的声音会变得非常洪亮。我没有追问有关情况。我没有丝毫好奇心。那次我丝毫没有把他与我妻子联系起来。可是他讲起来就像个平庸的长篇小说作家——噢，就那件事而言，倒像个出色的小说家，如果小说家的职责就是让你把很多事情看得明明白白的话。我告诉你，我看这些事情清楚得就像一场始终没有离开我的梦。好像在离俱乐部不太远的地方，他和那女孩在一把公用长椅上，在黑暗中坐下来。俱乐部那边的灯光大概能穿过树桩照到他们身上。因为爱德华说，他能清清楚楚地看见那姑娘的脸蛋——那张可爱的脸，额头高高的，长着迷人的嘴唇、弯弯的眉毛和直率的眼睛。悄悄尾随在他们后面的弗洛伦斯大概能看到他的侧影。因为我想象，弗洛伦斯是越过那块浅浅草地尾随其后，来到一棵树旁，我记得很清楚，那棵树就在那张公共座椅后面。对一个本性很嫉妒的女人来说，具备这样的技艺并不困难。据爱德华回忆告诉我，卡西诺的管弦乐队正在演奏拉科齐进行曲，虽然在那样的距离，乐声还没有大到足以淹没爱德华·阿什伯纳姆的声音，但是，夜晚的各种吵闹声，又响亮到足以消除弗洛伦斯的双脚或者长裙掠过浅浅草地时可能引起的最轻微的刮擦和摇曳声。那个痛苦不堪的女人一定从那张脸上看懂了，那张脸善良又坚定，这对她来说简直太可怕了。太可怕了！哦，我想这是她应得的报应。

总之，你可以想象得到那幅画面，树木高大，大多是榆树，向上高耸，如羽毛般展开，伸入漆黑的雾中，夜晚，这些树木好像聚集在他们周围；还有那两个坐在椅子上的人的侧影。还有从俱乐部照来的光束，那个全身黑衣的女人惊怕地躲在树身后面偷看。这是一出传奇剧，可我却忍不住要写出来。

后来，爱德华·阿什伯纳姆好像出了点事。他向我保证——我看没有什么理由不相信——直到那一刻他都不知道喜欢这个女孩子什么。他对待那个女孩完全像自己的女儿。他的确爱这女孩，不过那是一种非常深沉、非常温柔、非常平静的爱。她在修女会学校时爱德华会想念，她回来后又很高兴。可是这一切顶多纯属无意识。他向我保证，如果他意识到这点，他会像躲避一件该被诅咒的事情那样躲开。他意识到那是惹怒利奥诺拉最后的底线。但真正的关键在于他完全浑然不觉。他跟那女孩一同来到漆黑的公园，不带丝毫冲动，也没有因孤独而产生亲密的念头。他出去只是想谈谈马球、羽毛球；谈谈她离开了的修女会学校那位可敬院长妈妈的脾气，谈谈等他们回去后要参加的那场晚会她需要穿白色还是蓝色长外套。他绝对没有想过他们会谈从来没有谈起过的一件事。他甚至都没有想过弥漫在她周围的禁忌并非不可违背。后来，突然——

他非常谨慎地向我保证，那时对自己的告白没有任何肉体冲动。对他来说，好像黑夜和亲近等等都没有什么大不了的。不，他谈及的好像主要不过是她对他道德生活的影响。他说没有动过丝毫念头想把她揽进怀里，或者乃至去碰摸下她的手。他发誓没有碰她的手。他说，他们就那么坐着。她坐在长椅的这头，他坐在长椅的那头。他微微朝女孩那边倾过去，她则直视着俱乐部里的灯光。灯火照亮她的脸。对女孩脸上的表情，他只用“迷人”来形容。

其实，另外一刻，他描述说好像觉得那女孩很高兴。不难想象，那女孩肯定会很高兴，因为直到那一刻，她还不知道会发生什么。坦率地说，她崇敬爱德华·阿什伯纳姆。当时，在她说的每件事情上，爱德华都是她为人的楷模，是英雄，是个身强力壮的男子汉，是他那个地方的资深议员、法规的制定者。所以，对她来说，突然受到亲密而又极度热烈的赞扬，肯定是一件绝对令人开心的事，无论热烈到什么程度。那感觉就像一个神灵肯定了她的手工活儿，或者一个国王说她忠贞不贰。她就那么安静地坐着，听着，微笑着。

好像她童年时代经历的苦痛，脾气暴躁的父亲带来的恐惧，言语冷酷的母亲造成的悲伤，忽然间全都被抚平了。她终于获得了补偿。因为，这很自然，你不妨仔细想想，如果一个被你视为身兼牧师和父亲两种角色的男人，对一个女人来说，他这种突如其来的激情四溢可能只是单纯赞美自己的良好行为。我的意思是，这里完全没有想占有的企图。那女孩至少认为他是牢牢停靠在他的利奥诺拉身边的。她也没有看到丝毫不忠的迹象。爱德华对她提到利奥诺拉时，言辞中总是充满敬重和深深的爱意。他已经让她产生了这样的想法，她认为利奥诺拉绝对完美无瑕，绝对让人满意。他们的结合在她看来似乎是桩幸福至极的事，她的教堂同修们谈起和注视时都心怀敬意。

所以，当爱德华说她是这个世界上自己最关爱的人时，她自然认为爱德华的意思是除利奥诺拉以外的人，所以她感到那么高兴，就像一个父亲在说他肯定一个即将结婚的女儿……爱德华意识到自己的行为时，立即打住不说了。她是那么高兴，而且会一直这样高兴下去。

我认为，这是爱德华·阿什伯纳姆平生干过的最穷凶极恶的事。而我却离这些我想不出他们有丝毫邪恶的人如此之近。我无法想象爱德华除了坦率、正直、诚实外，还有什么。我想说，虽然发生了这一切，那还是我对他不变的看法。有好几次，我试图老想着爱德华做过的某些事情，来挤掉那个形象，就像你试图把一个巨大的钟摆推到一边那样，可那只钟摆总是又摆了回来——记忆中还是他数不清的善举，他的能力，以及他没有恶意的谈吐。他就是这样一个好家伙。

因此我的感觉强迫自己试图在这件事上原谅他，就像在其他许多事情上原谅他那样。毋庸置疑，试图引诱一个刚刚从修女会学校出来的年轻女孩堕落，这事真的太邪恶了。可我觉得爱德华完全意识不到那是在糟蹋这女孩。我相信，他只是爱这女孩。他说事情就是那样，而我至少相信他，而且相信她是爱德华唯一真正爱着的女人。他说事情就是这样；他所做的也足以证明这点。利奥诺拉说事情就是这样，而利奥诺拉从心底深处了解他。

经历过这些事情后，我变成一个愤世嫉俗的人了。我是说不大可能去相信男女之爱会多么永恒。或者，无论如何，不可能去相信任何最初的激情会永远持续下去。至少，说到男人，在我看来，一场爱恋，他对任何女人的爱——本质上都是一种经验见识的扩大。男人跟吸引到自己身边的新的女人一起生活，似乎都会带来视野的开阔，或者，如果你愿意，可以说等于拥有了崭新的地盘。眉毛的一弯，说话的某种腔调，某个怪怪的典型姿态——所有这些东西，正是这些东西催生人们爱的激情——所有这些东西就像某道风景的地平线上许许多多的目标，诱惑一个男人越过地平线去探索后面的究竟。他想到那些有着别致一弯的眉毛后面去看看，好像渴望用那双笼罩着浓重阴影的眼睛去看这个世界。他想要听到用在任何可能场合的声音，用在任何话题上的声音。他想看到显示在每个不同背景中的别致姿态。对性本能问题，我所知甚少，我并不认为那东西在真正伟大的爱情中有多重要。它可能被诸如此类微不足道的事情激发出来——比如没有系好的鞋带，眼睛漫不经心的一瞥——我认为这种东西可能都不值得考虑进去。我无意说任何伟大的爱情没有对完美结局的渴望仍然能够存在。对我来说，那简直太寻常，因而根本就不值得评论。那肯定理所当然，即便有那么多意外，就像在小说或者传记中，你认为主人公正常吃饭那是理所当然的。可是真正激烈的爱情，真正如发情般热烈的爱情，会长久存续，会让一个男人心灵枯萎的激情，就是渴望与他爱的女人融为一体，保持同步。他渴望用同样的眼睛去看，用同样的触觉去摸，用同样的耳朵去听，渴望失去自己的独特性，渴望被裹住，渴望得到支持。因为，无论对性关系说什么，没有一个男人会爱一个女人却不想来到她身边去焕发新的勇气，摆脱种种困难。那将成为男人想得到女人的渴望的主要源泉。我们都如此害怕，我们都如此孤单，我们都如此需要从外面获得我们存在价值的肯定。

因此，很快，如果这种激情结出果实，男人就会得到他想要的东西。他就会获得道义上的支持，得到鼓舞，从孤独中解脱出来，重获对自己价值的确信。但是这些东西终将会烟消云散；像穿过日晷的影子，必然会消失。说虽如此，实际上也是这样。本书的这些情节终将会变得人人尽知；街道上某个美好的拐角终将会被人们转折无数次。然而，这却是个令人伤心之至的故事。

可是我仍然相信，每个男人终将会有个女人出现在身边——也许不能这样说，这样的表达方式并不对。应该说每个男人终将在他人生的某个时候，会有一个认可他想象的女人永远把这个印封盖上去。他不必再去跨越更多的地平线，不必再次背起行囊，他将从那些风景中隐退。他将不必再为这种事四处奔波。

总之，这就是爱德华和那可怜女孩的情况。这是他们原原本本的情况。这就是他的那些激情的真实情况——对大公情人、对巴兹尔太太、对小梅登太太、对弗洛伦斯的激情，对她们，你也会有这样的激情——这些激情与跟他对那个女孩犹如与死神竞跑的激情相比，还仅仅是预备性的慢跑。对此我深信不疑。我不想太过美国化，说真正的爱情都需要做出一定牺牲。事情并非如此。但是，我认为如果能做出自我牺牲，爱情会更真实、更永久。就其他几个女人而言，爱德华只不过扎进去后又把她们蹬掉，就像在勒洛费尔大公鼻子底下打马球时所做的那样。我并不是想说，爱德华在公园猎获其他几个女人时用心薄如丝布，没有煞费苦心。但是，为了赢获那个女孩，他把自己消耗得身心破碎不堪，最后终于累死——在放过她的辛苦努力中。

至于说到那天晚上，我相信他对那女孩没有做出什么卑鄙的事情。好像他对那女孩根本不存在什么激情；好像他说的每句话，在讲出来时才产生了那种激情，他却没有意识到自己讲了那些话。他讲话之前，什么都没有；等他讲了以后，那又成了他生活的基本内容。好了，我得回到我要讲的故事上来。

我的故事本身与弗洛伦斯有关，与在那棵树后面听到他们谈话的弗洛伦斯有关。当然那只是猜测，但我认为这种猜测有充分的依据。你知道他们两个一起出去，弗洛伦斯立刻尾随在他们后面，深入到那片黑暗中，而且，稍过片刻，她便脸若死灰，用手紧捂胸口上方的衣服，跑回旅馆。可能不仅仅是因为看到了巴格肖，她的目光落到我或者身边的巴格肖之前，那张脸就痛苦得扭曲了。可我敢说，巴格肖可能对她的自杀产生了决定性的影响。利奥诺拉说，她多年来收藏着那只瓶子，表面上是亚硝酸，其实是氰化物，而且还说，我一旦发现她跟吉米那家伙关系的本质时，她就决心使用它。你知道，她这个本性的主要根源在于虚荣，为什么不应该是如此呢，别无其他解释。我想是虚荣让我们大多数人在这个世界上保持端正的品行，如果我们的确保持了品行端正的话。

如果这事仅仅是爱德华与那个女孩关系的问题，我敢说弗洛伦斯肯定能挺过去。毫无疑问，她曾跟爱德华大吵大闹过，曾威胁过他，曾利用过他的荣誉感，让他做出种种承诺。可是巴格肖先生和那件事发生在8月4日这个事实大概对她多疑迷信的思想产生了很大影响。你知道，她想得到两个东西。她想成为矗立于布兰肖·特里拉弗的举足轻重的夫人。她还想维持我对她的尊重。

也就是说，只要她还跟我一起生活，就需要保持我对她的尊重。我想，如果她说服爱德华·阿什伯纳姆跟她私奔，她就会让这一切一跑了之。或许她会试图从我这里榨取对她新的尊重：她的所作所为完全是为了爱和对那个早已失去的世界产生的激情的崇尚。弗洛伦斯完全就是这种人。

我认为，在所有的婚姻关系中，都存在一个永远不变的要素——那就是想欺骗与之生活在一起的人，蒙蔽自己性格或者经历中的某些弱点。因为与一个知晓自己小小的卑鄙的人长期生活在一起是无法忍受的。这样做无异于寻死。这就是很多婚姻到头来都不幸的原因。

例如，我是个相当贪吃的人；我喜欢品尝美味佳肴，只要听到某些食物名字的声音就会流口水。如果弗洛伦斯发现了我的这个秘密，我会觉得她的这种知晓如此让人难以忍受，几乎都不会维护她从我这里抽走的其他所有饮食起居习惯的私密了。我注定要说弗洛伦斯永远不会发现这个秘密。

她当然从来没有暗示性提及过这点；我敢说她对我从来就没有产生过足够浓厚的兴趣。

至于弗洛伦斯的隐秘弱点——她无法忍受让我发现的弱点，正是早年与那个叫吉米的家伙出走私奔的事。让我稍微费些口舌讲讲她心理上发生的变化，因为极有可能这是我最后一次提到她的名字。我想说，如果我发现她是爱德华·阿什伯纳姆的情妇，她也不会太在意。她可能还会巴不得这样呢。其实，在那些日子里，可怜的利奥诺拉要做的最辛苦的事就是，当着我的面不要让弗洛伦斯再演戏了，用这样或者那样的手段，到了假戏真做的地步。她有时会一时情绪冲动，冲到我跟前，跪在我脚下，表白感情，可那不过是精心安排，令人恐怖的激情喷发。其目的是想表明她就像历史书上讲给我们听的那种著名的淫妇。换一种情绪状态，她又想傲慢不屑地走到我跟前，说我根本不配当个男人，声称一个真正的男人出现时，该发生的一切都必将发生。她说这些话时，想方设法使用那种冷漠、镇定和挖苦的语句。这时她很想把自己装扮成某部法国喜剧中女主人公的样子。因为她本来就喜欢演戏。

但是她却不想让我知道第一次跟那个叫吉米的家伙私奔的往事。她早就推断出那家伙是宝瑞下街区的地痞流氓那号人。你知道什么会让你在以后的生活中为早年某些微不足道的蠢行——通常都是些微不足道，相当真实的情绪化流露的小事——而害怕得发抖吗？哦，弗洛伦斯想到自己曾经委身于这样一个卑劣的家伙，正是这种事让她浑身感到不寒而栗。我不知道她需要为此害怕得发抖。这都是她那位无能老叔叔的功劳。他不该带着那两个人一起去周游世界，大部分时间却把自己封闭在船舱里。总之，我坚信，看到巴格肖先生，然后想到巴格肖——因为她了解那种令人不快、像蛤蟆般的人——几乎毋庸置疑会向我透露曾看到她于1900年8月4日早上五点从吉米的卧室里走出来——那成为她自杀的决定性影响要素。毫无疑问，那个日子对她那种迷信性格来说太事关重大了。她出生于8月4日。她8月4日那天出发开始周游世界。8月4日，她开始成为一个卑劣下流的家伙的情妇。那年的同一天她嫁给了我。8月4日她失去了爱德华的宠爱，巴格肖则像个不祥的预兆，出现在那天——犹如命运之神脸上的怪笑。那成为最后一根稻草。她跑上楼去，把自己化妆收拾停当，躺在床上——这时她变成一个甜美漂亮的女人，光洁柔嫩的脸蛋粉里透红，头发长长的，眼皮垂下来，就像拉上的小窗帘。她喝下那一小瓶亚硝酸异戊酯，然后就躺在那里——噢，简直太妩媚了，脸上的线条楚楚分明——带着迷茫的表情望着从天花板上垂下的电灯泡，或许透过灯泡注视着上面的星星。谁知道呢？总之，弗洛伦斯就这样走到末路了。

你不知道，对我来说，弗洛伦斯最后以这种方式结束，会感到多么意外。从那天到今日，我从来没有再多想过她，竟然连悲叹都没有。当然，有必要跟利奥诺拉谈到她时，或者为了写作需要，我也曾试着琢磨一下她，我想她就跟我思考解决代数题那样，是为了研究而非缅怀。她就那么彻底不存在了，就像昨天的报纸。

我累得快没命了。我敢说，我有一个星期或者十天的时间处于崩溃状态——其实就是处于麻木僵硬状态——就是安安静静地休息，这是在压抑了自己十二年的天性，扮演了十二年训练有素的宠物之后，我那精疲力竭的生命机能宣布，需要安安静静地休息下了。这就是我当时的整个状态。我想那是遭受打击后才变成那样的——各式各样的打击。不过，我并不想把自己当时的各种情绪如此具体地归结为一场打击。那是一种如此清明宁静的感觉。那感觉就像一副沉重无比—— 一副沉重得不堪忍受、用绳带捆在我肩上的背包已经掉落，而带子早已勒进肉里，麻木得没有生命感了。我告诉你，我丝毫都不后悔。我有什么可后悔的？——我想，我那内在的灵魂——我那双重人格——早就认识到弗洛伦斯是票纸人格——就是说只有当银行的钞票变成一定数量的金子时，她才会成为一个有心、有感情、有怜悯、有感动的真正的人。我知道，当巴格肖告诉我他看见弗洛伦斯从那家伙的卧室出来后，那种感觉才从我心底浮出表面。我忽然觉得她并不真实；她不过是从指南书里出来的一堆话，从时装图样里出来的画片。如果不是那种感觉向我袭来，我甚至还有可能立刻跑到楼上她的房间，阻止她喝下那瓶毒药。可我就是做不到。那感觉就像追逐一张碎纸片——是一种对成年人来说无耻的消遣。

再说，事情一旦开始，问题就摆在那里。我并不关心她是否从那间卧室里出来。对这个我毫无兴趣。弗洛伦斯已经不重要了。

我想你会反驳说我已经爱上了南希·鲁福特，还会说我的冷漠因而是可耻的。哦，我并不想刻意回避声名的败坏。我爱着南希·鲁福特就是爱那可怜的孩子的人品，默默地，温柔地，以我的美国人的方式。我从来没有想过这个，直到利奥诺拉说我可以娶那女孩。但是，从那一刻起直到她的情况变得比死还糟糕，我觉得自己没有想过太多其他任何事。我不是说我会为她叹息或者抱怨。我只想跟她结婚，就像人们想去卡尔卡松尼[1]一样。

你能够理解这种感觉吗——在你的整个人生中，当你要到达某个类似梦中之城的地方之前，你一定要移走道路上的某些障碍，清除掉某些微不足道的纠结？我并不想强调自己人生的大部分时候有

① 法国南部城市，奥德省首府，著名古城。

多么重要。我已经四十五岁，而她，那可怜的孩子，才刚刚二十二岁。但她显得比自己的年龄要更老些，更安静些。她好像有种奇怪的圣徒般的品质，好像注定要在一家修道院戴着一顶箍在脸上的白色修女帽终其一生。可是她以前常常告诉我，她没有那样的潜质，完全没有——当修女的愿望。嗯，我想，我自己倒是有点修道的气质；好像她应当向我发誓才合适。

不，我看不出年龄的悬殊有任何障碍。我敢说没有人会这样看，而且，因为有一些小小的准备，我确信会让一个年轻女孩幸福。我会宠惯她，让她得到很少有女孩得到的宠爱。我并不认为自己是那种性格上别人会反感的人。没有人会这样认为，如果他真要这么看待自己，那也意味着他完了。可我刚从麻木僵硬的感觉中走出来，好像就感觉到了自己面临的问题——我得做好准备跟她接触，其实就意味又要回过头接触生活。十二年来我一直生活在一种排外的环境中；到头来我却不得不要跟真实的生活进行一番小小的搏斗，跟商人们进行角力，在大城市间奔波，要做些艰难的事，做些男人味儿十足的事。我不想让自己呈现在南希·鲁福特面前的样子像个老处女。因此，弗洛伦斯自杀后刚过了两星期，我就动身去了美国。

2

弗洛伦斯死后不久，利奥若拉立刻开始往南希·鲁福特和爱德华身上套绳索了。她曾猜测在卡西诺俱乐部附近的树底下发生过什么。我走了后，他们在瑙海姆又住了三个星期，利奥诺拉跟我说过，那是她生命中最难忍受的一段时间。感觉就像用看不见的武器进行一场漫长、无声的决斗，她这样对我说。而且，加上那女孩完全天真无邪，让一切显得更为棘手。因为南希经常想跟爱德华单独出去——就像以前只要放假回来总会出去那样。女孩只想让爱德华对她再说些好听的话。

你知道，情况非常复杂。就其微妙性而言，要多复杂有多复杂。这种复杂性是因为爱德华和利奥诺拉两人除了有别人在场，已经互不说话了。正如我说过，当时他们两个人的举止都无可挑剔。这种复杂同时又与那女孩完全天真无邪有关。更麻烦的是爱德华和利奥诺拉都真心实意把这女孩当自己的女儿对待。或者这样说更准确些，他们把这女孩当利奥诺拉的女儿看待。南希是个有些怪异的女孩，很难向你描述。

她身材高挑，瘦得惊人；她双唇饱经折磨，两眼带着痛苦，而且还有一种奇异的可乐感。有时你可以说她非常怪里怪气，有时又无比美丽。另外，她长着一头把脑袋都压得沉甸甸的黑发，那是我见过的最浓密的黑发。我经常纳闷，她怎么能承受得了那头浓发的重量。她刚过二十一岁，有时大得像山岗，有时又好像还远不到十六岁。这一刻她正在谈圣徒们的生平，下一刻又跟那只圣·伯纳德狗在草坪上打滚。她会像Maenad[①]般骑在猎狗上，当利奥诺拉头疼时又会一块接一块在醋里浸泡手帕，连续好几个小时安静地坐在床边。总之，她的耐心简直是个奇迹，可焦躁起来又简直不可思议。毫无疑问那是修女会学校训练的结果。我还记得她快十六岁的时候，给我写过一封信，内容是这样：

“在基督圣体节”——也许可能是其他圣徒节，我的脑子记不住这些东西——“我们学校在罗汉姆顿举行曲棍球比赛。眼看着我们队快输了，以三比一的比分落后，我们就退场去教堂祈祷胜利。后来我们以五比三赢了。”我还记得后来她描述了狂欢的场景。显然，当得胜的那十五个或者十一个人走进食堂吃晚饭时，全校的人都跳到桌上欢呼，把椅子跳塌，打碎各种盛器——持续了好一阵子，直到院长妈妈摇响手铃才结束。当然那本来就是天主教的传统——狂欢瞬间就结束，像皮鞭声般响亮。当然，我不喜欢这样的

① 希腊神话中酒神的信徒，行止狂野。

传统，但我不得不说，那教给南希——或者说南希有—— 一种正直感，我从未见到那种正直感后来被超越过。那东西就像一把刀，从她的眼睛里往外探望，而且仿佛还会不时用她的声音说话。这实在让我惊讶。我觉得，我几乎有些害怕生活在一个有如此严谨典范的世界。我记得她十六七岁，就要返回修女会学校的时候，我曾给她送过两枚沙弗林金币作为赏钱。她用一种特别的由衷的方式感谢了我，她说这钱会在最需要的时候用得上。我问她为什么，她做了解释。学校有个规矩，学生从教堂穿过花园到食堂时不许说话。但是，因为这个规矩显得很弱智，并且太专断，她就一天又一天刻意去破坏。晚上，每个孩子都要被问到白天犯过什么错没有，每天晚上，南希都坦白说她违背了这条特殊的规矩。这样每次她都得付出六便士，作为犯了那条规矩的罚金。我纯属想打探个究竟，问她为什么总要坦白承认，她一字一句地回答说：

“噢，这个，圣子学校的女孩们经常因为诚实而备受关注。虽然这事让人讨厌极了，可我还得这样做。”

我敢说，她童年时代那种凄苦的天性早在放纵和克制兼而有之的修女会学校生活之前就有了，这让她的气质又增添了某种怪异性。她父亲是个暴戾的疯子，是我觉得应该叫高地军团的少校。他不喝酒，但脾气却粗野放肆。南希还记得有一次看到父亲揍她母亲，紧握的拳头狠命地打在母亲身上，居然能把母亲从餐桌边打翻在地，躺在那里一动不动。母亲无疑也是个招人讨厌的女人，好像那个军团的家属都招人讨厌，所以，整个楼成了个哭喊声和骚乱永不停歇的地方。鲁福特太太是利奥诺拉最亲密的朋友，利奥诺拉有时就够尖酸刻薄了。但是，我猜，跟鲁福特太太相比，她简直算不得什么。烈日下那些冥顽不灵的士兵们的晨练结束后，少校很不满意，一通胡乱咒骂后，便心烦意乱地进屋去吃午饭。这时鲁福特太太往往说几句刻薄话，于是大混乱就此爆发。有一次，南希十二岁左右的时候，她想在两人之间进行调停。父亲狠狠地朝她脑门上打了一拳，恐怖至极，她昏迷中躺了三天。虽然这样，南希好像对父亲的喜欢超过母亲。她还记得也曾从父亲那里得到过简单粗暴的体贴。那时她还很小，有那么一两次，父亲用那种笨拙、不耐烦却很温柔的手法给她穿衣打扮。想让一个仆人在家里一次待上几天，那几乎不可能，鲁福特太太显然没有这个能力。我猜她经常喝酒。不管怎么样，她的舌头这样尖刻，连南希都怕她几分，她几乎对任何温柔都冷嘲热讽，对一切真情展现都嗤之以鼻。南希却是个感情细腻的孩子。

后来，有一天，南希从威廉堡骑马回来，忽然，跟随那位长着白脸蛋的家庭女教师给送到南方的那所修女会学校。她在那里预计要待两个月时间。从那以后，母亲就从她的生活中消失了。两个星期后，利奥诺拉来到修女会学校，告诉她母亲去世了。也许她真死了。反正，直到最后，我都没有听说过鲁福特太太结局如何。利奥诺拉也没有再说起过她。

后来，鲁福特少校去了印度，此后他很少回来，即便回来停留的时间也很短，南希自己也渐渐适应了在布兰肖·特里拉弗的生活。我想，从那以后，她会过上非常幸福的生活，直到人生的终点。那里有狗和马，有老仆人和森林。那里还有爱德华和利奥诺拉，他们都爱着她。

我一直都很熟悉她——我的意思是，她经常来阿什伯纳姆夫妇在瑙海姆的家，在他们留住那里的最后两星期——而且我是看着她慢慢长大的。她跟我在一起时很开心，甚至经常亲吻我，无论早晚，直到快十八岁才停止。她喜欢四处蹦蹦跳跳，给我去拿东西，还取笑我在费城的生活故事。可是，我猜，她的快乐后面可能潜藏着某种恐惧。记得有一天，当时她已经十八岁了，她父亲难得在欧洲逗留的某个时期，我们坐在离那个铁锈色喷泉不远的花园里。利奥诺拉又头疼了，我们在等弗洛伦斯和爱德华从浴室回来。你不知道那天早晨南希显得有多漂亮。

我们正在谈论买彩票是件好事——我的意思是指就其道德方面而言。她全身穿着洁白的衣服，显得那么高挑，那么弱不禁风；她就那么扎起头发，脖颈的姿态有种青春和别致的魅力。昨晚暴雨留下的一小摊水映出她脖颈以上的影子，五官的其余部分在白色阳伞展开而又明亮的罩布下面。她的黑头发正好从那顶带孔的稻草条编的白色宽草帽下面露出来。她的脖颈很长，向前倾着，在笑话我措辞有些老派时眉毛会略微弯起来，已经去掉紧张的痕迹。她的脸颊略带几分红色，深深的蓝眼睛里透着明亮的光泽。想想那个生动鲜活的洁白尤物，想想那圣洁、天鹅般的人儿——想想那……噢，她就像一条航行的船，如此洁白，动作那么确定利落。再想想她将不再……她将不再做任何事情。我难以置信……

总之，我们正在喋喋不休地谈论着彩票的道德问题。这时，突然从我们身后的拱廊传来确凿无疑是她父亲话声的回音。那声音仿佛从经过改造、里面装着簧片的雾角[①]中发出。我环顾四周看到了他的身体。一个高大、英俊、挺得板直的五十岁的男人，正与一个意大利男爵向外走来，这位男爵与比利时人治下的刚果往来密切。他们大概在谈如何恰当对待土著人的问题，因为我听到他在说：

“噢，该死的博爱！”

当我又去看南希时，发现她双眼紧闭，脸色比自己穿的衣服还要苍白，衣服上至少还有从砂砾上反射的粉红色的光。她那样闭上眼睛的样子看着真可怕。

“噢！”她大喊一声，她的手好像在摸着什么，然后在我的胳臂

① 又名雾喇叭，用于向雾中的船只发出警告。

上放了片刻。“别说了。求求别跟我父亲谈这事。那会把噩梦又招回来……”她睁开眼睛后就直视着我的眼睛。“尊敬的圣徒们，”她说，“你以为他们会在这样的事情上宽恕你。我不相信，世界上所有的罪恶都会一个人承受。”

他们说，这个可怜的小家伙夜里总是亮着灯，甚至在她的卧室里……然而，没有一个年轻女孩能够跟自己敬爱的父亲这样调皮、可爱地玩耍。她经常用大衣的两个翻领拥住他，问他怎么打发时间的，还亲吻他的额头。噢，如果说谁有良好教养的话，她的教养算很好了。

这个可怜、不幸的男人在她面前有些畏首畏尾——可是她却没有更好的办法来让他放松。也许她在修女会学校学过这方面的课程，只有当他在盛气凌人、固执武断的时候使用的那种特殊的说话声调才会让她气馁——只有当这声音出乎意料地传来时，才会出现这样的效果。那是因为圣徒为了赎罪而让她做的那些噩梦，似乎总是通过父亲那轰隆的声音为先兆。在她童年时代，那种声音总是在父亲还没进来吃那可怕的午餐之前就响起。

前一章我已经提到，利奥诺拉说，我走了后，他们在瑙海姆逗留的最后那段时间里，她好像觉得自己在用看不见的武器跟几个沉默的对手搏斗。我还说，南希总想跟爱德华单独出去。那是她多年来养成的习惯。利奥诺拉觉得自己有责任阻止这件事。可是那非常困难。南希总是我行我素。多年来，在弗丁桥，她经常跟爱德华一起出去打老鼠、抓兔子、捕鲑鱼，还去参加爱德华痴迷的社区访问或者看望佃户等诸如此类的活动。在瑙海姆，晚上她经常和爱德华单独去卡西诺俱乐部——总之，只要弗洛伦斯不要求他陪伴时就一同出去。这表明两人的关系性质天真纯洁，连弗洛伦斯都没有丝毫嫉妒的念头。利奥诺拉已经养成十点钟就上床睡觉的习惯。

我不知道她是怎么应对这件事的，不过，他们在瑙海姆待的所有那段时间里，她想方设法不要让那两个人有单独相处的机会，除非在大白天和人多拥挤的地方。如果一个新教徒能做到这点，那无疑会唤醒这个女孩心中的自我意识。但是，天主教徒们总是有许多保留的隐私和奇奇怪怪的私密，在这些事情上能够处理得更好。不过，我只能说，有两件事让这事做起来容易多了——弗洛伦斯的死和爱德华明显染病在身。其实，他看上去病得已经很重；他的肩膀开始佝偻；他的眼睛下面已经出现了深坑；很多时候会匪夷所思地心不在焉。

利奥诺拉描述自己监视他就像一只凶猛的猫在盯视路上一只浑然不觉的鸽子。在那种默默的盯视中，我又一次觉得她是个天主教徒——那种想法与我们迥异又深藏心底的人。而且，那些想法钻进她的头脑；有些甚至无须说出一个字就钻进爱德华的脑子。起初，她认为那可能是因为弗洛伦斯的死让他感到很压抑，可能感到痛悔、悲伤。可是她观察又观察，加上又故意当着那女孩的面胡乱说些评价弗洛伦斯的话，她感觉爱德华既不悲伤也不痛悔。他毫不知情弗洛伦斯可能会自杀，至少连一封指责性的信都没有给他留下。因为没有遗书，这让他更加确定弗洛伦斯是心脏病突发死的。因为这点上，弗洛伦斯从来都是瞒着他的。她认为这会让自己显得更浪漫。

没有，爱德华没有丝毫痛悔。他都会对自己说，在她死前两个小时，他对待弗洛伦斯的态度都是她渴望的那种殷勤关照。利奥诺拉从他的眼神，从他看躺在棺材里的弗洛伦斯时候直起肩膀的样子——从这些以及许许多多小事推断出这个结论。她会突然跟那女孩说起弗洛伦斯，但是他从不接话。他甚至根本不关心，只是坐在那里用充满血丝的眼睛盯着桌布。那段时间他毫无节制地酗酒——每天晚上，在他们上床睡觉前那段很长的时间里，他都深深地沉浸在酒中。

为了弗洛伦斯而让那女孩十点就上床睡觉，这在南希看来似乎不太通情理。她还能理解，在类似半哀悼弗洛伦斯期间，她不应该出现在像卡西诺俱乐部那种公共场合。但她不明白为什么就不该跟爱德华叔叔晚上出去穿过公园散步。我不知道利奥诺拉找了个借口——我猜可能是打着为弗洛伦斯的灵魂做一场夜间祈祷的旗号，需要那女孩和她本人参加。后来，一天晚上，大约两个星期后，当那女孩渐渐连对向来热心的活动都变得不耐烦起来，不止一次地吵嚷要跟爱德华去散步，而利奥诺拉也已智穷计竭的时候，爱德华主动拉住了那女孩的手。他刚好吃完晚饭站起来，然后把脸别过去。

可是他又转过沉重的脑袋，充满血丝的眼睛落在妻子身上，然后正面看着她。

“冯·哈普特曼医生，”他说，“指示我吃完饭后就立即睡觉。我的心脏状况很糟糕。”

他继续盯着利奥诺拉看了好一会儿——用极度轻蔑的态度。利奥诺拉明白，他这样说，是在给她一个借口，她需要借此把他与南希分开，而且用眼神责备她认为他试图引诱南希堕落。

爱德华悄无声息地上楼来到自己房间，在那里坐了很长时间阅读英国国教的祈祷书——直到那女孩上了床完全睡着了。大约十点半的时候，利奥诺拉听到他的脚步声从自己房门前经过，一直往前走去。两个小时后，脚步声又回来了，步履沉重蹒跚。

利奥诺拉一直隐忍不发，直到他们在瑙海姆待的最后一个晚上，都在沉思着这种状况。后来，她突然采取行动了。晚饭后，她突然以同样的方式盯着爱德华说：

“特迪，难道你就不能违背一次医生的规定，抽出一个晚上的时间陪南希去趟卡西诺俱乐部吗？那可怜的孩子觉得这次过来简直太扫兴了。”

爱德华反过来又盯着她平静地看了很长时间。

“好吧，行啊。”他终于说。

南希从椅子里跳出来，跑过去吻他。

那两句话，利奥诺拉说，给了她最巨大的安慰，比她这辈子听过的任何两个词给予的安慰都要大。因为她知道，爱德华正在崩溃之中，对什么都无心占有，只想以顽强的决心抵制住自己的手。她的警戒可以略微放松些了。

但是，她仍然坐在半闭的百叶窗后面的黑暗中，望着街道、夜色和树林，直到很晚，她都能听到南希清晰、越来越近的声音在说：

“你换上那只假鼻子，可真像个老家伙！”

库尔塞在庆祝当地的一个什么节日。爱德华以那种不紧不慢的好脾气回答说：

“你呢，你看着就像塞德彻修道院的老妈妈。”

在一盏煤气灯下，那女孩的侧影晃来晃去；另一个爱德华的影子，在女孩旁边无精打采地移动着。他们说着话，跟那女孩十七岁以来任何时候的一次谈话没什么两样；用同样的语调，讲着在布兰肖逗他们开心的一个乞丐老婆婆的同样的玩笑。过了会儿，那女孩打开利奥诺拉的房门，像每天晚上例行的那样仍然吻了吻爱德华的额头。

“我们玩得可开心了，”南希说，“他比以前好多了，回家的路上跟我比赛跑了二十码。你为什么老待在黑暗中？”

利奥诺拉能听到爱德华在房间里走来走去，而且，由于那女孩叽叽喳喳的说话声，她也不知道爱德华是不是又出去了。后来，过了很久，因为觉得如果爱德华又喝酒什么的，得去阻止，于是第一次而且极为轻柔地打开位于他们房屋之间的那扇从未打开过的房门。利奥诺拉想看看，他是不是又出去了。爱德华正跪在床边，脑袋埋在床罩里。他胳臂伸向前方，脸前捧着一尊圣母的小塑像——那是件俗艳、鲜红色、普鲁士清教徒用的东西，是那女孩第一次从修女会学校回来后送给他的礼物。他的肩膀抽搐地抬了三次，利奥诺拉还来不及关上门，就听到从爱德华那里传来沉重的抽泣声。他不是天主教徒，但却受到天主教的这种影响。

那天晚上，利奥诺拉第一次睡了个好觉，中间一次都没有醒来过。

3

后来，利奥诺拉彻底崩溃了——就在他们返回布兰肖·特里拉弗的那天。这是对我们卑劣精神的折磨——这是虽然残忍却也许公正的命运的鞭笞，没有什么悲痛是无缘无故而来。不，任何巨大的悲痛，即使悲痛可能已经过去，都会在它出现过的地方留下一连串恐怖、痛苦和绝望。对利奥诺拉来说，她是自我解脱了。她觉得自己可以把那女孩交给爱德华，她也知道南希是绝对可以相信的。然后，随着她警觉的放松，她的整个思想也随之松弛了。这也许是整个故事中最悲惨的部分。因为看到一个清醒的理智发生动摇，这是很凄凉的；利奥诺拉动摇了。

你要知道，利奥诺拉是怀着类似痛苦的激情爱着爱德华的。她跟爱德华一起生活了很多年，没有对他说过一句温柔话。我不知道她是怎么做到的。从他们结婚之初，这样的关系就已经开始了。她是一个家徒四壁、杂乱无章的爱尔兰庄园大宅里七姐妹中的一个，她从我经常提到的那所修女会学校毕业后又回到庄园。她离开学校只有一年，而且那时刚刚十九岁。不可想象，她完全没有人生经验。你都可以说，除了牧师，她几乎没有跟任何男人讲过话。一从修女会学校出来，她就待在那幢深宅大院的高墙后面，那里几乎比修女会学校还要与世隔绝。那里住着七个女孩子，一个备受压抑的母亲，一个忧心忡忡的父亲，那年，一连三次，佃户们在篱笆后面朝他开枪射击。总体上，这些佃户对女眷们还是尊重的。因为有七个女儿，每周一次会有一个女儿跟母亲坐着那老式编筐双轮马车出去，一头非常肥胖、非常笨拙的小马拉着车。她们偶尔拜访个人，但连这样的机会都很少。利奥诺拉向我保证说，她从学校回家后的那一年里，只去过三次别人家。其他时候，七个姐妹的时间都消磨在花园里那些无人修剪的树篱之间了。有时她们会玩草坪网球，或者在花园的某堵大围墙一角玩墙手球[①]——在某个果树早已枯萎的角落。她们还会画水彩画，还会刺绣，抄写诗歌后装订成小册子。她们每星期去做一次弥撒。每星期由一个老保姆陪着去做一次忏悔。她们不了解别的生活，所以过得很快乐。

对她们来说，唯一的一次奢侈似乎是，一天，从县城请来一位摄影师，让她们七个姐妹全都站着照了一张相，就站在一棵红褐色树干上长满灰色地衣的老苹果树的阴影下。

其实那并非奢侈。

三星期前，波伊斯上校致信阿什伯纳姆上校：

“听我说，哈里，你家的爱德华可否要一个我家的姑娘呢？那将是上帝对我的恩赐，因为我目前已山穷水尽，如果有一个姑娘能够嫁出去，其余的就会紧随其后。”

上校接着说，他的所有女儿个子都很高，正直诚实，手脚干净，而且绝对纯洁。他提醒阿什伯纳姆上校，他们是同一天结的婚，但在不同的教堂，因为一个是天主教徒，另一个是圣公会教

① 在三面或四面有墙的场地上用戴手套的手或球拍对墙击球的游戏。

徒——他们互相约定，在结婚前夜，到时，他们的一个儿子要娶对方的一个女儿。阿什伯纳姆太太出自波伊斯家族，而且一直是波伊斯太太最亲密的朋友。像英国军人一样，他们全世界漂泊，很少见面，但他们的女人经常彼此书信往来。她们写信交流些爱德华和大些女儿出牙，或者修补长筒袜里雅各天梯般的抽丝[①]的最好办法之类的琐事。如果说她们很少见面，但却经常足以能在双方的头脑中保持对彼此性格的鲜活印象，关系变得越来越密切，越来越坚实，总有那么多话可说，总有那么多往事存在那里可供回忆。后来，他的女儿们开始陆续成年，那时她们必须要离开修女会学校，而这些姑娘在上校服役期间，都陆续被送进这所学校读书，波伊斯上校退役后，又到了必须给她们安家的时候。正好阿什伯纳姆夫妇从来没见过波伊斯家的任何一个姑娘，而且，每次双方父母四个人在伦敦见面，爱德华·阿什伯纳姆都总是去参加派对聚会。那时他二十二岁，我想，思想纯洁得几乎跟利奥诺拉一样。好奇怪，一个男孩怎么能够在这个世界上让自己纯洁的理智不受任何影响。

这一部分要归功于他母亲的精心管教，一部分要归功于他在温彻斯特住的地方有种特别的纯洁氛围，还有一部分要归功于爱德华

① 原文为 Jacob's Ladder，最初的意思为雅各的天梯，天梯原文又有抽丝的意思，可当细长解。

自己对任何粗俗的语言、下流的故事格外厌恶。在桑赫斯特[1]，他一概远离这些东西。他迷恋军旅生活，迷恋数学、土地调查和政治，而且以其古怪的反常思维，对文学也很迷恋。甚至在他二十二岁的时候，还会花好几个小时阅读司各特的一本小说或者《弗洛萨特的编年史》。

阿什伯纳姆夫人认为，终将会有人祝贺她，而她几乎每星期都给波伊斯夫人写信，表达自己的满足感。

后来，有一天，拜访完洛德家，阿什伯纳姆夫人跟儿子走到邦德街，她注意到爱德华忽然扭过头又仔细看了眼刚才从他们身边走过的一个穿着讲究的女孩。她把这个都写信告诉波伊斯夫人了，而且还表示说有些惊讶。从爱德华的角度看，这只是非常单纯的条件反射活动。老师的填鸭式教育给他造成某种压力，所以他当时完全心不在焉，绝对不知道自己在做什么。

阿什伯纳姆夫人写给波伊斯夫人的这封信导致波伊斯上校给阿什伯纳姆上校写了那封信——那封半带幽默又半带渴望的信。阿什伯纳姆夫人催促丈夫回信，多少带点逗乐的味道——要取得这样的效果，波伊斯上校应该向他们介绍点他正在出售的商品的基本情况。这也就是拍那张照片的原因。我见过那张照片，七个女孩，全

① 英国皇家军事学院所在地。

都身穿白衣服，相貌全都极为相似——除了利奥诺拉，全都下巴有点大，眼神有些傻里傻气。我敢说，那让利奥诺拉都看着显得下巴有些大，眼神有些傻里傻气，所以那张照片并不理想。但是由于那棵苹果树一根枝丫的黑影正好从她脸上切过去，这些特征很难看出来。

随之而来波伊斯上校夫妇度过一段极其苦恼的时光。阿什伯纳姆夫人诚恳地写信说，如果儿子表示愿意娶波伊斯夫人的一个女儿，没有什么比这更能让一个对婚姻有诸多焦虑的母亲感到宽慰的了。她又补充了一句，因为，除了爱德华的婚恋问题，别的她一概不想。但是，可怜的波伊斯夫妇想把各种事安排得如此完美无瑕，甚至觉得把年轻人带来相聚都是一种胆大妄为的冒险。

单说把一个女儿从爱尔兰送到布兰肖的费用对他们来说就已相当可怕。无论他们挑选哪个女儿都可能不中爱德华的意。另一方面，如果阿什伯纳姆家人来拜访他们一趟，光吃的东西和额外的被单的花费同样惊人。算笔账，那意味着他们事后要少吃不少顿饭。尽管如此，他们还是决定碰碰运气，于是阿什伯纳姆一家三口人便来造访他们那幢寂寞的庄园大宅了。他们可以给爱德华安排些艰巨的打猎和抓鱼的活动，以及一连串女性气十足的活动；不过，我应该说那几个姑娘留给阿什伯纳姆夫人的印象要比爱德华本人深。在她看来，这几个女孩子干净利落，又叫人那么放心。她们的确干净利落，爱德华隐隐约约更倾向于把她们当男孩子而不是女孩看待。后来，一天晚上，阿什伯纳姆夫人与儿子进行了一场英国母亲和英国儿子经常举行的那种交谈。那更像犯了什么罪过，虽然我不知道发生了什么。总之，第二天早上，阿什伯纳姆上校代表儿子请求与利奥诺拉订婚。这让波依斯夫妇有些惊愕，因为利奥诺拉是他们的三女儿，爱德华应该先跟最大的女儿结婚。波伊斯夫人的礼节观念比较严苛，差点想拒绝提议。但是她的上校丈夫却说，这次拜访要花他们六十英镑，拿来雇用一个额外的仆人、一匹马、一辆车，加上购买的床铺、床上用品以及额外的桌布。这一切全都是为了这桩婚事。就这样，爱德华和利奥诺拉成了夫妻。

我不知道对他们逐渐走向完全破裂的过程进行事无巨细的研究有没有必要。也许有必要。但是很多事情我仍然弄不清楚，对此我又不能问利奥诺拉，或者爱德华那件事他没告诉过我。我不知道，爱德华对利奥诺拉有没有爱情问题。他肯定认为利奥诺拉是众姐妹中最妩媚的姑娘。他曾固执地说，如果得不到利奥诺拉，几个姐妹谁都不要。毫无疑问，结婚前，他用读过的书里的话跟利奥诺拉进行过多次漂亮的交谈。但是，以他后来的描述而言，好像他的心情非常平静，没有发生任何心跳加速现象，他就那么把这姑娘带走了，未曾遭到任何反对。然而，这一切都是很久前的事了，遥远得对他来说，在自己不幸的生命尽头，似乎已经是个模糊不清、如云似雾的事情了。他对利奥诺拉钦佩至极。

他的确钦佩至极。他钦佩她的忠诚，思维清楚，手脚利落，钦佩她能干，皮肤洁白漂亮，钦佩她有责任感。能让她跟自己生活在一起，爱德华感到心满意足。

可是，利奥诺拉对他没有一点吸引力。我想，其实，他不爱利奥诺拉是因为她从不悲伤。生活中真正让他感觉好的事情是安慰那些陷入黑暗和神秘悲伤的人们。他从来不曾对利奥诺拉展示过这个方面。或许还有一个原因是她最初太温顺了。我不是说她总是屈从于爱德华——即在判断上遵从爱德华。她没有这样做过。但是，她把自己交给了爱德华，就像一个默默忍耐的中世纪的处女。她从小到大接受的教诲就是，女人的首要职责是服从。她就是这样做的。

至少，她内心对爱德华品质的钦佩很快就变成最深沉的爱。如果说爱德华的心跳没有加速过，如我事后得知，当爱德华从舞池对面向她走来时，她变成了所谓的另一个人。她的目光始终追随着他，充满依赖、欣赏、感激和爱慕。在很大程度上，爱德华是她的牧师和导师——他引导利奥诺拉，一个从修女会学校直接出来的女孩走进几乎是天堂的地方。一个英国军官妻子的生活状态会是什么样子，我一点概念都没有。无论如何，宴请、闲聊，这些都是少不了的，会有得体的男人给她以恰到好处的称赞，有同样得体的女人待她若宝贝。她的忏悔牧师首肯她的生活状态，爱德华让她尽量不要请她毕业的那个修女会学校的女孩子们吃饭，院长妈妈也同意他这样做。那五六年间，没有比她过得更开心的女孩子了。

只是在这段时间快结束时，像俗话说的那样，阴云才开始升起。那时她大概二十三岁，目标明确的效率感或许让她有种控制的欲望。她开始觉得爱德华的慷慨好施太过铺张浪费。那段时间他的父母刚刚去世，虽然父母认为他应该继续服役从军，爱德华却把大量注意力放在借助管家管理布兰肖庄园上来。奥尔德肖特离得不太远，他们所有的假期都在那里度过。

忽然，利奥诺拉似乎开始觉得爱德华的慷慨大方成为异想天开。他把大量的捐赠都放在与自己的烂摊子有关的事情上。他给父亲的新老仆人发养老金让他们退休，而且过于慷慨。他们收入不菲，可是却不时感到手头拮据。他开始提起要抵押一两个农场，不过从未付诸实施。

利奥诺拉试探性地规劝他。利奥诺拉的父亲，她偶尔还能见到的父亲说，爱德华对佃户们太慷慨了；几位军官哥们儿的妻子也私下劝过她，爱德华的大笔捐赠让她们的丈夫们觉得很难向他看齐；特别讽刺的是，他们之间真正的麻烦却与他想在布兰肖建一座罗马天主教堂有关。他想以此来表达对利奥诺拉的敬意，并且建议要花费很奢靡。利奥诺拉并不愿意；只要她愿意，可以经常驾车从布兰肖去最近的天主教堂。那里没有信奉罗马天主教的佃户以及仆人，除了她的老保姆，她可以一块儿驾车去。如果有必要，她想让多少牧师跟她在一起都可以——连那些牧师都不希望在那地方建造一座豪华教堂，那似乎只会成为他人怨恨的炫耀的典型。他们在布兰肖住的时候，牧师们早已准备好要给利奥诺拉和她的保姆在一间打扫得干干净净的外屋里做个庆祝弥撒。可是爱德华死活不同意。

他对妻子缺乏情趣实在感到伤心——包括对妻子拒绝接受他公开的致敬。他觉得妻子似乎缺乏想象力——冷漠又强硬。我不知道在演变成如今这个样子的这场悲剧中，利奥诺拉的牧师们发挥了什么样的作用。我敢说，他们的行为值得称道，却是错误的。可是当初，谁没有错会爱德华？我认为，利奥诺拉的忏悔牧师没有进行艰苦卓绝的努力让爱德华转变宗教信仰甚至让他受到伤害。有一段时间，他已经做好准备成为一个多情的天主教徒。

我不知道为什么他们没有趁其不备接纳他，他们这些人可是有那么点儿偏门聪明和古怪手腕的。也许他们认为爱德华过早改宗会吓走其他想娶信奉天主教的女孩的清教徒。也许他们对爱德华比他本人还看得深刻，认为他的改宗并不见得非常真诚。无论如何，他们——包括利奥诺拉——还是让爱德华一如既往。这让爱德华深受其辱。他告诉我，如果当时利奥诺拉认真地对待他的想法，一切都将不同。但我敢肯定那完全是胡说。

总之，在教堂问题上，他们发生了第一次真正的灾难性的争吵。那时，爱德华的身体不太好；他自己认为处理军团事务太过劳累——他当时还负责管理军人伙食。利奥诺拉的身体也不太好——她开始害怕他们的婚姻了无生趣。后来，她父亲从格拉斯莫亚尔过来，跟他们一起住。

那时正值爱尔兰的多事之秋，我知道。无论如何，波伊斯上校的脑子里还记着那些开枪向他射击的佃户们，在跟爱德华的土地管家交谈中，上校脑子里获得的印象是，爱德华以对佃户疯狂慷慨的方式管理着自己的地产。我也明白，那些年——90年代——务农的行情非常糟糕。几百磅麦子只能赚到几先令。肉价低得可怜，卖了牲口得到的钱还不够饲养费。英国各郡都完蛋了。爱德华让佃户们拿到很高的回扣。

为了公正地评价双方，利奥诺拉承认自己那时错了，同时又认为爱德华照顾那些其实非常善良的佃户渡过困难期，是在实施一种更有远见的策略。爱德华的收入似乎不完全来自土地；很大部分来自铁路。但是老波伊斯上校却像帽子里钻进蜜蜂般心神不宁，而且，如果他不能就这个问题直接找爱德华本人的话，只要有机会，就会无休止地规劝利奥诺拉。他最宠爱的想法就是把老佃户都解雇掉，然后从苏格兰引进一批农工。他们在埃塞克斯就这样干。他老说爱德华正迈着发烫的脚快步走向毁灭。

这件事让利奥诺拉忧心忡忡——让她极度担忧，经常好几个晚上彻夜睡不着觉。她的嘴角都出现了一条焦虑的皱纹。而且，这事又让爱德华很忧虑。我不是说利奥诺拉事实上已经跟爱德华谈过佃户的事了——但他知道有人，也许是她父亲，跟她谈过这件事。他知道这事儿，是因为他的管家每天早上吃早餐的时候，都来向他们汇报大大小小的事情。有个叫穆福特的佃户连续三年每次只交一半的租金。一天早上，管家汇报说，穆福特当年完全交不出租金了。爱德华深思片刻说：

“噢，好吧，他是个老人了，他们家族做我们的佃户已经二百多年。就给他全免了吧。”

这时，利奥诺拉——你一定要记着，她当时有理由焦虑和不高兴——发出一种很像抱怨的号叫声。这让爱德华吃了一惊，他非常怀疑有什么东西在利奥诺拉的脑子里掠过——他由吃惊变成愤怒。他刻薄地说：

“你不会是想让我赶走那些替我们挣了好几个世纪钱的人——我们对这些人要负责的——然后再招进一批苏格兰农工吧？”

爱德华看着她，利奥诺拉说，事实上是用怨恨的眼神盯着她看了一眼，然后突然离席而去。利奥诺拉知道，他当着第三者的面公然表达气愤，可能会把事情弄得更糟。这是他第一次也是最后一次公然表达气愤。那位土地管家是个温和而又注意不偏不倚的人，他家族的人跟随阿什伯纳姆家族的人也有一个多世纪了，他擅自做主说：他认为爱德华对待佃户们的手段再合适不过了。就慷慨而言，他或许做得略微过了点，然而时世也毕竟艰难，每个人无论地主还是佃户，都得节俭着点。最重要的是别让土地陷入劣质的耕种状态。苏格兰农工只会扒你们土地的皮，让土地变得越来越差劲儿。但是爱德华有一群非常好的佃户，他们全力以赴为他干活儿，最后也为了自己。当时这些说辞对利奥诺拉的说服力收效甚微。不过，她对爱德华突然发火还是非常忧虑。

事实上，利奥诺拉在她的权限领域已经在厉行节约了。两个下等女仆走了后，她没有再找人接替。那年，她在衣服上的花销少了许多。他们请客吃的饭菜没有那么丰盛，而且跟前几年的情况相比，也没有那么昂贵。爱德华开始感觉到了妻子性格中的强硬和果断。他仿佛看见一张网绕着自己围拢过来—— 一张他们不得不生活于其中的网，就像庄园附近某个比较贫穷的乡下人家那样迫不得已。就像两个生活在一起的人以某种神秘的方式无须言语就知道彼此的想法，甚至在发脾气之前，爱德华就知道，利奥诺拉会担心他管理财产。这对他来说似乎难以忍受。他也有种强烈的自责感，因为当着土地管家的面，公然那么粗鲁地跟利奥诺拉讲话。她想象，爱德华一定是神经开了小差，而且觉得那段时期，没有几个人比爱德华更痛苦了。

你知道，爱德华的心其实很单纯——非常单纯。他认为，如果没有与之生活在一起的女人忠诚、全心全意的合作，男人根本不可能满意地完成自己的人生事业。尽管自己信奉绝对的集体主义传统，他开始隐隐约约感觉，妻子是个纯粹的个人主义者。他自己的理论——君主当为其属下竭尽全力，属下也理当为君主竭尽全力的封建理论——这套理论与利奥诺拉的本性完全格格不入。她出身于一个爱尔兰小地主家庭——一个被劫掠的国家里心怀敌意的堡垒。她不停地在想，希望有个孩子。

我不知道他们为什么没有孩子——其实我并不觉得有孩子后情况会有多么不同。爱德华和利奥诺拉的分歧太根深蒂固了。爱德华天真无邪到什么极端程度，这样说你就会明白些：他结婚的时候，以及可能在婚后几年里，其实都不知道孩子是怎么出生的。利奥诺拉也不知道。我不是说这种状态一直持续下去了，但曾经有一度就是这样。我敢说，这对他们的精神产生过巨大的影响。总之，他们没有过孩子。这一定是天意。

既然是天意——既然是那位全知全能之神的一种神秘和令人害怕的惩罚——它必然要在利奥诺拉身上体现。因为在那个时期前不久，她就发现父母并没有坚持要爱德华家承诺她以后生的任何孩子都要按天主教徒的要求抚养长大。她自己也从来没有跟父亲、母亲和丈夫谈过这件事。当父亲终于透露出几句话，致使她认为那都是事实时，她试图坚决让爱德华做出这个承诺。她得到的却是意想不到的强硬反对。爱德华早就想好了，是女孩就当天主教徒来养，非常乐意；是男孩必须信奉英国国教。我不知道在英国社会这种事情有什么重要意味。其实，在我看来，英国人似乎对政治或者宗教这种事情有那么点儿痴迷。在爱德华身上，这事显得格外怪异，因为他本人非常乐意成为一个罗马天主教徒。虽然，他好像一心想亲自去趟罗马，然而，却让自己的儿子们接受他们的直系祖辈信奉的宗教教育。这可能显得不合逻辑，但是我敢说它没有表面上那样不合逻辑。这样做就意味着，爱德华认为他本人可以根据自己的意愿拥有自己的肉体和灵魂。但是，他对自己家庭传统的忠诚又不许他约束自己名分上的未来继承人，或者先辈死后的受益者。至于女孩子们，事儿没那么重要。她们会熟悉别的家庭，别的环境。另外，这也是很寻常的事。但是，男孩必须给他们选择的机会——而且他们必须首先要接受国教教育。在这件事上，他绝不动摇。

所有这段时间，利奥诺拉都处于痛苦之中。你要记住了，她认真地相信自己生的孩子会遇到危险，即便不完全是遭到神谴，那无论如何也是领受了假教义而受到惩罚。这是一种她描述不出来的痛苦。她其实并不想去描述，但我能从她讲述时的声音中判断得出来，她几乎听不出来地说："我经常彻夜睡不着觉。我的精神顾问总想安慰我，但无济于事。"我从她的声音里听得出，那些夜晚何其恐怖，又何其漫长，她的精神顾问的慰藉何其徒劳。她的精神顾问们对待这件事好像还挺镇定。他们肯定会告诉她，无论如何不要自以为有罪。喏，他们甚至好像还规劝、吓唬她，就是希望把她从他们认为的精神病态中拉出来。她必须要处理好各种事务，等有孩子的时候，要用人格而不是说教去影响他们。这些人还警告她，如果继续不停地想着自己曾经有罪，那么还真会犯罪的。但是，她仍然认为，自己曾经犯过罪。

利奥诺拉不可能觉察不到，她炽烈地爱着并且开始拿一根铁棍来掌控的那个男人，开始越来越疏远自己。爱德华认为她这个人不仅肉体上、精神上是冷冰冰的，而且事实上甚至是邪恶和卑贱的。有时候，她跟爱德华说话的时候，爱德华甚至会打寒战。她似乎认为爱德华内心有点疯狂，他觉得自己应该用双肩承担起部队、军团、财产以及县里的一半重任。她看不出来，在试图抵制她所认为的自大狂时，她无所不用其极地做着邪恶的事。她是为尚未出生的孩子着想，试图努力把一些事情归拢到一起。然而，他们的整个互动逐渐变成一种令人痛苦的讨论，如爱德华是否应该向这个或者那个机构捐款，或者是否应该让这个或者那个醉汉改过等。她就是看不到这点。

陷入这种非常可怕的紧张状态后，而且似乎看不出会有什么结果的时候，基尔塞特案件的出现似乎让紧张局面有所缓和。这件事颇具讽刺意味的部分在于，如果爱德华不是为了讨好利奥诺拉，他肯定不会亲吻那个保姆姑娘的。保姆们并不坐头等车厢，那天，爱德华为了向利奥诺拉证明他有能力勤俭节约，就坐了三等厢。我说了，基尔塞特事件的出现似乎让他们之间存在的紧张局面有所缓和。这给了利奥诺拉一个机会，以全心全意和绝对忠实的姿态支持爱德华。这件事给了她一个在爱德华面前表现他认为妻子应该如何向丈夫表现的机会。

你知道，爱德华发觉自己跟一个非常漂亮的十九岁左右的姑娘同处一个车厢里。这位十九岁左右的漂亮姑娘长着黑黑的头发，红润的脸颊、蓝蓝的眼睛，在默默地哭泣。爱德华一直坐在自己的那个角落里，心里毫无思虑。他偶尔看看那姑娘，两颗大大的、漂亮的泪珠从她的眼睛里掉下来落在膝头。爱德华立刻觉得自己应该过去安慰下她。这是他生命中的分内事。他自己就非常不开心，在他看来他们应该共同承担悲伤，这似乎是世上天经地义的事。他是个非常民主的人，头脑中似乎从来闪现过他们地位不同的念头。他开始跟姑娘攀谈起来。他得知，有人看见姑娘的男朋友跟住在54号的安妮在外面散步。他挪到车厢里姑娘坐的那边。他说传言可能并不真实，而且，毕竟一个年轻男子是可以跟54号的安妮散一次步的，不要觉得这有多么严重。爱德华向我保证，他搂住那姑娘的腰，亲吻她的时候，至少感觉自己像是半个父亲。可是那姑娘却并没有忘记自己地位的不同。

她从小到大，母亲、其他姑娘、老师乃至自己那个阶层的所有传统都警告说要提防那些绅士们。她现在就被一个绅士亲吻着。她尖叫着挣脱开来，跑起身拉响传达绳。

爱德华在公众还算不错的评价中完满地脱身而出。但是，这件事对他精神造成严重伤害。

4

无论对任何人，想要全方位地描述出对他的印象是非常困难的。我不知道在多大程度上成功描述了爱德华·阿什伯纳姆。我敢说自己毫不成功。甚至想搞清这种事有多大的意义都很难。对可怜的爱德华而言，说他身材非常魁伟、举止克制、饮食有度、生活有规律——就是说，事实上他具备通常描述英国人时提到的所有优点——难道这样的描述角度很重要吗？或许可以说，在呈现了他的所有往事，端出了所有那些优点后，我仍然没有取得多少成功！他肯定具备这些优点，并且把这些优点坚持到他人生最后的岁月。这些东西有人会铭刻在他的墓碑上。其实，这些东西将被遗孀刻在他的墓碑上。

我不知道，我是否写了理应写出的对他如何安排自己的人生以及分配时间的印象。因为，直到生命的最后一刻，各种激情的追逐在他的生活中占去的时间还是比较小的。我迫不得已写了很多追情逐爱方面的事情，可是你不妨想想——我理应能够让你想一想的——他每天早晨七点起床，洗个冷水澡，然后八点钟吃早饭，从九点到中午一点都用来处理军务；到曲棍球赛季的时候，又跟人玩马球或者曲棍球，然后玩到喝茶的时间；此后，他又要处理土地管家寄来的信件，或者处理部队的伙食，这就到晚饭时间了。吃完晚饭他又打会儿扑克来消磨时间，或者跟利奥诺拉打打台球，或者参加这样那样的社交活动。他生活的大部分时间被这些事所占去——而且占去他生活中很大一部分时间。他的风流韵事，直到生命最后，都是在这种零敲碎打的时间里加塞儿进行的，或者在社交晚会、舞会、晚餐期间从事的。不过，我猜我可能讲得让你很难得出那种印象，哦，我沉默的聆听者。总之，我希望不要让你觉得爱德华·阿什伯纳姆是一个病态的典型。他不是这样。他完全是个正常的人，而且是个非常多愁善感的人。我敢说，他年轻时的本性，那种受母亲影响的性格，他的天真无知，在部队教官手中接受的填鸭式教育——我敢说，所有这些对他有着非凡影响的因素对他都是非常有害的。但是我们全都要忍受那种东西，毫无疑问，那种东西对我们所有的人都是非常有害的。然而，爱德华的人生轨迹是一个绝对正常的，努力工作、敏感多情、独具才干的职业男子的人生轨迹。

那个第一印象的问题一直严重困扰着我——不过完全是指学术意义上。我的意思是：我不止一次地感到困惑，在与人打交道的过程中，是不是最好相信对某人的第一印象。可是我没有任何人可打交道，除了侍者、女佣和阿什伯纳姆夫妇，跟他们在一起，我不知道有什么交道可打。至于说到侍者、女佣，我总体上觉得第一印象是足够正确的。如果我对一个人的第一印象是谦恭、热情、体贴，那么他一般今后也会是这样的。可是，有一次，在巴黎公寓里，我们雇了个女佣，她看上去显得很迷人，而且正直诚实，可就是她偷走了弗洛伦斯的一只钻石戒指。然而，她偷戒指的目的是把男友从监狱中挽救出来。所以，这里她的情况像有人在什么地方说的，算是个特例。

即便在我染指美国商业生活的那个短暂时期——从8月的部分时间到整个9月——我发觉，依靠第一印象是我的拿手好戏。我发现自己会通过表情的活动，会通过说的第一句话，自动把引荐给我的每个人进行归类、贴标签。不过，在美国的那段时间，不能说我是真正在做生意。我不过是在把诸事做个了断而已。如果不是有娶那个好女孩的想法，我可能会在自己国家找些事情做。因为在那里的经历给我留下鲜活生动、可爱有趣的印象。那感觉完全就像我从一家博物馆出来，走进一个喧闹嘈杂的化装舞会现场。在我跟弗洛伦斯一起生活的那段时间，我差不多开始忘记有像时尚、职业或者贪婪这种东西。事实上，我也已经忘记还有美元以及如果你恰好没有这一美元就会极其渴望得到这种事情。我也忘记了很重要的传播流言蜚语这种事情。具体到这点而言，费城可能是我平生待过的最奇妙的地方。我在那个城市待的时间总共不到一个星期或者十天，我在那里没有处理过多少生意意义上的事，可是，我被提醒警惕人与人之间要互相防着的次数却多得神奇。有个男子，我不知道是怎么来到我在旅馆休息室椅子后面的，在我耳旁谨慎地轻声说，让我警惕另一个我同样不认识但站在吧台旁边的男子。我不知道，他们心想我在那里是干什么——没准认为我想买断这个城市的债务或者控制一部分铁路利益。说不定他们可能以为我要买下一家报社，因为他们不是政客就是记者，当然了，这两种人是为同一件事而来。事实上，我在费城的财产主要是位于城市老区部分的房地产，我到那里去只想了却自己的心愿，看看那些房子是否得到了很好的修缮，房门的漆经常适当地刷过没有。我还想看看为数不多的几个亲戚。他们大多是专业人士。因为1907年前后的银行大危机，目前他们的生活相当艰难，当然，他们仍然挺可爱。如果他们不是在我看来好像全都得了所谓权势人物在为难他们的痴狂症，也许还要更可爱。总之，对那个城市的印象就像某个老式房间，风格上非常英国化而美国色彩反倒很少，在这座城市，那些秀气但都忧心忡忡的太太小姐，我的同辈兄弟姐妹们，谈论的主要是正在发生的对他们不利的各种神秘运动。我始终弄不明白那究竟是怎么回事。也许他们认为我知道，或者压根儿就没有什么运动。那完全是非常秘密、微妙的地下活动。但是，有个叫卡特的挺不错的年轻小伙子，是我的一个远房侄子什么的，他英俊、肤黑、文雅、高大、谦逊。我还知道他是个出色的曲棍球玩家。他给一个房地产代理人打工，这个代理人负责收我的房租。因此，就是这位亲戚带我去看的房产，所以我好好观察了一番他和一个叫玛丽的挺不错的女孩，他已经跟这个姑娘订婚了。那时候，我在做件事，做一件我现在肯定不会去做的事，即详细调查他的品性。我从他的老板那里了解到，他完全表里如一，诚实，勤奋，精神状态高昂，对人友善，随时准备给任何人做好事。可是，他的亲戚们，同时也是我的亲戚——似乎在暗中秘密地与他作对。我想象，他可能牵扯进什么贪污案或者至少诱奸过几个天真又轻信的少女。不过我进一步调查了那个特别而又神秘的家庭，发现只不过因为他是个民主党员，而我的亲戚多数是共和党人。在他们看来，年轻的卡特是他们所谓的什么佛蒙特民主党人，该党拿到优势选票，而且不会有误，这时，在亲戚们看来局面变得更加糟糕，而且越发黑暗难测。但我不知道这会意味着什么。不过，我想，我死后我的钱都会落到他那里——我喜欢回想他友好的样子和那位跟他订婚的不错的姑娘。愿命运之神善意对待他们。

我刚才说了，以我现在的思想框架，没有任何动机会促使我去调查任何我看第一眼就喜欢的人（讲我在费城经历这段小插曲其实是想得出这个结论），因为在这个世界上，谁能赋予人以某种品质呢？在这个世界上，谁又能知晓别人的心呢——或者他自己的心呢？我的意思不是说，人们不可能对别人的行为方式形成一个基本的评估。但是，人们无法确知每一种情况下的行为方式——等人们能确知时，“品质”对任何人都没用了。比如在巴黎时弗洛伦斯的女佣就属于这种情况。我们经常把要给一些生意人付账的空头支票交给她处理。有很长一段时间，她深获我们信任。然后，忽然，她偷了一枚戒指。我们不相信她会干出那种事。她的品质中没有这种东西。也许爱德华·阿什伯纳姆也属于这种情况。

或许不是这样。不，我宁肯认为不是。这很难推测。我曾说基尔塞特案能够缓和他和利奥诺拉眼前的紧张关系。这件事会让他看到利奥诺拉能够忠诚于他。这件事也给了利奥诺拉一个展示她信任爱德华的机会。她什么都没问就接受了爱德华的陈述，即亲吻那个女孩，他顶多就像给一个哭泣的孩子以父亲般的安慰而已。的确，他自己的世界——包括那些行政司法的官员们——都对那个案件持这种观点。不管人们说什么，一个人的世界有时是有可能非常慈善的……可是，像我说的那样，这件事再次对他造成巨大伤害。

那至少是他对这件事的看法。他向我保证，在案件结审前，律师用自己在处理这类案件时可能会归咎的所有各种肮脏思想的询问折磨过爱德华，他丝毫没有对利奥诺拉产生过不忠的念头。但是，置身于那场骚乱中——他说自己站在证人席上时那个念头忽然出现在头脑中——显身于威严的法律仪式，头脑中忽然回忆起他靠向那女孩时感觉到的身体的柔软。而且，从那个瞬间开始，他感觉那女孩令人垂涎欲滴——而利奥诺拉则毫无魅力可言。

他开始沉浸在白日梦中，在梦中更加老练地接近那个保姆姑娘，而且让事情走得更远。有时他会想起别的女人，小心翼翼地求爱——或者也许这样说更准确，他想到她们时，老练地安抚，最后达到水乳交融的地步。这是他对那件事的看法。他认为自己是法律的牺牲品。我的意思不是说，他认为自己是德雷福斯那样的人物。事实上，法律对他是非常宽容的。法庭宣布，阿什伯纳姆上尉是被一种试图安慰一位异性的错位欲念所误导，鉴于他缺乏灵活的方法，或者缺乏世故的知识，依法判处罚金五先令。但爱德华坚持说，这样却把很多念头塞进他的脑子里。

我不相信这点，虽然他肯定如此。当时他二十七岁，妻子与他没有什么共鸣——有些冲撞是难免的。他们曾经有过短暂的和睦，但并没有坚持下去。这让整个情况变得更加糟糕，具体到那件事，利奥诺拉已经做好充分的准备，让摩擦点到为止。因为，虽然爱德华更加尊重她，对她心存感激，但她好像在很大程度上对爱德华上心的其他事情——他的责任，他的事业，他的传统——更加心灰意冷。这把爱德华对她的绝望带到了愤怒的地步——同时又促使他坚定了不妨找个能够给予自己所需要的道德支持的女人。他需要被大家当作罗恩格林式的人物。

爱德华说当时他四处寻找能够帮助自己的女人。他找到了几个——因为他那个圈子有很多女士同意这位英俊又有风度的小伙子的想法，认为一个封建绅士的责任也要有封建色彩。他喜欢跟这些女士中的这位或那位聊天来打发时日。可是总会遇到障碍——如果这位女士已婚了，那么她丈夫势必会占据更多时间和注意力。另一方面，如果是个未婚的姑娘，因为怕伤害，他又不敢多见这姑娘，你知道，那段日子，他没有任何勾引某位女士的念头。他只想借女性之手获得道德上的支持。因为他发现跟男人们谈些思想上的话题有点困难。其实，我并不觉得他在跟自己的任何一个情妇曾在任何时间谈论过任何思想问题。这听上去有些怪怪的，但我认为作为一种品格特征描述又是千真万确的。

我觉得，应该是利奥诺拉的某个牧师—— 一个世俗中人——建议她应该带爱德华到蒙特卡洛去。他有个想法，为了适应利奥诺拉的社交圈，爱德华需要接触下不负责任的东西。因为那时爱德华很有点自命清高的样子。我是说，如果他既打马球又是个出色的跳舞高手，那么打马球是为了练塑形，跳舞是因为置身舞场显示自己是一种社交义务，而且，一旦在里面了，就要跳好。除了他认为属于自己生活中的本职工作，他做任何事都不是为了娱乐。正如那位牧师所见，这势必会使他与利奥诺拉疏远——并不是因为利奥诺拉更看重生活的乐趣，而是因为对爱德华的工作缺乏关心与共鸣。另一方面，有时，利奥诺拉又过得非常开心，而且，又如那位牧师所见，如果爱德华偶尔也能开心过活的话，他们之间也许会建立起某种牢固的意气相投的纽带。这样的想法虽好，但最终看来却是错的。

事实上，这种想法在那位大公的情妇身上却实现了。对任何一个没有爱德华多情的人而言，那都没多大关系。但是，对爱德华来说却是致命的。因为这是他的高尚品质使然，对他来说，享受一个女人的宠爱，会让他感觉女人与自己有了一条终身纽带。现实生活中人们就是这样做的。从心理的角度讲，这意味着如果不是疯狂地爱上这个女人，他是无法让其做情妇的。他是一个严肃的人——就这个特例而言，严肃是需要付出昂贵代价的。大公的情妇—— 一个外表激情四溢的西班牙舞女——在他们共住的那个旅馆的一场舞会中一眼就挑出了爱德华。他个子高，清秀，金发，据她了解还很有富有——而且利奥诺拉又睡得早。她对公共舞会并不上心，但是当她看到爱德华好像跟几个温柔可亲的女孩玩得挺开心，她也轻松了不少。这成了爱德华的末日——因为这位外表激情四溢的西班牙舞女因为喜欢爱德华的明眸而想跟他睡一个晚上。他带这位舞女来到黑洞洞的花园里，大概忽然想起基尔塞特案件里的那姑娘，他吻了西班牙舞女。他吻得充满激情，吻得狂暴热烈，而且是带着那种压抑了一辈子的激情忽然爆发的力量——因为利奥诺拉冷淡或者至少举止太正经。拉·多茜基塔喜欢这种回归，爱德华在她的床上过了一夜。

当这个心跳不已的尤物终于在他的怀中睡去后，他发现自己疯狂、激情、不管不顾地爱上了她。那是一种犹如从干柴上升起烈火的激情。他什么都不再去想。他也不会为别的任何东西而活着。但拉·多茜基塔却是个非常理性的尤物，心中没有哪怕一盎司激情。她要的是某种欲望的满足，而且爱德华昨天晚上求过她。现在既然欲望已经满足，她就极为冷静地说，如果他还想再睡她，可就得要钱了。这是一项非常合理的商业交易。她并不在乎是为爱德华还是别的男人服务。爱德华一再请求她好好跟大公冒一次险。如果爱德华能拿出足够的钱作为应付意外事件的某种保险费，她就打算喜欢爱德华一段时间，期限则以所谓的保险单规定的时间为准。她每年从大公那里拿到五万元钱；爱德华想要跟她交往一个月，就得付大公给的两年的雇金。大公发现的风险不是很大，但还不敢确定，如果被发现，大公会不会让她露宿街头。但是据她估计，存在20%的风险。她对爱德华说起话来就好像一个售卖地产的推销员——极其平静、极其冷静，声音没有丝毫抑扬变化。她不想对爱德华不好，但也看不出有什么理由要对他好。她是一个品行端正的生意女人，家有老母和两个妹妹要养活，而且要为自己老年生活早做准备。她顶多能再干五年。多茜基塔已经二十四岁，如她所说："我们西班牙女人年过三十就遭人厌弃。"爱德华发誓会养活她一辈子，如果她跟着他的话，不要再讲得这么恐怖。但她只是缓慢又轻蔑地耸一耸肩膀。爱德华试图说服这个在他看来为了他而迁就自己美德的女人相信，无论遇到什么情况，他都会认为养活她是自己的责任，会珍惜她，甚至爱她—— 一辈子。作为对她牺牲的回报，他会这样做。同样，作为对他的高尚的爱的回报，她会仔细关注他的财产账目。这是爱德华的推算。

大公的情人用同样的姿态耸了耸刚才耸的那只肩膀，然后伸出左手，同时把肘子卡在腰侧说：

"最后，我的朋友，"她说，"请把在Forli's[①]买首饰的钱放在这只手里，否则……"说完转身背对爱德华。

爱德华简直要发疯了。他的世界开始颠倒起来；蓝色海洋岸边的棕榈树开始跳起古怪的舞蹈。你知道，他相信女人的美德、温柔和道德支持。他不顾一切地与拉·多茜基塔讲道理；想跟她隐居在

① 虚构的首饰店。

一个岛上，指出她的观点会遭天谴，还说只有在真正的爱和封建制度中才能获得救赎。爱德华心想，她曾经做过自己的情妇，就道德律法而言，她应该继续做自己的情妇，或者最起码要做他意气相投的知己。可是，她的房间向他关闭了。她不再现身旅馆。什么都没有了：只有空寂。为了打破僵局，他只好拿出两万英镑。你应该已经听说后来发生了什么。

他在疯狂中度过了一个星期；他不吃不喝；他眼睛下陷；利奥诺拉一碰他就缩回去。我敢说，十有八九，他对拉·多茜基塔的炽烈激情让他想到这是对利奥诺拉的不忠时，自己实在觉得心神不安。他感觉异常苦恼，也可以说——噢，苦恼得不堪忍受，他把这一切当作爱情。可怜的魔鬼，他天真得不可思议。利奥诺拉上床后他就像条鱼般喝起酒来，他瘫在桌子上，这样持续了有两个星期左右。只有老天知道会发生什么；他会撒掉手里的每个便士。

那天晚上，丢掉了大约四万英镑后，整个旅馆都在悄声议论这件事，拉·多茜基塔镇定地走进他的卧室。爱德华都醉得认不出她来。她在扶手椅里坐下，把味道浓烈的盐放在自己的鼻子前——因为他酒精中毒实在太深——爱德华一认出来，她就说：

“你瞧，朋友，别再去喝酒了。马上好好睡一觉，今天下午来找我。”

他一直睡到吃午饭的时候。这时利奥诺拉已经听说了这个消息。是惠伦上校太太告诉她的。惠伦上校太太似乎是跟阿什伯纳姆夫妇保持联系的人中唯一比较理智的人，她曾经公开说过，爱德华不检点的举止和作风肯定会招来一个百变女妖精的。她劝利奥诺拉索性立刻回城里去——那样或许能收到恢复爱德华理智的效果——去咨询她的律师和精神顾问。她最好当天上午就出发，跟处在爱德华那种状态的人争论没什么好处。

其实，爱德华并不知道她已经走了。他一睡醒就直奔拉·多茜基塔的房间，她在自己的住处请爱德华吃了饭，爱德华贴着她的脖子哭起来，她忍了一会儿。她是一个本性还不错的女人。她用梅里萨药酒让他镇定下来后，就说：

“你瞧，我的朋友，你还剩多少钱？五千美元？一万？”因为传说爱德华一个晚上就丢掉了两个国王的收入，接连挥霍了十四个晚上，她想象爱德华的财源已然接近枯竭。

梅里萨药酒让爱德华如此镇定，刹那间他意识到自己其实肩上还有个脑袋。他只是咕咕哝哝地说：

“然后呢？”

“嗯，”她回答道，“我也许只要一万美元作为酬金。给这个数，我就跟你去昂蒂贝斯待一个星期。”

爱德华又小声说：“五千。”她试图争取到七千五，但他坚持出五千，同时负责昂蒂贝斯旅馆的全部费用。镇定只能让他坚持这么久，很快他就又塌陷了。他得三点钟就出发去昂蒂贝斯。不去不行。他给利奥诺拉留了张字条说去跟克林顿·莫利斯夫妇出去玩游艇一个星期。

他在昂蒂贝斯玩得非常不开心。拉·多茜基塔除了对谈钱有热情，其他概无兴趣。只要清醒的时候，这个女人总是索要最贵重的礼物，让他不胜其烦。一个星期快结束时，她就悄悄踢开爱德华走了。他在昂蒂贝斯游荡了三天。他认为自己对拉·多茜基塔负有责任的想法不药而愈——什么封建之类的。可是他的伤感主义又要求他表现出一种拜伦式忧郁的姿态——好像他的朝廷处于半治丧状态。后来他忽然回心转意，想起了利奥诺拉。他在蒙特卡洛的旅馆里发现有一封利奥诺拉发来的电报，从伦敦发来，电报上说："如方便务必速回。"他不明白为什么利奥诺拉明知他去跟克林顿·莫里斯夫妇玩游艇去了，还突然抛下他走了呢？后来他发现早在自己写那个字条前，利奥诺拉就已经离开旅馆。他历经千辛万苦回到城里。他吓得快没命了——在他心中，利奥诺拉似乎从未如此让他向往。

5

我说这是个最悲伤的故事，而不说“阿什伯纳姆的悲剧”，只因为它本来就如此令人悲伤，只因为这里没有激流，把很多东西拖向迅速到来的必然的终点。这里没有与悲剧相伴的高潮，没有克星，没有注定的命运。这里有两个高尚的人——我确信爱德华和利奥诺拉都品质高尚——两个品质高尚的人，顺着生活漂荡，就像火船漂泊在礁湖上，然后引发了千万种种不幸、伤心和精神的苦痛，乃至死亡。他们本人则逐渐堕落退化。为什么？出于什么目的？要指出什么教训？这一切全是一片黑暗。

这个故事中甚至都没有一个恶棍——因为即便是巴兹尔上校，那位后来真心实意安慰不幸的爱德华的太太的丈夫——甚至连这位巴兹尔上校在这个故事中都不是恶棍。他属于那种懒散、松懈、没有进取心的人——但他对爱德华并没有做什么。他们同在缅甸兵站的时候，他还借过一大笔钱——尽管由于巴兹尔上校真的没有什么特别的恶行，很难搞清他为什么要那笔钱。他收集马嚼子——很早就开始收集各种马嚼子，直到现在仍然如此——但是，由于他沾染上这个爱好，并没有特别用力，所以就不需要太多的钱去收购，比如说成吉思汗的马嚼子——如果成吉思汗有马嚼子的话。我说他从爱德华那里借了一大笔钱，不是说在他们关系持续的五年间借了上千英镑。当然，爱德华也没有那么多钱。利奥诺拉在管着钱。而且，他每年还能拿得出五百英镑用于他的零花钱——用英语说就是作为给他军团的捐资，用来让他的人穿得更漂亮利落。利奥诺拉特别痛恨这点。她宁肯给自己买衣服，或者把钱用在抵账上。但是，利奥诺拉以其特有的公正感看到：因为她经营着一份家业，每年有三千英镑的进项，同时可望以每年收入五千英镑的规模重建家业，因为这份家业其实属于爱德华，如果不是法律意义上属于的话，爱德华得到属于自己的那份既合理又公平。当然，她干的这份活儿也太棘手了。

我不知道我得到的这些财务细节是否绝对准确。我在对付数字方面脑子非常好，但我的思维有时会把英镑与美元弄混，然后算出一个错数来。总之，计划大概如此：适当地做好管理工作，不要向佃户打折，维持好渔业生产和其他业务，爱德华拥有布兰肖的房产时每年应该有五千英镑收入，实际收入大约四千（我这里说的是英镑不是美元）。爱德华与那个西班牙女人额外挥霍使收入减到三千——这是最大数额了，不算缩减。利奥诺拉想把这个数字恢复到五千。

当然，利奥诺拉面对这样的规划还是显得太嫩了——二十四岁还不是很老成的年龄。办事有股年轻的冲劲，如果她对人生的了解更多些，很可能办起事来更仁慈些。她出其不意地找到了爱德华。他不得不在伦敦的一家旅店里面对利奥诺拉，那时他可怜的大腿间夹着可怜的尾巴刚从蒙特卡洛溜回来。以我的推测，她可能中途毅然打断爱德华刚上来就叽叽咕咕的解释和他第一次想满怀深情告白一番的企图，说了下面这些话：

“我们已经处在崩溃的边缘。你想让我收拾残局吗？如果不想，那我就靠划给我的财产隐居在亨顿生活。”（亨顿是指一座修道院，她偶尔去那里进行天主教徒圈里所谓的“静修”。）

可怜的爱德华什么都不知道——绝对一无所知。他不知道自己有多少钱，如他所说，“胡花”在餐桌上了，他能记起的大概有二十五万。他不知道利奥诺拉是否知道拉·多茜基塔的事，是否想象过他出去玩游艇或者曾在蒙特卡洛住过。他装聋作哑，就想找个洞钻进去，不要再说话了。利奥诺拉并没有让他说话，她自己也什么都不说。

我对英国的司法程序所知不多——我的意思是说，我写不出具体的技术细节，描述他们是如何摆平他的。但是我知道，两天后，利奥诺拉说的话并没有超出我跟你报告的那些，她和自己的律师成了爱德华所有财产的托管人，我觉得是这样称呼的。爱德华作为一个好地主、人民的父母官的身份从此终结。他走了。

后来，利奥诺拉每年有三千英镑可供自己支配。她通过让爱德华调动自己在缅甸的部分军队，让他忙碌起来——如果这样说是正确的话。她自己跟爱德华的土地管家面谈过，持续了一个多星期。她让爱德华明白，这笔财产连最后一分钱都要让它有收益。他们去印度之前，她以每年一千英镑的价格把布兰肖庄园租出去七年。她还卖掉凡·戴克的两幅画和一把价值一万一千英镑的小银器，她又收取了两万九千英镑的押金。那批东西抵押给爱德华在蒙特卡洛一位搞借贷的朋友，所以她得把两万九千英镑收回来，因为她觉得凡·戴克的画和银器这些东西她不想再置换过来。它们不过是阿什伯纳姆家族虚荣的装饰品。爱德华为祖先遗物的消失哭了两天，后来，她后悔了，觉得自己没干这些事就好了，可是这样哭让她没有从中得到任何教益，反而降低了她对爱德华曾有的敬重。她同样不理解，出租布兰肖让他产生了一种肉体遭到玷污般的感觉——那种感觉糟糕得就像一个原本属于他的女人变成了一个妓女。这件事对他的影响就是这样。可我敢说她的感觉糟糕得就像对那位西班牙舞女的感觉。

所以她就从这件事着手。他们在印度待了八年，在整个那段时间，他们必须要自力更生——他们得靠爱德华的上尉俸金生活，再加驻扎前线的额外津贴。利奥诺拉每年给爱德华五百英镑购买供阿什伯纳姆家用的虚荣饰品，她在心里是这样称呼的——她自以为对爱德华做得够好了。

事实上，在某种意义上，利奥诺拉也的确做得不错——但却并非他要的方式。她经常给爱德华买些所谓昂贵的物品，却从不给自己买。比如，我提到过的爱德华的那些皮箱。其实，那些根本不是爱德华的，全都是利奥诺拉的表现。他喜欢干干净净，可更喜欢所谓的廉价货。利奥诺拉永远理解不了这个，总觉得给他买皮制品就是对他给自己提了个小小的建议从而赚了一千一百英镑的报答。她本人就做廉价服装生意。他们去过一个叫西姆拉的地方，据我所知，那里夏季凉爽，而且交际风气很浓——他们为健康原因到西姆拉时，利奥诺拉让他骑马四处转悠，像我们所说在美国那样，那匹马价值一千美元，全身披挂着兴高采烈的配饰。她自己则经常去“静修”。我相信那对她的健康会很有好处，而且又不是很昂贵。

那样也许同样对爱德华的健康有好处，因为他经常跟巴兹尔太太骑着马奔驰，她是个漂亮女人，对爱德华非常非常不错。我想她是爱德华的情妇，但是，当然了，我从来不曾听爱德华说起。我似乎可以推断：他们在以某种极其浪漫的方式进行，非常适合他们两人——或者，至少适合爱德华的方式。她似乎是个温柔又文雅的女人，在做着爱德华希望的事情。我不是说她没有自己的个性，做爱德华希望的事情就是她的本职工作。所以，我推测，那五年间爱德华需要长时间的深情，用长时间的谈话来保持，而且他们随时可以

“堕落”，这会给爱德华一个悔恨的机会和再借给巴兹尔上校五十英镑的借口。我认为巴兹尔太太并不觉得这是“堕落”。她只是同情爱德华，并且爱着他。

你知道，利奥诺拉和爱德华这些年总得说些什么话。你跟某个人一起生活时，绝对不可能像个哑巴般什么都不说，除非你是英格兰北部或者缅因州的居民。所以，利奥诺拉想象出让他查看财产账目并且跟他讨论的开心方法。他并不经常讨论这些东西，他尽量举止得体。可是，正是老芒福特先生——那位不交租金的佃户——把爱德华投进巴兹尔太太的怀中。巴兹尔太太在黄昏时分的缅甸花园跟爱德华偶遇，身上带着各种花和东西。爱德华正用刀而不是文明棍胡乱割着庄稼。他还用你难以置信的方式干这干那，胡乱叫骂。

巴兹尔太太查证清楚一个叫芒福特的老先生从他的农场被赶了出去，只给了间免费的小农舍，靠每星期从一个农民工慈善协会领取的十先令生活，另外，阿什伯纳姆的财产托管人在获得允许后另外补贴给他七先令。爱德华只是从财产账目上得知这一情况。利奥诺拉把这些账目放在他的更衣室里，他在脱掉行军装备之前开始看。这就是他带一把刀过来的原因。利奥诺拉认为自己平常对老芒福特先生一直都很慷慨，允许他住在一个农舍里，免租金，每星期给他七先令。而另一方面，巴兹尔太太从来没见过像爱德华这种状态的男人。很长一段时间内，她对爱德华都爱得那么炽烈。爱德华也一直渴望得到她如此深沉的同情和欣赏。于是他们就在那个缅甸花园里说起话来，在淡灰色的夜空下，几束割掉的花草，朦朦胧胧，芳香四溢，就围在他们脚下。我想从那以后，他们好长时间举止彬彬有礼，但是巴兹尔太太花了大量的时间看阿什伯纳姆财产的账目，连每块田地的名字都记在心里了。爱德华的马具房里挂了一张很大的自己的土地图，巴兹尔少校似乎并不介意。我相信，在那种孤独的兵站，人们不会太在意。

如果在南非战争前夕部队处于持续移防过程中，少校没有被提升为所谓的上校团长的话，这种情况会永远持续下去。他被派往别的地方，当然，巴兹尔太太不能跟爱德华在一起了。我想，爱德华应该去德兰士瓦，这会在很大程度上有利于他免遭杀害。可是利奥诺拉不让去，她听说了很多战争期间轻骑兵团奢靡无度的可怕故事——他们如何把大量一百瓶一箱、每瓶五基尼的香槟酒扔在非洲草原上等等。另外，她更想看到爱德华如何花掉他每年五百英镑的开销。我不是说爱德华在这件事上有任何抱怨。他从来都不是那种具有英雄主义气概的人，对他来说，在西北边疆的山头上被咔嚓一下一枪打死和在某条季节性河道的河床上被一个头戴高帽的老绅士射杀掉都一样。这多少是他的原话。我想他在那边是相当特立独行的。不管怎么样，他得过D.S.O.，还拿到了少校军衔。

然而，利奥诺拉却对他的军旅生活没有丝毫兴趣。她也痛恨他的英雄主义行为。他们最厉害的争吵发生在他第二次在红海上从军舰上跳下甲板去救一个二等兵之后。利奥诺拉第一次忍受了，甚至还赞扬了他。可是那次红海旅行，太可怕了，而且那位二等兵好像还患有自杀疯狂症。这让利奥诺拉神经高度紧张，她估计，在接下来的旅行中，爱德华可能每隔十分钟就会跳一次水。光那“有人跳水了”的喊叫声就让人讨厌、惊恐和心烦的了。那艘船停下来，里面充满各种各样的喊叫声。爱德华并不想承诺不再干这种事，可是，所幸，他们到波斯湾后碰上比较凉爽的气候带。利奥诺拉脑子里忽然闪过一个念头，爱德华可能想自杀，所以，我想，他不给这个承诺时，她一定感到非常可怕。估计利奥诺拉再也不乘那艘军舰了，可到头来还是乘了，为了省钱。

巴兹尔上校发现妻子与爱德华有私情是在他被派到其他驻地前夕。我不知道那是敲竹杠的玩家的技巧或者仅仅只是命运的恶作剧。他可能早就知道，也可能不知道。无论如何，就在那个关头，他掌握到一些信件和事实。爱德华立刻为此损失了三百英镑。我不知道这事是如何处理的。我无法想象一个敲诈者如何提出要求。我想他自有办法为你遮脸。我估计上校向爱德华透露了，用信中疯狂的誓词透露了那些信件的内容，然后接受了他的解释，说这些誓言如果没有造句上的错误的话，那就绝对无辜了。然后上校会说：“照我说，老伙计，我情况有些拮据。你能借我三百英镑吗？”我想象情况应该是这样的。从那以后，上校会年复一年地来信说：他的情况有些困难，爱德华可否给他借三百英镑？

巴兹尔太太必须要走时，爱德华遭到严重打击。他实在太喜欢巴兹尔太太了，而且很长时间都忠诚地想念着她。巴兹尔太太也很爱他，仍然心怀希望能与他旧梦重温。三天前，她给利奥诺拉去了一封非常得体又很悲伤的信，要求告诉她爱德华去世的详细情况。她在一份印度报纸上看到了讣告。我想她是一个非常不错的女人……

后来，阿什伯纳姆夫妇搬到一个叫奇特拉尔的地方或者地区。我对印度帝国的地理不太熟悉。那时他们已经成资深的模范夫妇，而私下两人从不互相说话。利奥诺拉已经不再给爱德华看阿什伯纳姆家的财产账目。他想那是因为她的钱已经多得堆积如山，利奥诺拉已经不想让他知道自己的生活是怎么过来的。然而，事实上，过了五六年后，有个想法才钻进她脑子里：让爱德华看那些自己根本就没有搭手参加管理的财产的账目是件很痛苦的事。她正想着要对他施以仁慈善良，然后，搬到奇特拉尔，可怜又可爱的小梅西·梅登来了……

这是爱德华最不安宁的一次恋爱。这让他怀疑自己用心不专。跟多茜基塔的私情，他视为像狂犬病发作般的短暂袭击。跟巴兹尔太太的关系在他看来似乎并不意味着粗鄙的道德堕落。那位丈夫是默认的。他们又真心相爱。妻子对他十分冷酷，而且早已不对他行妻子之实。他想，巴兹尔太太是他的灵魂伴侣，却被不怀好意的命运分开了——想来这种事真叫人伤感。

可是爱德华发现，尽管自己每周坚持给巴兹尔太太写封长信，如果整天见不到梅西·梅登，他就焦躁不安。他发现自己会不耐烦地望着门外的大路。他发现自己有时一连好几个小时都讨厌她那娃娃丈夫。他发现自己早上稍晚时候为了跟梅西·梅登散步，开始在离谱的时间起床。他发现自己开始用梅西经常用的俚语词，并且给那些词赋予某种情感价值。你知道，这些发现来得那么晚，除了任其自然，他完全无能为力。他瘦了，眼睛开始塌陷。他开始有几分感冒的症状。正如自己描述的那样，他开始小病丛生。

一个令人恐怖的大热天，他突然听到自己对利奥诺拉说：

“照我说，咱们能不能带上梅登太太一起去欧洲，把她放在瑙海姆？”

他本来根本没有想对利奥诺拉说这话的意思。他只是站着，看着一张带图的报纸，等待晚饭。那天的晚饭迟开二十分钟，否则阿什伯纳姆夫妇是不可能单独在一起的。没有，他没有丝毫要讲那句话的意思。他只是在五味杂陈的害怕、渴望、燥热、亢奋的痛苦中默默站着。他老想着他们在一个月内重返布兰肖，让梅西·梅登仍然留在这里，终老到死。然后，那句话突然冒了出来。

布屏风扇[1]在黑屋子里快速飞转着。利奥诺拉精疲力竭，一动不动地躺在藤条椅里；两人谁都没动弹。那时候两人都难受极了，简直没法形容。

这时利奥诺拉说话了：

“哦。我今天下午已经答应查理·梅登这事了。我提出自己来支付她的费用。”

爱德华克制着自己没有喊出：“好上帝！”你知道，爱德华从来都不知道利奥诺拉知道多少——有关梅西、巴兹尔太太、拉·多茜基塔的情况。对他来说这是一个完全不知就里的谜情。他忽然想到，利奥诺拉肯定在像管理他的财务般管理着他的爱情活动，而且这让爱德华觉得她更可恶——同时又更可敬。

利奥诺拉肯定在遵照某种目标管理着他的财务。一个星期前她曾跟爱德华说过，这是几年来第一次——讲述有关财务的事。她从布兰肖的地块上赚了两万二千英镑，出租布兰肖带家具的房子赚了七万英镑。通过幸运的投资——这事爱德华曾帮过忙——她又赚了六七万英镑，或许还要更多。抵押贷款全都还清了，这样，除了两幅凡·戴克的画和银器，他们过得跟从前一样好了，那时多茜基塔还没有像蝗虫般吞噬他们的财产。这都是利奥诺拉取得的伟大成

① 原文为 Punkah，一种悬挂在天花板上的大风扇，通过拉动产生风，盛行于印度，由被称为 punkah 的仆人操作。

就。她把这些数字摆在爱德华面前，而爱德华仍然保持着未曾打破的沉默。

“我建议，”她说，“你应该退役，我们应该回布兰肖。我们都太辛苦了，待不下去了。”

爱德华依然不吭一声。

“今天，”利奥诺拉继续充满激情地说，“是我生命中最伟大的日子。”

爱德华说：

“你管理这活儿干得简直太妙了。真是个了不起的女人。”他在想，如果他们回布兰肖，就势必会把梅西·梅登扔在这里了。这个念头完全占据了他的身心。毫无疑问，他们必须得回布兰肖；同样毫无疑问的是，利奥诺拉太苦，无法再在那地方待下去。她说：

“你知道，整个收入开支的管理都可以由你来经手掌握。一年会有五千英镑的额度。”

她想爱德华肯定很在意一年五千英镑的收入开支，以为替他做了这么多，肯定会在爱德华心中激起些许爱意。可是他全心全意只想着梅西·梅登——那个离他有几千英里的梅西。他仿佛看见了阻隔在他们之间的万重高山——那蓝色的高山和大海，以及洒满阳光的平原。他说：

“你可真够慷慨的。”利奥诺拉不知道这是赞扬还是讥讽。那是一个星期之前。整个那一星期，他在日益强烈的痛苦中度过，一想到他和梅西·梅登之间将远隔那高山，这海洋，还有那些阳光灿烂的平原，他就痛苦不堪。在那些火热的夜晚，这个想法把他折腾得够呛：汗如泉涌，即使本人冷得打战——只要一想到这个。他没有片刻的宁静；他的肠子在肚子里面不停地绞啊转啊的，他的舌头永远都是干的，他仿佛觉得牙齿间的气息就像从传染病房吹来的风。

他根本没工夫去想利奥诺拉；他已经递交了退役申请。他们可以在一个月内离开。离开那地方，远走他乡，去支持利奥诺拉似乎成了他的责任。他尽到了自己的责任。

那时在他们的关系中，无论利奥诺拉做什么都会引起他的反感，这简直太可怕了。当他发现利奥诺拉计划重新拥立他成为布兰肖的主人老爷时，他讨厌她——穿着束缚身子的衣服，像个假人儿般的老爷。他认为，利奥诺拉这样做的目的就是想把他与梅西·梅登分开。在所有那些不堪忍受的夜晚，憎恨之情就弥漫在夜空，充满房间阴暗的角落。所以，当他听到她向梅登那小伙子提出带上妻子随他去欧洲时，又不自由自主地很反感，因为他讨厌她所做的一切。那时在爱德华看来，似乎她除了冷酷无情不会有别的可能，即便偶尔会有善举……是的，那种状态实在太可怕了。

但是凉爽的海风似乎吹走了那种憎恨，好像那憎恨是一种幕帘。海风似乎把他对利奥诺拉的钦佩、欣赏之情吹了回来。有钱可以肆意挥霍，这多么惬意，金钱又让梅西 · 梅登相陪在身边——这些事实开始让他看到，妻子坚持的缩衣节食可能是对的。他心情放松起来。当他端着肉汤沿着甲板给梅西 · 梅登送去时，简直兴高采烈。一天晚上，他在利奥诺拉身边，靠着轮船的栏杆，忽然说：

"上帝做证，你是世界上最好的女人。我希望我们能成为最好的朋友。"

利奥诺拉一声不吭，转身回到自己的船舱。尽管如此，她的身体是非常健康的。

现在，我想，我必须从利奥诺拉的角度来讲这个故事……

这是非常困难的。因为利奥诺拉，即便她的容貌保持不变，她的观点却经常频频改变。她受的教育——无论传统还是家教——就是始终保持缄默。可是，她说，有时候，她差点经受不住诱惑要讲出来了，事后想起来却毛骨悚然。你必须要假定，她最想做的就是对世界，对爱德华，对他爱的女人保持缄默。如果她开口说话了，那将是对自己的蔑视。

从爱德华与拉 · 多茜基塔在一起，开始不忠的时候，利奥诺拉就不再履行妻子的职责。她并不打算像遵守一个原则般永远与他保持距离。我相信，她的精神顾问不允许这样做。但她讲定，在某种意义上，也许是象征性的，爱德华要回到自己身边。她对自己想要干什么也并不十分清楚。也许她并不了解自己。或许她又了解自己。

有那么几次，爱德华好像就要回到她身边；有几次，她仅有毫发之差快要屈服于自己对他的肉体欲望。同样，有几次，她差点忍不住诱惑要向巴兹尔太太和梅西·梅登的丈夫告发他们的妻子。当时，她渴望引爆让他们震惊和难受的公众丑闻，因为，当她更加凝神专注地观察爱德华的行为，更加紧张地竖起耳朵来倾听爱德华的动静时，这种能力简直要比猫对头顶飞过的鸟儿的关注还要有过之，在这样凝神倾听的过程中，她捕捉到爱德华对每个女人感情的进展情况。通过爱德华目光回落到房门和大门前的道路上，通过他获得满足后的种种宁静，利奥诺拉来掌握他的激情发展。

有时她想象自己看到了更多超出允许范围的东西。她想象爱德华在与其他女人们私通——同时跟两个或者三个。整个那段时间，她想象爱德华是一个放纵的色魔，她看不出爱德华有什么可与她过不去的。她纵容了他的自由，她自己饿着肚子给他积累财富；她压抑自己不去享受任何女性的欢乐——没有好衣服，没有珠宝首饰——甚至连友谊都没有，因为害怕这会花钱。

然而，奇怪的是，她不禁觉得巴兹尔太太和梅西·梅登都是不错的好女人。一个女人看另一个女人时那种好奇和不信任的目光并没有阻挡她看到巴兹尔太太对爱德华很好，梅登太太很适合爱德华。在她看来，那似乎是命运邪恶又不可理喻的操纵，实在难以理解！为什么？她一次又一次地问自己，为什么她为丈夫所做的那些善意行为没有一个获得他的认可，或者在他看来是善意的行为呢？到底是什么魔咒让爱德华觉得她就是没有巴兹尔太太好呢？巴兹尔太太跟她的差异也没有大到那种离谱的程度。没错，她高挑，有些黑，声音柔和中带着伤感，对世间的每个事物，从印度普卡男子[①]到树上的花，都怀着巨大的仁慈善意相待。可是在读书方面她没有利奥诺拉好，至少有学问的书读得不多。利奥诺拉无法忍受读小说。可是，即便存在所有这些差别，在利奥诺拉看来，巴兹尔太太跟她本人也没有那么巨大的不同。巴兹尔太太忠诚、老实，此外，不过是个女人而已。利奥诺拉隐隐约约有个想法，觉得三个星期亲密无间的性生活过后，对男人来说，所有的女人都一样。她认为巴兹尔太太的善良不会再有吸引力，温柔又伤感的声音不会再迷人，高个子黑皮肤不会再给男人以幻觉，以为他正在踏进一片未曾探索过的森林的深处。她无法理解，爱德华居然会不停地唠叨说巴兹尔太太。利奥诺拉不明白为什么他们分开后还继续给她写长信。说实话，此后，利奥诺拉心绪非常不好。

那段时间，利奥诺拉对爱德华有一套我所谓的“邪恶”理论。她总觉得爱德华对遇到的每个女人都色眯眯地盯着。那年，她没有

---

① 原文为 punkah man.，指被称为普卡的男仆，主要用来操作风扇，以聋人为主。

去西姆拉“静修”，因为她担心爱德华会乘自己不在的时候勾引女佣。她还想象爱德华跟当地土著女人或者欧亚混血女人私通。每次参加舞会，她总是处于狂热的高度警惕状态……

她说服自己相信这么做是因为害怕招致可怕的丑闻。爱德华可能还跟某人一个适婚女儿厮混在一起，而此人很想给女儿找个有头脸的丈夫。然而，事实上，利奥诺拉事后自己承认，她希望，如果巴兹尔太太能够让开路，爱德华重新回到自己身边的时日就不远了。整个那段时期，她是在嫉妒、害怕的煎熬中度过的——害怕爱德华真的会滥交成性。

所以，当梅西 · 梅登同行时她居然奇怪地觉得高兴——她意识到自己以前并不担心丈夫们以及各种丑闻，因为那时她竭尽全力不要让梅西的丈夫产生怀疑，她希望能够表面上显得对爱德华非常信任，这样梅登就不可能有丝毫疑虑。她的这种处境也够凶险的。但是爱德华当时状态很差，她想再次看到他的笑容。她想，如果爱德华因为自己的努力而再次微笑起来，或许他会出于感激和对爱的满足回到自己身边。那时她认为爱德华是个轻薄和善变的好色之徒。她能理解爱德华对梅西的激情，因为梅西属于那种连别的女人都会承认对自己有魅力的女人。

梅西非常漂亮，非常年轻；虽然有心脏病，但是脚步却欢快又轻盈。利奥诺拉是真心喜欢梅西。她也很喜欢利奥诺拉。其实，利奥诺拉认为，她能够经管好这桩恋爱。她没想到梅西却被诱入通奸了。她想象如果自己能够带梅西和爱德华到瑙海姆，爱德华见梅西的时间多了，就会对她那些琐碎不堪的唠叨，对她手脚的小动作厌倦起来。她认为自己是可以信任爱德华的。梅西对爱德华的痴情不用任何怀疑。她经常向利奥诺拉极力夸赞爱德华，就像利奥诺拉在学校里听到的女孩子盛赞大师的绘画那样。她不停地问自己的娃娃丈夫，为什么他在穿着、骑马、射击、打马球，甚至背诵多愁善感的诗歌方面，不能像他们的少校那样。年轻的梅登对爱德华钦佩之至。他钦佩爱德华，同时又对爱德华的妻子很迷恋，而且完全信任。在他看来，爱德华对利奥诺拉忠贞不贰。利奥诺拉想象等可怜的梅西治好了心脏病，爱德华也见腻了她，那时爱德华就会回到自己身边。她有个不是很明确但又热衷的想法，觉得爱德华玩尽了大量其他类型的女人后，肯定会回到她身边。为什么爱德华心里就不会轮到她这种类型的？她想象，现在，自己对爱德华的理解更深入些了，而且对他的虚荣也更能理解了，她认为，通过让他更快乐，就能激起他的爱。

弗洛伦斯把利奥诺拉头脑中的这一切都击碎了……

第 四 部

1

我知道，我是用一种非常凌乱无序的方式讲述这个故事的，所以，不管对谁而言，想要找到自己的路径穿越这个有点像迷宫的东西可能有些困难。我是无可奈何。我固执地坚持自己的想法，非要跟一个默默无语的倾听者待在一个乡村农舍里，听着大风怒号的间隙以及遥远的大海发出的涛声，把故事放在这样的氛围中讲。一个人在讲述一桩恋爱故事—— 一桩漫长又悲伤的恋爱事件时，他一会儿回到过去，一会儿又向前推进。你记得的东西，别人已经忘了，你需要事无巨细地解释，因为有人发觉并没有在适当的地方提及那些事情，而且因为忽略了，可能会讲出错误印象。我安慰自己，认为这是一个真实的故事，认为毕竟，也许真实的故事以人们讲述它们时可能采取的方式讲述是最好的方式。那样，这些故事就貌似是最真实的故事了。

总之，我认为我的故事已经讲到梅西·梅登死亡的那天了。我的意思是，我已经解释了此前发生的所有的事了，从几个必要的视角——从利奥诺拉的，从爱德华的，在某种程度上还包括我自己的视角。你已经看到了足够的细节，去寻找它们已经很麻烦。你也看到了我能够确认或者呈现的视角。那么，让我想象我本人回到梅西死的那天——或者回到弗洛伦斯在M城的小镇古堡发表关于清教徒的大论的那个时刻——让我们从利奥诺拉的视角看看弗洛伦斯；当然，我无法向你呈现爱德华的视角，因为爱德华自然不会讲他跟我妻子的恋情。（在后面的叙述中，我可能对弗洛伦斯有些苛刻；但是你一定要记住这个故事我已经写了有六个月，对这些往事已经想了又想。）

我对它们想得越多，我越肯定弗洛伦斯是一个具有污染性影响的要素——她让可怜的爱德华沮丧、堕落；她无情地让凄惨的利奥诺拉变质。毫无疑问，是她致使利奥诺拉的性格变坏。如果利奥诺拉有什么优点可描述的话，那就是自尊和沉默。可是当她在那间黯淡的曾住过那位清教徒的小屋、在那个可以俯视那条河的小露台上极端反常的情绪发作中，那份自尊和沉默破碎了。我无意说她做错了一件事。她提醒我弗洛伦斯在向她丈夫暗送秋波，这样做肯定是对的。如果说她做的事是对的，可她做这件事的方式却是错的。也许她可以再多想想；如果她想说出来，那么必须是在思考之后再说出来。或许如果她通过行动来表达会更好——比如，利奥诺拉可以在社交场合随时陪着弗洛伦斯，让她跟爱德华没有机会私下交流。

她还可以去偷听；她还可以在卧室门外观察。这种做法令人作呕。可是想要了结这种事，就得这样办。她应该等梅西一死就带走爱德华。可是，她没有，她做错了……

可是，难道我可以谴责她是可怜的东西吗——归根到底这样又能怎么样？如果不是弗洛伦斯，可能又会是别的女人……而且，可能还是比我妻子还好的女人。弗洛伦斯很庸俗，她是个普普通通的勾引者，最终，她不愿抛弃捕获物[①]；弗洛伦斯是个喋喋不休的碎嘴子。你根本制止不了她，什么都没法让她停下来。爱德华和利奥诺拉至少还是那种自尊又矜持的人。自尊和矜持不是生活中唯一的内容；也许都算不上最好的东西。可是如果它们正好是你的特殊优点时，你要是放弃了，可能整个人都七零八落了。利奥诺拉就放弃了。她甚至在可怜的爱德华放弃之前就放弃了。想想她对着清教徒路德突然发作的情景……想想她的种种痛苦……

你要记住她最主要的生活激情就是让爱德华回心转意。直到那一刻，她从来没有绝望过从而放弃让他回心转意的努力。这似乎有些下贱，可是你也要记着，她努力让爱德华回心转意并不仅仅象征着她个人的胜利。对她来说，似乎也象征着所有妻子的胜利，以及她信奉的宗教的胜利。这就是那件事对她来说具有的意义。这些东

① 原文为法语 lacher prise，放掉、放走猎物的意思。

西听上去有些小小的不可思议。我不明白为什么让爱德华回心转意对她来说就象征着所有妻子、社会以及她所信奉的宗教的胜利。或许我隐隐约约懂那么一点儿吧。

利奥诺拉把生活看作是丈夫和妻子之间永恒的性斗争。丈夫都渴望对妻子不忠，妻子都想着最后把丈夫再夺回来。这是她对婚姻所持的悲观又适度的观点。对她来说，男人就是一种残忍的动物，他必然会四处乱跑，会奢靡无度，会在外面过夜，照我们说必然会有发情期。利奥诺拉没有读过几本小说，所以，婚礼钟声响过后仍然有纯洁、专一的爱情，这样的观念并没有深入她的内心。她麻木又恐惧地到在孩提时待过的修女会学校的院长妈妈那里，讲了爱德华与那个西班牙舞女通奸的故事，这位在她看来有着无穷智慧、神秘又令人尊敬的老修女只是伤心地摇着头说了句：

“男人都是这样。上帝保佑，最后自会有好的结局。”

这就是她的精神顾问们给她的结论，可以作为人生的方案。或者至少他们的教诲就是这样传递到她那里的——这是她告诉我从他们那里学到的教诲。我不知道他们具体教给她什么了。女人的分内之事就是忍耐，忍耐，再忍耐——为了上帝更大的荣耀——直到某一天，如果上帝觉得合适，他就会给她以报偿。如果最后她成功地把爱德华弄到自己身边了，她可能会把自己的男人限定在某些范围里，而妻子的本性就期望如此。她甚至被这样教导：男人的奢靡无度是自然天性，是可以原谅的——好像他们还是小孩子。

最值得欣慰的是丑闻不会在全体教徒面前公然暴露。所以，利奥诺拉的念头十分顽固，简直极度狂热地要把爱德华弄到自己身边来，狂热到像是一种痛苦的煎熬。她开始另辟蹊径。有个主意让她欲罢不能。那个主意就是，等她把爱德华夺回来后，要让他显得富有，要以自己的土地为荣，要正直向上。事实上，她还想要昭示，在一个充满不忠的世界，一个信奉天主教的女人重新获得了丈夫的忠诚。她觉得自己已经逐渐接近渴望的目标。

她关于梅西的计划好像运作得令人叫绝。爱德华对那个女孩的态度似乎渐渐冷却。在瑙海姆，他已经并不渴望每分钟都在这孩子斜躺着的身躯旁边度过。他经常出去参加马球比赛，晚上又打桥牌。他愉快又阳光。利奥诺拉肯定他没有试图勾引那可怜的孩子。她甚至开始认为爱德华从来没有这样做过。事实上，在梅西看来，他好像又回到最初的样子上了——团里一位善良、关心人、优秀的军官，对姑娘表现出骑士般殷勤的关照。在那些微不足道的调情中，他们公开的态度就像从高空看到的黎明。当他跟我们出去远游时，梅西也不会流露出烦躁不悦；每天下午，她得在床上躺好几个小时，那时她也没有流露出渴望得到爱德华的关注。

爱德华开始向利奥诺拉微微靠过来。有一两次在私下场合——他以前经常当着众人的面这样做——他开始说：“你看上去真漂亮！”或者“这衣服真好看！”她曾跟弗洛伦斯去过法兰克福，在那里，她们穿得跟在巴黎一样好，还给自己买了一两条睡裙。她能花得起钱，在服装方面，弗洛伦斯真是个出色的参谋。她似乎已经掌握了解开谜底的线索。

没错，利奥诺拉似乎掌握了解开谜底的线索。她认为自己过去做的有点失误。她不该在钱上对爱德华约束得那么苛刻。她觉得自己放开爱德华才是正确的方法——尽管做起来有那么点害怕和犹豫——让他重新掌控财产收入。爱德华甚至开始向她迈进一步而且同时承认这些年来她勤俭持家是对的。有一天他对利奥诺拉说：

“你干得不错，老妞子。我就是想有些小钱来挥霍。我能这样，全得感谢你。”

利奥诺拉说，这其实是她一生中最幸福的时刻。爱德华似乎也意识到了，斗胆在她肩膀上拍了几下。他假装要借用一枚她的别针。

打梅西耳光那件事过后，她脑子里咬定一个看法，爱德华和梅登太太之间并没有私情。她想，从今以后，只要她做到给爱德华供好钱，同时心里有漂亮女孩自娱自乐就可以了。利奥诺拉坚信，爱德华正在回到自己身边。那个月她不再排斥爱德华胆怯的靠近，何况那种靠近从来就走不远。因为他肯定只会胆怯地靠近。爱德华有时拍拍她的肩膀，有时对着她的耳朵轻声讲些他们在卡西诺俱乐部碰到的怪人的小笑话。那也算不上多可笑的小笑话——但是轻轻耳语却是难得的亲密之举……

然后——砸了——全完了。这一切的破碎起于弗洛伦斯把手搭在爱德华手腕的刹那，就像放在那个装着百叶窗、阳光从四处透洒进来的那幢高高的塔楼房间里映照着那位清教徒手稿的玻璃上。或者毋宁说这一切是在利奥诺拉注意到爱德华回望弗洛伦斯的凝视时的那种眼神的时刻完蛋的。她懂得那种眼神。

她早就知道——从他们初次见面的时刻，从我们都坐下来一道共进晚餐的时刻——弗洛伦斯就在对爱德华暗送秋波。但是她见过很多女人向爱德华暗送秋波——在火车上，在旅馆，在船上，在街头，不下数百个女人这么做过。她慢慢形成一个想法：爱德华对向他送秋波的女人并不太在乎。那时候，她开始琢磨出，什么是对爱德华恋爱的方法以及原因的最正确的看法。她确信，迄今为止，爱德华的恋爱事件包括对多茜基塔短暂的热恋，巴兹尔太太的真爱，以及她认定的对梅西·梅登的取悦。另外，她对弗洛伦斯的蔑视已到了傲慢不逊的地步，无法想象爱德华会被这种人吸引过去。她和梅西则有点像围着爱德华的堡垒。

另外，她想盯紧弗洛伦斯——因为弗洛伦斯知道她打过梅西耳光。利奥诺拉太渴望她跟爱德华的结合看上去完美无瑕。可是一切都完了……

从爱德华回望弗洛伦斯向上翘起的蓝眼睛的那个动作中，利奥诺拉知道一切都完了。她知道，那种凝视意味着这两个人已经有过多次长时间亲密无间的交谈——交谈彼此的喜恶、性格以及婚姻观，她知道那意味着，我们四个人一起出去，她总是跟我一起走在与弗洛伦斯和爱德华有十码距离的前方，她没有想过，事情走得比他们谈谈各自的好恶、性格或者婚姻制度还要远的地步。但是，观察了爱德华一辈子，她知道那次搭手的动作以及互相回望的凝视意味着这件事是无法避免的。爱德华就是这样一个严肃的人。

利奥诺拉知道，她的任何想把那两人分开的企图都无异于把一种不可改变的激情钉在爱德华身上。她还知道，正如我以前告诉过你的，爱德华相信勾引一个女人会让她一辈子都无可消除地控制住他，这是爱德华本性中的一个怪癖。她知道，只要手挨着了，就等于给那个女人发出一个不可撤回的声明——被勾引了。她是如此蔑视弗洛伦斯，认为她还不如一个客厅女仆。很多客厅女仆都还挺高雅得体的。

利奥诺拉的脑子里突然闪现出一个坚定的想法：梅西·梅登真心实意爱着爱德华；还认为这会伤碎她的心——而她利奥诺拉对此事是有责任的。这一刻，她简直要疯了。她紧紧抓住我的手腕；她把我从楼梯上拖下来，穿过还有人声轻语、有着高高的彩绘柱子和涂过漆的烟囱的利特撒尔大厅。我猜她还没有那么疯狂。

她本来应该说：

“你妻子是个妓女，她想要做我丈夫的情妇……”那样也许可以达到预期的目的。但是，即便她处于疯狂状态，她还是担心不要太过分。她担心，如果她说了，爱德华和弗洛伦斯就会赶紧逃走，担心如果他们真逃走了，她最后将永远失去夺回他的机会。她在我面前的表现非常不好。

噢，利奥诺拉是个灵魂备受折磨的人，把自己的宗教利益置于一个费城贵格教徒的利益之上。这是完全正确的——我敢说罗马天主教要比这二者更重要。

梅西·梅登死了一个星期后，利奥诺拉发觉弗洛伦斯已经成了爱德华的情妇。她在弗洛伦斯的门外等候时碰到爱德华从里面出来。她什么都没说，爱德华只是咕哝了声。但我猜爱德华肯定也很难堪。

是的，弗洛伦斯对利奥诺拉精神上的摧残是非常严重的。这种摧残毁了她整个生活，以及所有的机会。首先，这让她绝望了——毕竟，她看不到爱德华回心转意的可能——跟一个粗俗的女人有过低俗的奸情后。爱德华跟巴兹尔太太的恋情，现在全都是她拿来在心里与他作对的东西，她从巴兹尔太太身上找不出可以称为私通的东西。那是一场恋爱——就其方式而言算是足够纯洁了。可是这事在她看来似乎很恐怖——完全是淫荡，她觉得恶心至极，因为她太厌恶弗洛伦斯了。而弗洛伦斯说起话来……

这就是这件事的讨厌之处，因为弗洛伦斯强迫利奥诺拉主动放弃了高贵的缄默——被弗洛伦斯和当时的情景所迫。弗洛伦斯似乎处在两难心思之中，到底是向我还是向利奥诺拉坦白。她必须要坦白。她最后选择向利奥诺拉坦白，因为如果向我坦白的话，她要坦白的内容会更多。或者，至少我可能会猜出大量的内容，包括有关她的"心病"以及吉米的事。所以，她就在某一天选择去找利奥诺拉，开始一点一点地透露。她激怒利奥诺拉到这个地步，以至于利奥诺拉终于说：

"你就想告诉我，你是爱德华的情妇。你可以做。我对他来说已经没用了。"

这对利奥诺拉来说，其实是一场灾难，因为一旦开了头，话就止不住了。她试图打住——可是却办不到。她觉得有必要通过弗洛伦斯给爱德华带些话；因为她不想跟爱德华说话。此事，她只能向爱德华妥协，心里明白如果我知道了他的奸情，等于她毁了爱德华，永难修补。而且这会把事情搞得更加复杂，因为这个时候，爱德华其实对她还有一点点爱意。他认为自己以前对利奥诺拉的态度实在太糟糕，觉得她是如此完美。利奥诺拉悲伤至极，爱德华都想来安慰她。爱德华觉得自己简直就是个恶棍，任何修复关系的事都没有去做。弗洛伦斯又把这些信息传达给利奥诺拉。

我丝毫不想责备利奥诺拉对弗洛伦斯的粗暴。这样做对弗洛伦斯有巨大的好处。但我要责备利奥诺拉最后放弃了缄默向交流的欲望让步。你知道，这样做等于切断了她与自己宗教的联系。她不想忏悔自己的所作所为，因为她担心那些精神顾问们会责备她欺骗了我。而我觉得她宁愿受罚而不想伤我的心。这就是事情的全部来龙去脉。其实她用不着担心。

可是，因为没有牧师跟她谈一谈，她回嘴的话用的是简短、爆炸性的句子，都跟咒语似的。同时也精确得像咒语。噢，如果在地球上的地狱里待一段时间可以免去她在来生任何时候的痛苦——在那里不存在时段——我猜利奥诺拉会逃避地狱之灾。

她跟弗洛伦斯的谈话一般会这样：利奥诺拉正在梳理她那头美发的时候，弗洛伦斯碰巧进来看她，带来爱德华的某个建议。那段时间，爱德华似乎已经对这个天真的想法信以为真，觉得自己可以一夫多妻。我敢说是弗洛伦斯把这个念头塞进他脑子里的。不管怎么样，对这种古怪的人类心理，我不负任何责任。但是显然，好像在那段日子，爱德华比以前任何时候，或者说花很长的时间，更关心利奥诺拉。而且，如果利奥诺拉是个想玩扑克的人，而且如果玩得还很好，加上还没有羞耻感的话，她可以跟弗洛伦斯一起和爱德华玩，直到时机到了把那只可怜的布谷鸟突然推出鸟窝。

嗯，弗洛伦斯会带着这样的建议来找利奥诺拉。我不是说她会那样露骨地讲出来。她立场鲜明地声称自己不是爱德华的情妇，最后利奥诺拉说自己看见过爱德华在某个深夜从她的房间里出来，弗洛伦斯才不说了。这多少让弗洛伦斯有所收敛，可是她自恃有“心脏病”，坚持说她与爱德华只是聊聊天，想给他带来一个更好的思想框架。当然，弗洛伦斯只有固守这个说法了。因为如果弗洛伦斯承认自己是爱德华的情妇，那么她就没脸恳求利奥诺拉认可自己对爱德华的性交特权了。不能这样做的。与此同时，弗洛伦斯急不可待地想说点什么。除了说说那时疏远好久的两口子在慢慢和好外，没有别的话可谈。所以弗洛伦斯就一个劲儿地喋喋不休，而利奥诺拉却继续梳着她的头发。然后，利奥诺拉会忽然说点什么：

“如果爱德华现在碰我一下，我都会觉得自己被玷污了，因为他碰过你。”

这话会让弗洛伦斯有点儿气馁；但是一个星期过后，某个早上她又会来努力一次。

利奥诺拉甚至在别的方面都逐渐退却了。她答应爱德华自己的收入自己亲手来支配。她是全心全意想这么做的。我敢说她实际上也这么做了。当然，毫无疑问，她会偷偷地去查一下银行账户里的存款。她可不是白当罗马天主教徒的。然而，利奥诺拉把爱德华对可怜的小梅西人格的不忠看得非常严重，都让她根本无法再信任他了。

所以，回布兰肖不到一个月，她就开始查证哪怕最微不足道的开支项目来让爱德华不得安宁。她允许爱德华自己开支票，但是几乎每一张支票没有她不详细检查的——除了一年大约五千英镑的私人账目，这笔钱，她很策略地允许爱德华留作给情妇或者情妇们的花销开支。他还得经常去巴黎游历，他每周要给弗洛伦斯发两次昂贵的密码电报。可是在葡萄酒、果树、马具、篱笆门上的开支，以及为了打制他想发明的一种新的专利军用马镫给铁匠付的费用方面，利奥诺拉却处处刁难爱德华。她不明白爱德华干吗劳神去发明什么新的军用马镫，当这项发明成熟后，他又把发明产品当一件礼物送给了负责设计和专利的战争办公室，这让利奥诺拉实在怒不可遏。那种马镫非常不错。

我想我已经告诉过你，爱德华为了让一个可怜的女孩，他的一个园丁的女儿免除谋杀自己婴儿的罪过投入了大量的时间，还花掉两百多英镑的诉讼费，这可能是爱德华这辈子做的最后一件积极的事情。这件事出现在南希·鲁福特回印度的途中，当时可怕的阴云笼罩在这个家庭上；爱德华本人身陷苦痛，各方面尽量按自己所知道的办法做好。但是即便在那种时候，利奥诺拉也在这种耗费时间的麻烦事上跟他很凶地闹了一场。她隐隐约约觉得发生在那女孩身上的事以及别的事应该会给爱德华上一堂课—— 一堂节约课。她威胁爱德华要再次从他手里收回存款。我想这无异于要割他的喉咙。

他本应坚持，却没有——只是一个劲儿地觉得自己失去了南希，另外，除了一天天枯燥乏味，没有任何公务活动可参与的日子，留给他的是一无所有……噢，这分明是让他完蛋。

就在那些年里，利奥诺拉试图跟一个叫巴海姆的男子建立恋情关系—— 一个还算得体的男人。一个真正不错的男人。但是这场恋情不太成功。我已经跟你说过了……

2

对了，这又让我引出在沃尔特伯里收到爱德华发来的一封简短的电报那天的事了。电报里只说让我回布兰肖谈一谈。那时我非常忙，还没想好给他回电说我会在两星期内启程。可是我正跟赫尔伯德老先生的律师们进行长谈，之后又马上要跟几位赫尔伯德小姐长谈，就推迟了发电报的事。

我本以为会发现几位赫尔伯德小姐肯定很老了——九十岁左右。时间过得如此之慢，我以为离开美国已经三十年了。其实只有十二年。可实际上，赫尔伯德小姐只有六十一岁，弗洛伦斯·赫尔伯德小姐只有五十九岁，两个人无论精神还是身体上，都强健旺盛，令人羡慕。事实上，她们精神的旺盛程度超过了与我此行目的匹配的程度，我的目的是尽快离开美国。赫尔伯德家族是非常团结的——非常团结，只有一个方面例外。他们三个人各有自己独立的医生，都对别的医生不信任——而且每个人都有自己的律师。每个人都对彼此的医生、律师不信任。自然，这些医生和律师不断地警告自己的委托人要互相提防。你无法想象，这一切对我来说变得多么复杂。当然我也有自己的律师——是年轻的卡特，我在费城的侄子推荐的。

我不想说，这里有什么贪婪之类让人不快的问题。这里的问题是别的—— 一种道德上的两难困境。你知道，赫尔伯德老先生把他的财产全都留给了弗洛伦斯，只提出一个要求，就是希望弗洛伦斯能在康涅狄格州的沃尔特伯里城为他建立一个纪念馆，以某种机构的形式为心脏病患者减轻痛苦。弗洛伦斯的钱全都到我这儿了——还包括老赫尔伯德先生的。他只比弗洛伦斯早五天去世。

我准备好了拿出大约一百万美元建那个心脏病缓解机构。那位老绅士留下了大约一百五十万，弗洛伦斯的那笔钱大约有八十万——另外，根据我估算，我自己将从中提取约一百万。无论如何钱绰绰有余。但是我当然还要向在世的亲戚们咨询下他们的愿望。然后真正的麻烦就出来了。你知道，最后发现赫尔伯德先生根本就没有心脏病，他这辈子只是肺有点小毛病，而且是死于支气管炎。

这让弗洛伦斯·赫尔伯德小姐认为，既然她哥哥死于肺病而不是心脏病，他的钱就应该用在肺病患者身上。她认为，这样才应该算实现了哥哥的愿望。另外，出于我当时无法理解的奇思怪想，赫尔伯德小姐坚持说那笔钱应该全留给我自己，她说她不希望给赫尔伯德家庭建立任何纪念碑。

当时我就想，这可能是因为新英格兰人不想炫耀死者声名。可是现在，当我想起她坚持不懈地向我提了好几个有关爱德华·阿什伯纳姆的问题时，我明白她脑子里可能另有盘算。利奥诺拉告诉过我，在弗洛伦斯的遗体旁边的梳妆台上，放着一封写给赫尔伯德小姐的信——利奥诺拉寄走过一封信，但没有跟我说起。我不知道弗洛伦斯怎么会有时间给她的姑姑写信。不过我完全能够理解，弗洛伦斯不会不说几句话就离开这个世界。所以我猜弗洛伦斯潦草数笔向赫尔伯德小姐讲了一点爱德华·阿什伯纳姆的情况——而这应该是这位老太太不希望赫尔伯德这个名字永垂不朽的原因。也许她还认为我理应得到赫尔伯德的那笔钱。

这就意味着要进行长时间大量的讨论，医生分别提醒这样的讨论会对老太太们产生不良影响，而且各个都偷偷地警告我，还说赫尔伯德先生毕竟还是有可能死于心脏病，尽管他的医生诊断不是。律师们在钱应该如何安排投资、委托和管理问题上全都各有自己的方法。

我个人希望拿这笔钱去投资，这样利润可以用于缓解心脏病患者的痛苦。如果赫尔伯德先生不是死于心脏上的任何毛病，他肯定也会支持这样做。何况，依我所见，弗洛伦斯肯定是死于心脏病的。当弗洛伦斯·赫尔伯德小姐坚持说这笔钱应该用在胸部疾病患者身上时，我不禁想到应该也要建立一个胸部疾病治疗机构。我提出打算提供一百五十万美元的金额。这样对两种疾病机构各投七十五万。我并不着急用钱。我一心想的是能够让南希·鲁福特的日子过得更好些。我对英国的家务管理费用不太了解，我设想，她将来要在那里生活。我知道，那时她的需求主要限于优质的巧克力、一两匹好马和简单漂亮的长外衣。也许她将来的要求可能会超过这个标准。但是，即便我把一百五十万美元投到这些机构上了，我还有相当于两万英镑的钱，我想有了这笔钱或者再少点南希也可以过得相当好了。

总之，我们在赫尔伯德那幢大宅里激烈地争论了好久，这事在全城引起轰动。这可能让你，沉默的听者，感到可笑，如果你正好是欧洲人的话。但是诸如此类的道德问题，出资几百万建机构这种事，在我们国家是相当严肃的事情。事实上，这些都是富有阶层考虑的主要课题。我们不想搞到贵族头衔和占据社会高位来装饰自己，体面的人对政治是没有兴趣的，就像老年人对体育运动不感兴趣。所以，赫尔伯德小姐和老弗洛伦斯小姐在我离开那个城市前都流下真实的眼泪。

我离开得很突然。爱德华的电报来了四个小时后，又来了封利奥诺拉的电报说："是的，速来。你会很有帮助。"我直接告诉律师说，总共一百五十万，他可以随意投资，用途必须经赫尔伯德小姐们决定。我已经被所有那些讨论折磨得精疲力竭了。因为我从那以后再没听到过两位赫尔伯德小姐的音信，我宁肯认为，赫尔伯德小姐无论是由于顿悟还是出于道德的力量，劝老弗洛伦斯小姐不应该在康涅狄格州的沃尔特伯里城建立以他们为名义的纪念馆。赫尔伯德小姐听说我要跟阿什伯纳姆夫妇相聚时哭得很厉害，不过她什么话都没说。那天，我知道在我跟她侄女结婚前，有个叫吉米的家伙诱奸了侄女——但是我装得要给她留下一种印象，我觉得弗洛伦斯是一个模范妻子。噢，直到那时，我仍然认为弗洛伦斯跟我结婚后是绝对洁身自好的。我没有想到，她竟然可以玩得如此下作，乃至在我的屋檐下继续跟那家伙私通。噢，我真是个傻瓜。不过，那天我没有多想弗洛伦斯的事。我的心思全被布兰肖正在发生的事占据了。

我想到那两封电报与南希有关。我觉得她可能流露出对某个可恶的家伙恋恋不舍的意思，利奥诺拉让我回来跟南希结婚，把她从有害的道路上领开。这是我脑子里产生的根深蒂固的念头。等我到了那个美丽的老地方待了差不多十天，脑子里这个念头都还没有清除。爱德华和利奥诺拉除了跟我谈些天气和庄稼的事，根本无意谈别的任何事。尽管那里也有一些年轻人，但是我看不出有哪个出色到让那女孩倾心的地步。南希明显有些病态和紧张，除了醒来后听我讲那些开心的没用的话时例外。噢，她可真是漂亮尤物……

我想象情况很可能是他们不许那位不受欢迎的男人到那地方来，南希有点儿烦躁。

发生过的事可怕得简直像地狱。利奥诺拉对南希讲过；南希又讲给爱德华；爱德华又讲给利奥诺拉——他们讲来讲去。然后又讲。你不由得去想象那可怕、阴郁、光线暗淡的画面，寂静的夜里仍然活跃的情感——整夜整夜不息。你不由得去想象，我那美丽的南希忽然出现在爱德华身边，站在他的床脚前，长发垂下来，在他身旁燃烧的夜灯的闪烁中，影子像开裂的花冠。你不由自主去想象她，一个静默无声、毫无疑问深受痛苦折磨的身影，像幽灵般忽然把自己委身于爱德华——为了挽救他的理智！你不由得想象他发狂地拒绝了——然后是倾谈。倾谈！我的天啊！

不过，对我来说，住在那幢房子里，围绕自己的是充满魅力的宁静、有序的生活，以及沉默不语的仆人，他们摊开我的衣服时就像在抚摸——对我这个每时每刻跟他们在一起的人来说，他们看上去显得温柔亲切、井井有条、专心致志，面带微笑，在恰到好处的时间里离开；驾车送我去参加各种聚会——多么好的人啊！多么能干——他们干的事怎么那么好啊？

一天晚上吃饭的时候，利奥诺拉说——她刚刚打开看了一封电报：

“南希就要去印度了，明天，跟她父亲一块儿。”

谁都没有说话。南希看着她的盘子，爱德华继续吃他的野鸡肉。我感到很难过；我想象那天晚上该我向南希求婚了。我觉得事情显得有点儿怪，他们谁都没有提醒过我南希就要走了。不过我想，那可能就是英国人的做法——有点微妙，我还没抓住要领呢。你一定要记着那时候我对爱德华、利奥诺拉和南希·鲁福特还很信任，对那种毫不张扬的古老习惯洋溢的宁静充满信任，就像信任母爱那样。就在那天晚上，爱德华跟我说了。

其间发生了这样的事：

利奥诺拉从瑙海姆一回来就彻底崩溃了——因为她知道自己可以信任爱德华。这听着似乎有点怪，可是如果你知道崩溃是怎么回事，就理解了，那是命运准备给我们的巧妙精致的折磨，这种东西会在某种紧张放松后迅速光临，没有办法可预防。它可能发生在丈夫患了很长时间的病死了后，守寡的妻子突然崩溃；它可能发生在一次长时间划船比赛快结束之际，全船队员忽然瘫倒，扑倒在桨上。这样的情况就发生在利奥诺拉身上。

从爱德华说话声音的语调中，从他在瑙海姆旅馆饭桌上抬起充满血丝的眼睛对她长久、固执的盯视中，利奥诺拉知道，在这个可怜姑娘的暧昧事件中，这次是爱德华的道德顾虑或者社交准则，或者他觉得这样玩儿太下作，让南希安然无恙。利奥诺拉深感，这女孩在爱德华那里没有任何危险。在这方面，利奥诺拉是完全对的。这场打击的根源在她自己身上。

她放松了，她崩溃了；她随波逐流了，起先速度很快，接着冲力越来越大，把她冲向命运的激流。你也可以这样说，挣脱自己信奉的宗教的束缚，平生第一次，按照自己本能的欲望行动。我不知道是否应该这样想，即她已经不是原来的自己；或者可以这样说，挣脱了她的那些条框、规矩和传统的束缚，她第一次成为那个天然的自我。她在两种情感之间撕扯着，对那个女孩强烈的母亲般的爱，以及女人强烈的嫉妒心，这个女人意识到自己爱的男人好像遇到了他人生最后的激情。她又被两种情感割裂开来，一方面厌恶爱德华的软弱，正是软弱孕育了这种激情，另一方面对他遭受的种种痛苦充满强烈的同情，同时还有一种感情同样强烈，但是她却极力掩饰——对爱德华的尊重之情，因为他在这桩特殊的恋情中坚定地保持了干净无瑕。

人心是个非常神秘的东西。不能说利奥诺拉因当时的所作所为对爱德华最根本的美德没有心怀憎恶。我认为，她想蔑视爱德华。她意识到，爱德华已经永远离开了。那么就让他受惩罚，让他受折磨，如果可能，就让他崩溃，下地狱，那是意志不坚者的居所。她可以采取不同的措施。把那女孩送走去跟朋友住易如反掌，也可以找个这样那样的借口让她自己走。那会于事无补，但还算高尚的手段……可是，那时候，可怜的利奥诺拉却什么措施都无法采取。

有一度她对爱德华的同情到了让人可怕的程度——然后她就按照同情的路子采取行动；别的时候，她又憎恶爱德华，然后她又按照憎恶的情绪行事。她累得气喘吁吁，就像一个垂死的肺结核病人一样大口地吸着空气。她发疯了般渴望跟别人交流。而她选择的人就是那女孩。

也许南希是她唯一可以说说话的人。由于她需要保持缄默，由于她需要态度冷静，利奥诺拉的亲密朋友只有少得可怜的几位。除了上校太太惠伦，她曾在拉·多茜基塔恋爱事件中出过主意，以及一两个指导她渡过人生难关的宗教界的朋友，利奥诺拉几乎没有任何亲密的人。那时上校的妻子在马德拉岛[①]，几位宗教界的人她现在尽量回避。她的客人登记册上有七百个人的名字，没有一个她可以谈谈的人。她可是布兰肖·特里拉弗的阿什伯纳姆太太。

她是布兰肖庄园了不起的阿什伯纳姆太太，整天躺在美妙舒适、光线明亮、空气通畅的卧室里，挂着印花布窗帘，摆着奇彭代

① 位于北大西洋中东部。

尔式家具[1]，以及祖芬尼和朱切罗画的已经去世的先祖的肖像。如果有什么聚会，她就挣扎着起来——设想在驾车可到的距离——让爱德华开车送她和那女孩到十字路口或者乡下的住宅。她会一个人驾车回来；爱德华则与那女孩去骑马，那个时节，利奥诺拉不想骑马——她的头太疼了。母马每迈一步她都感到是一种痛苦。

但她驾起车来既快又稳；她经常冲着吉默尔一家、弗尔克斯以及海德勒·辛顿夫妇俩微笑。她给开门的男孩扔去恰到好处的几便士；她笔直地坐在高高的双轮马车的座位上；当爱德华和南希骑着马带着猎犬经过时，她朝两人招招手，谁都能听得见她清晰、高亢的声音，在寒冷的气候中说：

“玩得开心！”

可怜、孤苦伶仃的女人！……

然而还有一星半点安慰，来自这样一个事实：罗德尼·巴海姆的目光总是追随着利奥诺拉。上次跟巴海姆发生的那次试探性失败的恋爱已经过去三年。可是在冬季的早晨，他骑马来到利奥诺拉的大腿边，只说了声：“你好”，然后就盯着她，那眼神虽然不是乞求的意思，可似乎在说：你知道，像德国人说的那样，我现在仍然听您的安排。

---

① 以外形优美和装饰华丽为特点，奇彭代尔为英国十九世纪中后期木工。

这是一种莫大的慰藉，并不是因为她会提出再次接受他，而是因为这向她表明这个世界上还有一个忠心耿耿的人追求她。这还表明她风韵犹存，没有走样。

事实上她的确没有失去美貌。她四十岁了，但仍然还像刚离开修女会学校时那样清澈干净——轮廓清晰，头发的颜色明净，眼睛依然呈深蓝色。她想这是穿衣镜告诉自己的；可有时总不免怀疑……罗德尼·巴海姆的眼睛赶走了这些疑虑。

这是非常罕见的，利奥诺拉根本就不见老。我设想，有一种美甚至年轻，创造出来是用来装饰与长久的悲伤相濡以沫者的。这样说也许太过刻意了。我想，利奥诺拉如果一切顺心成功，也许会变得很冷酷，也许还会十分专横。事实上她低调到表面上显得很能干——同时又充满同情心。这是一种非常罕见的完全交融。而且，我还敢发誓，利奥诺拉虽然气质克制内敛，却给人以具有强烈同情心的印象。当她听你说话的时候，好像同时也在听着远处传来的声音。但是，她仍然在听你说话，听懂了你说的内容，由于人性的记录就是悲伤的记录，这些内容通常都是伤心事。

我想利奥诺拉一定带着南希经历过许多恐怖的夜晚和白天的许多可怕地方。因为这个缘故，南希对这位年长女人充满了激情洋溢的爱。南希对利奥诺拉的爱是一种敬佩，在天主教徒心中，这种爱是他们对圣母马利亚以及形形色色圣徒的感情唤醒的。说那女孩把自己的生命置于利奥诺拉的脚下，这样讲显得太小气。哦，她献出的是自己的美德——以及她的理智。这是她生命中最踏实的安顿。如果现在南希已经死了，对她来说可能更好些。

也许所有这些反思都是一堆令人讨厌的东西；可是它们却在我头脑中汹涌而出。我得试着继续讲这个故事。

你知道——利奥诺拉从瑙海姆回来后就开始头疼——持续了整整好几天，其间，她什么话都不说，忍受不了听到任何声音。然后，一天又一天，南希都陪坐在她身边，什么话都不说，一动不动就是好几个小时，不停地把手绢浸泡在醋里和水中，然后想着自己的心事。这可能对她很不好——而且单独跟爱德华吃饭对她来说可能很不好——对爱德华来说更加不好。当然，爱德华的行为摇摆不定。他还能怎么样呢？有时他会坐在那里一言不发，对着没有动过的饭菜郁郁寡欢。南希跟他说话时，他除了发出几个单音节词几乎什么都不说。那时他害怕这女孩爱上自己。有时他会喝点葡萄酒，打起精神；有时试图跟南希开玩笑，说说她的母马如何碰到树桩、围篱时突然停住，又讲讲奇特拉尔人的各种习俗。他觉得自己如果变成一个枯燥乏味的伙伴，对这可怜的女孩来说未免太残忍时，才会逗逗闷子。他觉得自己在瑙海姆那个公园跟她聊天，没有对她造成伤害。

但是所有那些行为正对南希造成巨大伤害。它逐渐让南希开眼看到这样一个事实：爱德华的情绪忽起忽落，并不是一个什么时候都快乐的叔叔，像一条好狗，一匹可以信赖的马或者一个女朋友那样。她发现爱德华的情绪有时低落得可怕，常常深陷在既当猎具室又做书房的那个房间的扶手椅中。有时透过打开的房门，她看到没人聊天的时候，爱德华那张脸就像一个死去老人的脸。慢慢地，南希心里不由自主想到在她视为叔叔婶婶的这两个人之间有着太多深深的不同。这样的想法是慢慢产生的。

事情始于爱德华给一个叫塞尔默斯的年轻人送了一匹老马。塞尔默斯的父亲被一个骗子律师给毁了，塞尔默斯家不得已把猎马之类的都卖了。这件事在当地激起人们的巨大同情。有一天，爱德华碰到这个年轻人没有骑马，看到他很不开心，就把自己骑的那匹老迈的爱尔兰矮脚马送给了他。其实这样做挺傻的。那匹马的价值在30到40英镑之间，爱德华应该知道这样的馈赠会惹恼妻子。但爱德华只想安慰这个闷闷不乐的年轻人，而且他从小就认识小伙子的父亲。最糟糕的是，年轻的塞尔默斯压根儿就养不起这匹马。爱德华相送后不久，又把马收了回来，还着急地说：

"当然了，我想你应该把这匹马关在布兰肖的马厩里，等你有时间、情况好转再牵走或者把它卖掉，找匹更好的。"

南希直接回家把这些全都告诉利奥诺拉了，她正躺着。南希认为这是爱德华急于关心受苦人的感情和处境的最值得赞赏的例证。

她认为这会让利奥诺拉振奋高兴起来——因为不管哪个女人听了自己有这么一个好丈夫，应该会特别高兴。这是南希曾经有过的最女孩子气的想法。利奥诺拉的头疼病让她变得挺镇定，但却虚弱得很厉害，她在床上转过身，说了几句令这女孩惊讶不已的话：

“我希望上帝，”她说，“能让他做你的丈夫而不是我的。我们都会被毁掉的。我们都会被毁掉的。难道我就永远没有机会了吗？”利奥诺拉忽然激动得泪水横流。她用一只胳臂肘支起身体，从枕头上坐起——哭啊，哭，哭个不停，双手捂住脸，眼泪都从手指缝间掉下来。

南希的脸唰地一下红了，说话结结巴巴，抽抽搭搭，好像受到多大的屈辱。

“可是如果爱德华叔叔……”她说。

“那个男人，”利奥诺拉无比苦涩地说，“会从自己，从我——还会从你——身上把衬衣扒下来送给别人……”她都说不成完整的句子。

那一刻，她感觉对丈夫憎恨、蔑视到极点了。整个早上和下午，她都躺在那里想着爱德华和那女孩在一起——在田野里，黄昏时乘出租马车回家。她尖锐的指甲一个劲儿地往手掌里扎。

在消沉的冬季，房子里寂静无声。似乎无尽的折磨过后，开门声和那女孩欢快的说话声侵袭进来：

“哦，那不过是在槲寄生树枝下面[1]。”……然后又传来爱德华沙哑低沉的声音。接着南希进来了，脚步匆匆地走上楼梯，快到利奥诺拉打开的房门外时，又踮起脚尖来。布兰肖庄园的前厅非常开阔，铺着橡木地板，装饰着虎皮。环绕大客厅有一条长廊，顺着它就能走上利奥诺拉房间的通道。她即便在头疼最厉害的时候都喜欢开着门——我想之所以这样是为了能让自己听到逐渐逼近、会带来毁灭和灾难的脚步声。无论如何，她讨厌待在房门紧闭的屋里。

那一刻，利奥诺拉简直恨死爱德华了，她都想拿自己的马鞭抽那女孩的脸。南希有什么权利那么年轻、苗条、皮肤黝黑、时而欢乐时而忧伤？她有什么权利要做让利奥诺拉的丈夫开心的女人？因为利奥诺拉知道南希会让爱德华开心。

是的，利奥诺拉真想拿自己的马鞭抽打南希年轻的脸。她能够想象得到鞭子劈头盖脸落在她那奇特的五官上后会体验到莫大的快感，体会着同时拿鞭子把手挨近她，只想深深地扎进她的皮肉里，留下永久创伤的莫大快感。

哦，她已经留下一道永久的创伤，她的话深深地刺进那女孩的心里……

从那以后她们谁都不再说起那件事了。两个星期过去了——两

① 西方习俗，站在这种小树枝下面的男女，可以相互接吻。

个星期的大雨，两个星期泥泞的田野，两个星期难闻的味道。利奥诺拉的头疼病似乎永远过去了。她打过一两次猎，主动请巴海姆做向导，其间爱德华照顾那女孩。后来，一天晚上，只有他们三个人吃晚饭，爱德华用那种怪气、刻意、沉重的语调说，那些天从他嘴里出来的都是这种语调（他盯着饭桌）：

“我一直在想，南希应该去多给她父亲做些事。他已经渐渐上些年纪了。我给鲁福特上校写过信，建议南希回到他身边。”

利奥诺拉大声喊叫说：

“你竟敢这样？你竟敢这样？”

南希把手放在胸口哭叫着说：“噢，我亲爱的救星，帮帮我！”这是她心里怪怪的想法，这些词语脱口而出。爱德华一言不发。

那天晚上，大概是魔鬼注意到我们几个痛苦难受的家伙了，巧施无情妙计，南希·鲁福特接到了母亲的一封信。这封信是利奥诺拉正跟爱德华说话时送来的，否则她会像截下别的信件那样截下来。这是一封令人惊讶又毛骨悚然的信……

我不知道信里的内容。我只能从这封信对南希的影响上推测她母亲跟一个不中用的家伙私奔了，在从事着所谓“陷得越来越深”的事情。她事实上是否已经流落为街头风尘女子，我不得而知，但我宁肯认为她靠那种谋生手段补贴点丈夫给她的一笔微薄的生活费。我想她在信里就对南希说了这些，并且还责备南希生活如此奢侈，而母亲却在挨饿。那口气肯定非常恐怖，因为鲁福特太太在日子最好过的时候都有些冷酷无情。对那可怜的女孩来说，打开母亲的信，又一件悲伤事让她心烦神乱，像魔鬼的笑声般传到她的卧室里。

我实在无法忍受想象我那可怜的亲爱的姑娘那个时刻的感受……

与此同时，利奥诺拉却还在挥鞭抽打不幸的爱德华，像个冷酷的恶魔。或许他并没有那么不幸；因为他做了自己认为正确的事情，他可能被认为很幸福呢。这个我交给你来判断。总之，他正坐在那把深深的椅子里，利奥诺拉走进爱德华的房间——这是九年来第一次。她说：

“这是你残忍无情的一生中做的最残忍无情的事。”爱德华动都没动，也根本不看利奥诺拉。只有天知道利奥诺拉的脑子到底在想什么。

我倾向于认为，想到那可怜的女孩就要回到父亲身边，而父亲的声音都会吓得她晚上惊叫，想到这些，最主要的是忧虑和恐怖。其实，利奥诺拉的这个动机是非常强烈的。我认为，还有一个想法可以提出来，就是她想让这女孩留在身边继续用来折磨爱德华。那时候，这事她能办得到。

爱德华仍然陷在椅子里。房间里有两支蜡烛，罩在绿色的玻璃罩里。绿色灯罩映照在书柜的玻璃上，柜子里装的不是书而是枪，黄褐色的枪杆闪着微光，以及放在绿色台面呢外套里的鱼竿。壁炉台上方隐隐约约可以看见有一张深褐色的白马照片，壁炉里塞满马刺、马蹄和青铜马的模型。

“如果你认为，”利奥诺拉说，“我不知道你爱着那女孩……”她说，开始语气还很激烈，可发现不知道如何结束这句话。爱德华依然不为所动；他一句话都不说。利奥诺拉又说：

“如果你想让我跟你离婚，我同意。你可以跟她结婚。她也爱你。”

爱德华听完这话咕哝了一声，利奥诺拉又说了几句，然后就出去了。

天知道从那以后利奥诺拉心里都发生了哪些变化。肯定连她自己都不知道。她也许对爱德华说过的话远比我写出来的多。但那就是她告诉我的全部了，而且我也不想编造那些话。按照她当时的心理状态，我想，我们一定会认为她对爱德华过去的生活大加斥责，而爱德华则坐在那里绝不发一言一语。其实，后来提到这事，她说过好几次：“我说了他很多，远远超出我本来想说的，就因为他太沉默不语。”她说，事实上是想刺爱德华开口说话。

看那副悲伤的表情，她一定是说得太多了。连她的情绪都变了。她回到长廊那边自己的房间，坐了很长时间，在那里沉思默想。她想象自己进入一种绝对无私，同时又绝对自我蔑视的状态。她心里说自己并不好；还说自己所有的努力都失败了——在想让爱德华回心转意和削减他的开支的努力中都失败了。她想象自己精疲力竭；她想象自己完了。接着一种巨大的恐惧感向她袭来。

她想，自己跟爱德华说完那些话后，他肯定会去自杀。她出去走到厅廊里听动静；整个楼里除了大厅里那只大钟表有规律的击打声之外没有任何声响。但是，即使在那种屈尊的心境下，她都并不无所事事。她行动起来。她直奔爱德华的房间，打开门朝里张望。

爱德华在给枪栓上油。晚上的那个时候，穿着夜里的衣服，做这种事很不寻常。而且，利奥诺拉从未想过他用那把枪自杀。她知道爱德华这样做纯属偶然——是为了让自己摆脱沉思默想。利奥诺拉打开门时，他抬头看了眼，那张脸被绿色蜡烛灯罩上的圆孔里射出来的光照亮了。

利奥诺拉说：

“我可没有想象会在这里找到南希。”她觉得自己在这点上亏欠爱德华。他回答道：

“我也没觉得你这样想了。”这是那天晚上他说过的唯一的片言只语。利奥诺拉像只跛脚鸭，又穿过长长的走廊回去。她在黑洞洞的大厅熟悉的虎皮上跌跌撞撞。她几乎没法前后迈脚走动。到了厅廊，她感觉南希的房门半开着，这女孩的房间还亮着灯。一种突如其来疯狂的感觉让她欲罢不能，她想采取行动，她渴望亲自解释。

他们的房门都通向厅廊；利奥诺拉的房间朝东，然后是那女孩的房间，接着是爱德华的。看上去这三扇打开的门并排而立，像张着嘴接纳黑灯瞎火的夜晚随机撞进来的人，这让利奥诺拉全身不寒而栗。她走进南希的房间。

那女孩正一动不动端坐在一把扶手椅里，身躯笔挺，就像在教会女校里教的坐姿那样。她看着镇定得像座教堂。她的头发披散下来，黑得像圣餐布，落在两只肩膀上。她身边的火明亮地燃烧着。她一定刚刚添过煤。她穿着白色丝绸衣服，从头裹到脚。她脱掉的那件衣服整整齐齐地叠好放在固定的座位上。她纤长的手在椅子的扶手上各放了一只，椅背铺着红白相间的台布呢。

这些事都是利奥诺拉给我讲的。她似乎觉得在那样的晚上，南希还能把像叠好自己脱掉的衣服这种事做得有条不紊，有些奇怪——爱德华刚才说要把她送到父亲身边去，又从母亲那儿收到一封信。这封放在信封里的信就捏在她右手。

利奥诺拉起初没有注意到。她说：

“这么晚了你还在干吗呢？”

“随便想想。”南希回答道。

她们好像在用呢喃的低语思索，然后用比气息还低的声音讲出来。这时利奥诺拉的目光落在那只信封上。她认出是鲁福特太太的笔迹。

利奥诺拉说，这种时刻想要思考是很难的。那感觉就像石头从四面八方向她扔过来，她只能逃奔。她只听到自己大声喊叫：

“爱德华快要死了——全是因为你。他就要死了。他比我们两个都有价值……”

南希的目光掠过她，朝关闭的房门的门板望去。

“我可怜的父亲。”她说，“我可怜的父亲。”

“你必须待在这里，”利奥诺拉恶狠狠地说，“你必须待在这里。我告诉你必须待在这里。”

“我要去格拉斯哥，”南希说，“我明天早上就去格拉斯哥，我母亲在格拉斯哥。”

好像在格拉斯哥鲁福特太太才能过她那种紊乱的生活。她选择那座城市并不是在那里更加有利可图，而是因为那里是她丈夫的出生地，她执意要给他平添尽可能多的痛苦。

“你必须待在这里，”利奥诺拉说，“为了救爱德华。他快要因为爱你而死了。”

南希转过镇定的眼睛望着利奥诺拉。

“我知道，”她说，“我也爱他爱得快死了。”

利奥诺拉只说了个“啊”字，尽管是自己说的，这个“啊”字里仍然充满恐惧和悲伤。

“这就是我要去格拉斯哥的原因——把我妈妈从那里接走。”她说完又补充了一句，“带到大地的终点，”如果说最近几个月让南希有了某种女人的品质的话，她的这几句话仍然带着中学女生的浪漫色彩。感觉就像她成长得太快，没有时间把头发扎起来。可是她又补充道：“我们都不好——我母亲和我。”

利奥诺拉又带着那种恶狠狠的冷静语气说：

“不，不，不，不是你们不好。是我不好。你不能让那个男人因为没有你而毁灭了。你必须属于他。”

利奥诺拉说，那女孩冲着她笑了，那是一种怪怪的恍惚的微笑——好像她已上千岁了，仿佛利奥诺拉还不过是个小孩子。

“我知道你会这样说，”她非常悠缓地说。“可是我们不配享用——爱德华和我。”

3

事实上，自从利奥诺拉在送年轻的塞尔默斯那匹马的事情上说了那番话后，南希一直就在思考。她反复地想了又想，因为她得在婶妈床边默默地坐上好多天。（她心里总是管利奥诺拉叫婶妈。）那么多次跟爱德华吃饭的时候，她都坐在那里想问题。然后，有时爱德华用充满血丝的眼睛、发皱的厚嘴唇朝她笑笑。渐渐，南希心里开始明白，爱德华并不爱利奥诺拉，而且利奥诺拉讨厌爱德华。几件事促使她形成并强化了这个判断。

那些日子，她可以看看报纸——或者更因为利奥诺拉总是卧床不起，爱德华独自吃完早饭就早早出去，处理房产事务，她一个人待在家里以报纸为伴。一天，她在报纸上看到一个自己很熟悉的女人的肖像。她看到下面有这样一行文字："尊敬的布兰德太太，著名离婚案中的被告，报道见第八版。"南希几乎不知道什么叫离婚案。她从小成长受的教养非常好，罗马天主教徒不主张离婚。我不知道利奥诺拉究竟怎么对待这种事。我想她以前可能经常向南希的头脑灌输好女人是不谈这些东西的，这足以让南希跳过这些版面不读。

可是南希这次却读了布兰德离婚案的报道——主要是因为她想讲给利奥诺拉听。她想，利奥诺拉的头不疼了，会很想知道发生在布兰德太太身上的事，她住在克里斯特丘吉[1]，正好南希和利奥诺拉都很喜欢她。这个案子占据了三天的版面，南希第一次看的报道是第三天的内容了。不过，爱德华经常把报纸保留一星期，按照他井井有条的习惯，都放在藏枪室里。吃过早饭后，南希就走进安静

① 英国南部滨海小城。

的套间，进行自己所谓的美好晨读。她似乎觉得这事有些怪怪的。她不明白为什么律师会如此渴望知道布兰德太太在某一天所有的活动。她不明白为什么要向法庭提供克里斯特丘吉旧馆卧室设施的分布图。她甚至看不懂为什么他们要知道，在某个特定情况下，起居室的门是锁着的。她为此觉得好笑，好像成年人的活动都被这种事占据着，显得毫无意义。同时，她又感到很奇怪，有个律师坚持可又不得要领地交叉质问什么对勒普顿小姐的感情等问题。南希也很熟悉林伍德的勒普顿小姐—— 一个非常活泼快乐的女孩，经常骑一匹带着两撮白毛的马。布兰德先生坚持说他不爱勒顿小姐……哦，他当然不爱勒普顿小姐；他是个已婚男人了。你不妨想一想爱德华叔叔爱上……爱上一个不是利奥诺拉的人。人们一结婚，爱情就结束。毫无疑问，有些人行为不轨——不过他们都是些不幸的人——或者不像她认识的那些人。

就这样，这些事自动出现在南希的头脑中。

但是，后来，在这个案子中，她发现布兰德先生不得不承认跟某人有“不正当的亲密关系”。南希认为，他肯定跟什么人讲了妻子的秘密。她不明白为什么那会是一项严重的罪过。当然了，那样做非常不绅士——这让她轻看了布兰德先生。但是由于南希发现布兰德太太宽恕了那个过错，她就认为布兰德先生讲的那些秘密都没有什么大不了的。后来，忽然，不由分说产生这样一个想法，即布兰德先生——这位柔和的布兰德先生，在他们离开瑙海姆之前，她曾见过一两次，在跟孩子们玩“抓瞎”游戏，抓住妻子后就亲嘴——布兰德先生和布兰德太太的关系差到极点了。这个谁都不信。

可这里说明明就是这样——白纸黑字写着。布兰德先生经常喝酒，喝醉后就把布兰德太太打倒在地。报纸专栏的最后，很突兀的三言两语说，布兰德先生被判虐待妻子罪，并且和勒普顿小姐犯有通奸罪。最后这几个词对南希来说没有传达出任何东西，也就是说没有任何真实性。她知道人是不允许通奸的——她想，可是为什么要通奸呢？这可能有些像过了季节抓鲑鱼——一件人们不做的事情。她猜测通奸可以跟接吻或者把什么人搂在怀里这种事有关……

不过那篇报道对南希产生的整体影响都是神秘、可怕和邪恶的。她感觉很恶心——一种伴随着阅读逐渐加剧的恶心。她的心跳得发疼，她开始哭起来。她质问上帝怎么可以允许这种事情存在。她更加确信爱德华并不爱利奥诺拉，而且利奥诺拉讨厌爱德华。那么，也许爱德华爱着别的人。这是不可想象的。

如果爱德华爱着别的人而不是利奥诺拉，她那颗狂热、未知的心忽然又替她说话了，为什么爱德华爱的这个人就可能不是她自己呢？而爱德华并不爱她……在收到母亲的信之前一个月，她曾这样想过。她很快让这种念头熄灭，直到恶心的感觉逐渐消失。那种感觉持续了一两天。后来，发现利奥诺拉头疼好了，她忽然告诉利奥诺拉说布兰德太太跟丈夫离婚了。她问这究竟是什么意思。

利奥诺拉在客厅的沙发上躺着；她感觉虚弱极了，连合适的词都找不出来。她就随便回答说：

“那就意味着布兰德先生还可以再结婚。”

南希说：

“可是……可是……”然后又说：“他会娶勒普顿小姐的。”利奥诺拉只是一只手摆了下，表示同意。她又闭上眼睛。

“那……”南希又说话了。她的蓝眼睛里充满恐惧：眉毛紧蹙，嘴角周围痛苦的线条非常明显。在她眼里，整个熟悉的大厅现在变了样儿，角落里带铜花的柴架显得好像很不真实，燃烧的木头不过就是木头，不再是坚不可摧的生活方式的温馨象征。火苗在高高的炉壁前跳跃。圣·伯纳德狗在睡眠中叹息着。室外，冬天的雨下个不停。忽然，南希想到爱德华可能会跟别人结婚；这时她几乎要尖叫起来。

利奥诺拉睁开眼睛，侧身躺着，脸挨着沙发上那只黑黄两色相间的枕头，沙发则挪到壁炉前，挡住了半个巨大的壁炉。

“我想，”南希说，“我从没想过……婚姻难道不是很神圣的事情的吗？难道不是牢不可破的吗？我想，你结了婚……然后……”她抽泣着说，“我想，你要是结了婚，应该生死不离。”

“这个，”利奥诺拉说，“是教会的律法。不是国家的法律……”

“噢，想起来了，”南希说，“布兰德夫妇是新教徒。”

她忽然觉得有种安全感降临了，有一个多小时，头脑松弛下来了。她似乎觉得自己真傻，居然不记得亨利八世和新教赖以建立的基础。她都想嘲笑自己了。

漫长的下午渐渐过去。女佣来添火时，火苗还在跳跃。圣·伯纳德狗醒了，懒洋洋地朝厨房溜去。这时利奥诺拉睁开眼睛，有些冷冷地问道：

“你呢？你没想过要结婚吗？”

这太不像出自利奥诺拉之口的话了，一时间，黑暗中的南希有些害怕。但是接着，她又觉得这个问题太合情理了。

“我不知道，”她回答说，“我不知道谁会娶我。”

“有几个人想娶你呢，”利奥诺拉说。

“可是我不想结婚，”南希说，“我想继续跟你和爱德华在一起。我不觉得我是个障碍，也不觉得我会造成花费上的负担。如果我走了，你还得找个陪伴的。不过，我也许应该去自谋生路……”

“我不是这个意思，”利奥诺拉用同样单调的语气说，“你会从父亲那里得到足够的钱。但大多数人都是想要结婚的。”

我想利奥诺拉这时可能会问那女孩是否愿意跟我结婚，南希可能回答说，如果跟她讲了，她就会嫁给我。但是她想继续住在那里。她又补充道：

“如果我要嫁人，我想让他像爱德华那样。”

她吓得差点没命了。利奥诺拉在沙发上痛苦地拧了下身子，大声喊叫道：“噢，天哪！……”

南希赶紧跑出去找那女佣要阿司匹林，要湿毛巾。她从没想过，利奥诺拉内心痛苦的表现远比疼痛严重。

你要记着所有这一切都发生在利奥诺拉晚上走进南希房间前一个月。我又在倒着讲了；可我也没办法。要把所有这些人的事同时推进是很难的。我跟你讲了利奥诺拉的事，然后讲到了这里。接着要讲爱德华了，他的事已经落在后面了。然后关于那女孩的事更要无望地拖到后面说了。我多么想用日记的形式把它写下来。索性就这样写：9月1日，他们从瑙海姆返回。利奥诺拉立刻卧床。10月1日，他们又全都聚会。南希已经观察得非常清楚，爱德华举止有些怪异。大约在当月6日，爱德华把那匹马送给年轻的塞尔默斯，南希有理由相信，婶妈不爱叔叔。10月20日，她读了那个离婚案报道，报道登在18日以及随后两天的报纸上。23日，她跟婶妈在大厅里交谈——关于一般意义上的婚姻问题以及她自己的可能婚嫁事宜。婶妈来过她卧室后再没出现过，直到11月12日……

所以，南希反省了三个星期——在那幢老宅子里，在阴郁的天空下反省，因为房子坐落在一个洼地中，周边簇拥着黑影婆娑的杉树。这让老宅子里显得更加黑暗。这样的环境对女孩并不好。她开始思索起爱情来。以前她觉得爱情无非是一桩非常可笑、毫无意义的事。她想起那些偶尔看到的书里随便看到的段落——那时，那些东西根本就没有真正打动过她。她想起有人对巴德鲁巴多公主的爱。她想起听人说过爱情是火焰，是饥渴，生命力的消耗——虽然她并不知道生命力是什么意思。她模模糊糊回想起有人说爱能让一个绝望的情人的眼神更加绝望。她想起一本书里的一个主人公，被写成因为爱而开始酗酒。她想起有人说爱人的生活时常会穿插沉重的叹息。有一次，她走到摆在大厅角落的那架竖式小钢琴前弹起来。这件乐器细声细气，音质像芦笛。家里没人喜欢音乐。南希自己只会弹几支简单的歌曲，她就独自弹起来。她一直坐在窗边的位置，望着外面的天色渐渐暗淡。利奥诺拉出去拜访什么人了；爱德华去照看新栽灌木丛的生长情况了。南希不知道自己怎么就弹起钢琴来。傻里傻气、欢乐明快、摇摇摆摆的乐声从她眼前弹出，飘入夜空——这首曲子的主调带着欢快的铿锵劲头，摇曳着跟轻细的声音融合在一起，就像在一座桥下面，高处的灯光落在黑暗的河水表面，融化开来，摇晃着消失在漆黑的水底。噢，这可真是一支傻里傻气的老歌……

歌词是这样——大概是写一株柳树，我想：

对那些迷茫的恋人来说，你是最好的，

唯一能找到的真正的植物。

大致就是这种东西。我想应该是赫里克的诗[①]，那种尖细、毫无规律、欢快的乐曲正好与赫里克的诗歌相配。已经是黄昏时分；支撑着厅廊的那几根粗重、砍削过的黑色木柱像在肃立哀悼；火苗已经沉熄——只有一丝亮光在白灰中闪烁……这地方、这光线、这时刻，让人有些不胜伤感……

忽然，南希发觉自己在哭泣。她默默无语地哭着。她又抽泣着哭了很久。她仿佛觉得一切欢乐，一切美好，所有的光明，所有的甜美，都不复在生活中存在了。不幸，不幸，不幸，包围着她。南希似乎知道，没有人快乐，她自己就遭受着痛苦的折磨……

她想起爱德华的眼中满含绝望；她知道爱德华在酗酒；有时他还会深深地叹息。好像他内心的火焰还在燃烧；灵魂已经焦渴得枯竭，生命力已经枯萎。这时，那个令人煎熬的想法又出现了——这个想法一次又一次地光顾她——爱德华一定爱上了别人，不爱利奥诺拉了。她多少带点宗派教规地想起天主教徒是不做这种事的。可爱德华是个新教徒。然后爱德华就爱上别人了……

---

① 罗伯特·赫里克（1591—1674），英国诗人，上述两行诗句引自他的《致柳树》。

想完这些后，南希的目光渐渐变得绝望，老圣·伯纳德狗在旁边也叹了口气。吃饭的时候，她忍不住想喝一杯葡萄酒，然后又喝了一杯，接着又喝了第三杯。之后她又觉得自己心情快乐起来……但是不到半个钟头，这种快乐又没了。她感觉自己体内燃烧着一股烈火；饥渴得灵魂都脱水了；生命力已经在枯萎。一天晚上，她走进爱德华的藏枪室——他去参加国家预备役委员会的一个会了。他椅子旁边的桌上放了一瓶威士忌。南希从中倒出一满杯的量，一饮而尽。

接着，火焰似乎真的充满全身；她双腿发胀，脸蛋发烧。她拖着高高的身躯回到自己房间，在黑暗中躺下。床铺在身下摇晃；她任由自己想象躺在爱德华的怀里；想象他在吻着自己发烫的脸蛋；吻着她发烫的肩膀，吻着她燃烧的脖颈。

从那以后她再也没碰过酒。从那以后，那些幻想一次都没有出现过。那些幻想已经从她心中死去，只留下羞耻感，难以忍受得头脑都无法容纳，然后，它们就彻底消失了。她觉得自己想到爱德华爱上别人就感到痛苦，那只是对利奥诺拉表示同情；她决心让自己的余生就给利奥诺拉当使女度过——打扫房间，伺候，刺绣，像黛博拉[①]那样，像某个中世纪的圣徒那样——可惜，我不熟悉天主教圣徒传记文献。可我知道，南希把自己想象成某个脸容抑郁又真

① 希伯来的女先知。

诚，嘴唇紧闭的人物，在一间干净的白色屋子里浇花或者侍弄着一个刺绣架。她或许想跟爱德华去非洲，把自己扔在横冲直撞的狮子出没的小路上，这样也许可以以牺牲自己生命为代价替利奥诺拉赎回爱德华。嗯，南希除了这些令人伤心的想法，还有许多孩子气的念头。

她一无所知——对生活一无所知，只知道人活着一定很痛苦。现在她才懂得这个。那天晚上她同时受到双重打击，就是这样的痛苦，一个打击是爱德华希望她回到在印度的父亲身边，另一个打击是收到母亲的那封信。她首先向亲爱的救星祈求保佑——而且她把我们的主当作她的救星！——希望主出面阻拦，让她不要去成印度。接着她从爱德华的态度判断，她必须回印度去。那么她回印度去就一定是正确的了。爱德华的决定从来都是正确的。他是熙德；他是罗恩格林；他是巴亚尔骑士。

然而南希内心却在反抗和排斥。她无法离开那座房子。她想爱德华希望她走，这样她就看不见他跟别的女孩偷情的过程。好了，她已经准备好告诉爱德华，她已经准备好不介意见证他与别的年轻女孩偷情的事实。她想留在那里——来照顾利奥诺拉。

然后母亲的信来了，打击巨大。我认为，她母亲说了这样一些话："你无权继续过养尊处优的生活。你应该跟我流落街头。你难道不知道自己还是鲁福特上校的女儿吗？"她不知道那些话究竟是什么意思。她认为大雪纷飞，母亲睡在拱门下面，这就是“流落街头” 这个词向她头脑中传达的意思。一种柏拉图式的责任感让她觉得自己应该跟母亲在一起——那个生下她的母亲，虽然她不知道这些词语到底是什么意思。与此同时，她也知道，母亲离开父亲跟另一个男人走了——所以，她又同情父亲，想到这点心里就害怕：听到父亲的声音，她浑身就发抖。如果母亲真是那种女人，父亲出气时把她揍翻在地还能说得过去。她的良知之声告诉自己，她首先要对父母尽责。为了配合这种被唤醒的责任感，她小心翼翼地脱掉衣服，细心备至地把脱掉的衣服叠好。有时，但并不总是，她也把衣服在房间里胡乱扔弃。

南希的心绪正沉浸在这种责任感的时候，利奥诺拉出现在门口，她高挑细长，干净瘦削，金发闪闪，全身穿着黑服。她告诉南希，爱德华爱她爱得快要死了。这时南希凭良心知道的事她早已知道几个月了——快要死了——无论真实的意义上还是肉体的意义上都要死了——因为爱着她。好像刹那间她内心的精灵能说话了：“主啊，永别……主啊，现在让您的仆人安静地离开吧。”她想象自己可以快快乐乐地去格拉斯哥拯救堕落的母亲了。

4

在南希看来，好像此刻说出她知道爱德华死一般爱着她，而且她也死一般爱着爱德华，与情绪，与时间，与站在自己面前的这个女人都非常和谐。好像对她来说，那个假设的事实忽然落定到位，变成现实，像惠斯特牌桌上的刻度装置在你拇指的推压下转起来后突然停下。至少这一局赢了。

忽然，利奥诺拉好像变了个人，南希对利奥诺拉的态度也变了。好像南希穿着单薄的白色丝绸和服，坐在火炉边，但却像坐在一个王座上。利奥诺拉仿佛穿着带黑色花边的紧身长裙，雪白的双肩露在外面微微闪着光泽，那头卷曲的金发，南希总觉得是世上最美的东西——显得好像利奥诺拉收缩、枯萎、冷得发青，不停地打颤，苦苦哀求着。但是，利奥诺拉想控制住她。控制她并不管用。她明天就要去格拉斯哥找母亲了。

利奥诺拉继续说，她必须留下来挽救爱德华，他爱她爱得快要死了。想到爱德华爱着她，南希心里既骄傲又高兴，而她也爱着爱德华，所以她甚至连利奥诺拉说什么都不听。在她看来，挽救丈夫的肉体那是利奥诺拉的事。她，南希要带走爱德华的灵魂——那最珍贵的东西，她要抢在怀中，保护起来带走——好像利奥诺拉是一条饿狗，想抢到她手里的一块羊肉。是的，她感觉爱德华的爱就像一块珍贵的羊肉，她要从一头残酷无情的食肉动物嘴里夺走。这个时候，在她眼中，利奥诺拉就像一头残酷无情的食肉动物。利奥诺拉用饥饿和冷酷把爱德华逼疯了。她必须用爱德华对她的爱，用她自己的爱——那来自遥远的距离、始终不曾说出口的爱——把爱德华庇护起来，裹起来，围起来，撑起来。她要用发自格拉斯哥的声音说，她爱，她崇拜，在想到他时，她无时无刻不渴望、不爱恋、不颤抖。

利奥诺拉大声、坚定地说，语气中带着让人不快的命令的味道：

“你必须留在这里；你必须属于爱德华。我会跟他离婚。”

南希回答说：

“教会不允许离婚。我不能属于你丈夫。我要到格拉斯哥去救我母亲。”

半开的门无声无息地完全敞开了。爱德华出现在门口。他那贪婪又如末日来临般的目光盯住南希的脸；他的肩膀往前佝偻着；毫无疑问他喝得半醉，一只手里还提着威士忌酒瓶，另一只手里拿着倾斜的蜡烛台。他凶狠地对南希说：

“我不许你说这些事情。你就待在这里，等我接到你父亲的回话再说。到时你再去你父亲那里。”

两个女人互相望着，像马上要扑跳过来的野兽，几乎都没有看爱德华一眼。他斜靠在门柱上又说：

“南希，我不许你再说这些事情。我是这个屋子的主人。”在他身后状如黑漆的夜晚，听着爱德华的声音，浑厚、男子气十足、从胸腔深处发出的声音，南希想到自己的灵魂都俯首在他面前。她觉得自己应该去印度，她想永远不再谈这些事了。

利奥诺拉说：

“你知道，属于他就是你的责任。他不能再继续喝酒了。”

南希没有回答。爱德华走了。她们听到他滑了一跤，跌倒撞在楼梯光滑的黑橡木上。听到一声重重的摔倒的声音后，南希尖叫起来。利奥诺拉又说：

“你明白！”

撞击声继续从楼下的大厅传来。爱德华手持的蜡烛的光在厅廊的扶手栏杆间摇曳着。接着他们听到爱德华的声音：

“给我接格拉斯哥……苏格兰的格拉斯哥……我想要一个叫怀特的人的电话号码，在辛姆洛克帕克，格拉斯哥……爱德华·怀特，辛姆洛克帕克，格拉斯哥……十分钟……晚上的这个时候……”他的声音平稳、正常、耐心备至。酒精麻醉了他的双腿，没有麻醉到他的讲话。“我不能等了，”他的声音又来了。“是的，我知道他们有个号码。我以前跟他们联系过。”

“他想给你母亲打电话，”利奥诺拉说，“他会把一切都替你母亲安排好的。”她站起来关上门，然后又回到火炉边，又苦涩地补充了一句：“他能把每个人都安排得好好的，除了我——除了我！”

南希什么话都没说。她坐在那里，恍若置身于幸福的梦中。她好像看到自己的情人坐在那里，像平常那样，坐在黑暗大厅一把圆形靠背椅子——坐得很低，耳朵边放着电话听筒，用一种柔和缓慢的声音说着话，这是他打电话专用的声音——在拯救着这个世界和她，在那片漆黑中。她用手抚摸着自己光裸的脖颈，想把肉体的温暖传递到喉咙和胸部上。

她一声不响，利奥诺拉继续说……

只有老天知道利奥诺拉在说什么。她又说了遍南希必须属于她丈夫。她说她之所以这样讲，是因为尽管她可能会离婚，甚至可以通过教会解除婚姻，但南希和爱德华仍然算是通奸。但她说这是必须的。这是南希让爱德华爱她，以及爱上她丈夫这个罪孽必须付出的代价。利奥诺拉在炉火旁说啊不停地说。南希一定成了通奸者，她用如此的美貌、如此的优雅、如此的善良，来让爱德华误入歧途。如此的美好却是桩罪过。她必须为挽救这个被她引入歧途的男人付出代价。

利奥诺拉说话停顿的工夫，南希可以听到爱德华的声音嗡嗡地响着，但听不太清楚，有时为了等对方回答，会骤然停下来。听到这个，她自豪得神采飞扬，这个她挚爱的男人在为自己操心。爱德华至少态度坚定，而且是充满男性阳刚硬气的坚定；知道这是正确的事；利奥诺拉不断地说个不停，那眼睛仿佛能钻透南希的眼睛。南希既不看她，也不听她讲话。过了好长时间，南希才说话了——过了好几个小时：

“爱德华一接到我父亲的信，我就去印度。我不能再谈论这些事情了，因为爱德华不愿意。”

听了这话，利奥诺拉尖叫一声，朝关闭的门迅速摇动了几下身子，南希看到她从椅子里蹦起来，张开雪白的双臂。她把另外这个女人紧紧地搂在胸前说：

“噢，可怜的宝贝儿，噢！我可怜的宝贝儿。”她们坐在那里，胳膊紧紧挽在一起，不停地哭啊哭；她们在一张床上躺着，说啊不停地说，直到整个通宵过去。整个晚上，爱德华都听到她们透过墙壁传来的声音。情况就是这样……

第二天早晨，他们三个人全都跟什么也没发生过一般。接近十一点时，爱德华去找南希，她正在往一只银碗里插圣诞玫瑰。爱德华把一封电报放在她旁边的桌子上。“你自己来破译吧。”爱德华说。他就要出门时又说：

“你可以告诉你婶妈，我给道威尔先生发电报让他过来。在你离开前，他会把一些事处理好的。”

那封没有破译的电报，据我记得是这样写的：

“请带鲁福特太太去意大利。务必负责办好此事。对鲁福特太太要忠心耿耿。不需要经济支持。不知道有一个女儿，谢谢你提及我的责任——怀特。”电报内容大致就是这样。

然后，在我到达前，家里还是按部就班不变。

5

故事的这部分最让我感到悲伤。我不停地问自己，我的脑子在疲惫、困惑的痛苦状态下一遍又一遍地转着——这些人应该怎么做才好？看在上帝的分上，他们应该做什么？

结局对他们每个人来说都非常清楚——事情到了那个阶段已经再明白不过，用利奥诺拉的说法，如果南希不属于爱德华，他必死无疑，南希也必然会丧失理智，因为爱德华死了——而且，过了一段时间，他们三个中最冷静、最坚强的利奥诺拉将与罗德尼·巴海姆结婚，从而告慰自己，从此过上安静、舒适、美好的生活。那个结局，在那天晚上利奥诺拉坐在南希卧室，爱德华在楼下打电话的时候——那个结局就已经非常清楚了。南希，显然已经处于半疯狂状态；爱德华已接近半死；只有利奥诺拉还精神抖擞，坚忍不拔，带着本能的冷酷的激情能量“做事情”。在那种时候，他们还能做什么？最后，为了让第三个人，一个更正常的人，经过长时期的纷扰后过上安静、舒适、美好的生活，以两个非常出色的人——因为爱德华和南希的确都是很出色的——的消失为代价。

应该说，写完前一章最后几个字，已经过去整整十八个月，现在我又开始写了。自从写下“在我到达前”那句后，我看到这段的结尾，我又看了眼，看到了飞驰的火车、有着美丽白塔的博凯尔，有着方形城堡的特拉思科恩，正大的罗恩，克劳一望无际的原野。我跑遍了整个普罗旺斯——整个普罗旺斯已经没什么。在那些青色的山岗上，我已找不到自己的天堂，因为那里只有地狱……

爱德华死了，南希走了——噢，全都走了。利奥诺拉在跟罗德尼·巴海姆享受着美好的日子，我一个人孤单地坐在布兰肖庄园。我已经走遍普罗旺斯；我见识过非洲；我去过亚洲，在锡兰，在一间黑洞洞的屋子里，见到了我的姑娘，她一动不动坐着，那漂亮的美发披散在肩头，用那熟视无睹的眼睛看着我，然后一字一句地说：“相信你无处不在的力量，相信你无处不在的力量……”这是她说出的唯一有理智的话，这好像也是她唯一愿意说出来的话。我认为是合情合理的；如果她能说自己信奉全能之神的话，这句话对她来说就太合情合理了。噢，就这样，我对这一切已经厌倦了……

我敢说，所有这一切听上去可能显得非常浪漫，可是置身其中时，会发现非常厌烦、厌烦、厌烦；要买票，要赶火车，要选舱位，要事务长和服务员打听这位安静的病人吃什么饭菜，她除了宣称自己相信全能之神外，什么都不干。这也许听上去很浪漫其实不过是疲惫的记录。

我不知道为什么自己经常被挑中来给别人帮忙。我并不怨恨——可我做得从来就不够好。弗洛伦斯出于自己的目光，挑中了我，而我并没有给她干好活儿。爱德华打电话让我过去，跟他聊聊，我也未能阻止他割喉。

然后，十八个月前的一天，我正在布兰肖庄园自己住的房间里安安静静地写东西，这时利奥诺拉拿着一封信进来找我。这是鲁福特上校寄来的一封非常乏味的信，内容跟南希有关。鲁福特上校已经离开部队，被任命去负责锡兰的一家茶叶种植园。这封信之所以写得乏味，是因为写得如此简短，如此含糊不清，如此公事公办。他上船去接女儿，发现女儿完全疯了。好像南希在艾登的一份当地报纸上看到爱德华自杀的死讯。还在红海上的时候，她就疯了。她曾跟护送的卢顿上校夫人说，她信全能之神。她没有任何激动吵闹的行为，但眼睛干燥呆滞。即便疯了，南希的举止仍然能把持住自己。

鲁福特上校说，医生认为这孩子没有任何康复的机会了。不过，如果她能见到布兰肖的什么人，可能对她有所安慰，也许会有点好处。他索性直接这样跟利奥诺拉说："请过来，看看你能否帮上忙。"

我好像完全没有了怜悯感。但是老上校这简单又隆重的恳求让我深感同情。他残暴的脾气遭到了报应：一个酗酒、发疯的妻子已经让他苦不堪言，女儿又彻底疯了——而他还相信人性的善良。他相信利奥诺拉会不辞辛劳一路赶到锡兰来安抚自己的女儿。利奥诺拉不想去。利奥诺拉永远不想再见到南希。在那种环境下，我这样说是很自然的。某种程度上，出于众所知道的若干原因，她又同意，布兰肖应该有人去趟锡兰安抚南希。她就打发我和一个老保姆去。南希还是个十三岁的小孩，第一次来到布兰肖时，老保姆就开始照顾她了。于是我就出发了，匆匆穿越整个普罗旺斯，在马赛坐上汽船。到锡兰后，我的感觉非常不好，老保姆的感觉同样很不好。一切都糟糕透顶。

在坎迪[①]，医生们说，如果能把南希带到英格兰，海风、气候的改变、航行，以及那些平平常常的东西，也许能让她恢复理智。当然，他们没有能恢复她的理智。我想到，她就坐在这个厅堂里，离

① 曾为锡兰的首都。

我此刻写东西的地方只有四十步。我不想把这事儿说得多么浪漫。她穿得整整洁洁，安安静静，样子非常美。老保姆把她照顾得好端端的。

现在，你对情况的来龙去脉肯定已经了解得很清楚了，不过，据我所知，情况也很单调。如果南希的理智能够恢复到能够让她懂得英国人婚礼的意义，我就会跟她结婚。但是她的理智恐怕永远恢复不到能够理解英国人婚礼的程度。所以，根据当地的法律，我不能跟她结婚。

所以，我现在完全停留在十三年前的起点上。我是一个漂亮女孩的服侍者，不是丈夫。她对我毫不在意。我跟利奥诺拉已经疏远，我不在期间，她已经跟罗德尼·巴海姆结了婚。利奥诺拉非常讨厌我，因为她固执地以为我不同意她和罗德尼·巴海姆结婚。没错，我是不同意她与巴海姆结婚。我或许是出于嫉妒。

没错，我就是嫉妒。我隐隐约约觉得自己似乎在走爱德华·阿什伯纳姆的老路。我想我还真的喜欢一夫多妻，跟南希、利奥诺拉、梅西·梅登甚至弗洛伦斯同处一室。毫无疑问，我跟其他所有男人没什么两样；只是，也许因为我是美国人的缘故，显得更怯懦些。同时，我可以向你保证，我是一个非常正派的人。我从来没有做过让某个女儿最忧虑的母亲或者让一个最小心的教会教长反对的事情。我只是遵从下意识的想法，含含糊糊地步爱德华·阿什伯纳姆的后尘。噢，这一切都结束了。我们中没有人得到自己真正想要的东西。利奥诺拉想得到爱德华，最后却得到了罗德尼·巴海姆，一头讨人喜欢的温顺绵羊。弗洛伦斯想得到布兰肖，最后却让我从利奥诺拉手中买下了。我并不真心想要它，我最渴望的是不再当保姆般的侍从。然而，我就摆脱不了当保姆侍从的命。爱德华想得到南希·鲁福特，最后却让我得到了。只是她疯了。这真是个古怪、奇异的世界。为什么人们总是得不到自己想要的东西呢？那些东西全在眼前，可以满足每个人；可是人人拿的都是错误的东西。或许你能对此说出个一二来，我却理解不了。

那么真的存在有疆域的天堂，那里橄榄树叶轻轻呢喃，人们可以跟喜欢的人在一起，可以得到自己喜欢的东西，在荫凉下开心地享受吗？所有人的生活都像我们好人的生活吗？——像阿什伯纳姆夫妇，像道威尔夫妇，像鲁福特夫妇——破碎分裂，混乱喧嚣，痛苦煎熬，毫无浪漫可言的生活，时而还夹杂着尖叫、蠢行、死亡、折磨。谁知道究竟是怎么回事？

这出阿什伯纳姆悲剧接近尾声的戏份中充满太多的蠢行。那两个女人谁都不知道自己想要什么。只有爱德华的思想脉络很清楚，而他大部分时间都喝得醉醺醺的。但是，无论酒醉还是清醒，他都坚守自己家庭的规矩和传统的要求。南希·鲁福特不得不被送回印度，她从爱德华嘴里没有听到一个爱字。她被送到了印度，再也没有听到爱德华·阿什伯纳姆说过一个字。

这就是社会规矩，跟爱德华家的传统相一致。我敢说这些规矩的设定是为了人民的最大利益。规矩和传统，我想是在盲目地起着作用，但肯定会对正常的人具有保护作用；它还被用来消除高傲、固执以及特立独行的人。

爱德华是个正常的人，但他身上有太多多愁善感的东西；社会不需要太多多愁善感的人。南希是个出色的人物，但是她身上又有一些疯狂的气质。社会不需要身上有几许癫狂气质的人。所以，爱德华和南希被压垮了，逐走了，而利奥诺拉活了下来，她是最正常的人，嫁给了一个非常像兔子的人。罗德尼·巴海姆非常像一只兔子，我听说利奥诺拉再过三个月就有望生个孩子了。

所以，那些灿烂出色又骚动不安、有魅力、有激情的人——我真正爱着的那两位——从地球上消失了。那无疑是他们最好的归宿。如果南希跟爱德华成功地生活在一起，会把他塑造成什么样子呢？爱德华又会把她变成什么样子呢？南希身上有冷酷无情的东西，这让她想看到别人忍受痛苦的折磨。没错，她想看到爱德华受痛苦。上帝做证，她给了爱德华地狱般的苦痛。

她给了爱德华一座不可想象的地狱。那两个女人追到那个可怜鬼，剥了他的皮，而且好像用鞭子抽打着来剥。我告诉你，他的心在流血，几乎可以用肉眼看得到。我好像看到他站在那里，裸露到腰部，用前臂遮护着眼睛，皮肉在破碎的衣服间挂下来。我告诉你，我的感觉没有半点夸张。好像利奥诺拉和南希合伙进行迫害，以仁慈为名，对一个她们可以任意摆布的男人的肉体施加迫害。她们像两个苏族人[①]抓住了一个阿帕切族人[②]，把他结实地绑在木桩上。我告诉你，她们对他施加的折磨永无尽头。

夜复一夜，爱德华都听到她们在说话，不停地说着话；他经常酒醉后癫狂激动，大汗淋漓，努力想忘却一切，总是躺在那里听着说话声没完没了地传来。日复一日，利奥诺拉来找他，来宣布她们考虑的结果。

她们像法官在为一个罪犯的判词争执；她们像食尸鬼，身旁的坟墓中躺着一具僵尸。

我不认为利奥诺拉应该受到比南希更严厉的谴责——虽然两人中利奥诺拉更活跃些。正如我所说，利奥诺拉是一个非常标准的女人。我的意思是说，在正常条件下，她的欲望是社会需要的女人的欲望。她想要孩子，想端庄得体，想拥有一幢大宅，想避免浪费，希望保持自己的容貌。尽管她有着不容置疑的美貌，这样的想法自

---

① 美国北部的印第安部族名。

② 美国西南部印第安部族名。

然也绝对正常。不过我并不想说在极端反常的处境中她会正常行事。她周围的这个世界疯了，她自己又备受痛苦的折磨，难免会带上疯女人的表情，带上邪恶女人以及剧中阿飞的模样。你还会有什么模样呢？钢是一种普通、坚硬、光亮的物质，可是如果把它投进炽热的火里，它就会变红、变软，而且没法拿了。如果你把它放在更热的火里，它就会化成液体流走。利奥诺拉的情况就与此类似。她是为正常环境而生的——为罗德尼·巴海姆先生而生的，他会在普茨茅斯有幢独立的秘密住宅，偶尔去巴黎、布达佩斯旅行。

关于爱德华和南希的事件，利奥诺拉打破常规，随心所欲。她采取了各种异常因而是极端和不光彩的精神态度。有时她一心想报复。那天晚上训斥了南希好几个小时后，又在白天训斥了不吭一声的爱德华好几个钟头。爱德华只失足了一次，就成了他完蛋的祸根。也许那天下午他喝的威士忌太多了。

利奥诺拉不停地问爱德华想要什么。他想要什么？他想要什么？他的回答从来都是："我告诉过你了。"他的意思是他要南希等父亲发来电报说准备好接纳时就让她尽快回到印度的父亲身边。但是他跌倒了一次。对利奥诺拉那个永恒的问题，他回答说，这辈子的全部欲求就是——重振精神，继续从事他的日常工作——如果那个远在五千英里之外的女孩仍然爱他的话。此外他没有更多需求。他向自己的上帝祈祷不要再有了。噢，他是个多愁善感的人。

利奥诺拉一听到这话，决定不能让南希到五千英里之外的地方去，自己也不该再爱爱德华了。她这样来处理：

她继续告诉南希必须属于爱德华，她准备要离婚，她要在罗马解除婚姻。但她认为自己有责任告诫南希爱德华是个恶魔。她对南希讲了拉·多茜基塔、巴兹尔太太、梅西·梅登、弗洛伦斯的事。她对南希讲了这辈子跟爱德华相处所忍受的痛苦，这个人粗暴、专横、虚荣、酗酒、狂妄、对自己的性需求有种恶魔般的捕食本能。听到婶妈遭受了如此多痛苦——对南希来说，利奥诺拉又有了一个婶妈应具的风度了——南希以年轻人突如其来的冷酷，以让女人之间行动一致的决然，做出好几个决定。婶妈不停地说："你务必要救爱德华的命，你可要救他的命。他只想从你这里得到一段时间的满足。然后他会像对别的女人那样对你厌倦。你一定要救救他的命。"

自始至终，那个不幸的人了解——凭借一起生活的人之间活跃的奇怪本能——正在发生的一切。可他仍然装聋作哑。他没有伸出一根指头帮帮自己。他想维持自己体面的社会成员形象，唯一的要求就是五千英里之外的那女孩能够继续爱他。而她们却在这事上加了个塞子来阻止。

我跟你说过，有天晚上那女孩去过爱德华的房间，那才是真正要了他的命。那幅画面永远萦绕在他的想象中——暗淡的灯光中，南希在他的床脚边站起来，他说好像有种绿色的感觉，好像高高的床架的影子中有种绿绿的色调，衬托出她的身形。南希用直率、毫不畏缩、冷酷的目光凝视着他说：“我准备属于你——来救你的命。”

爱德华回答说：“我不想要，我不想要，我不想要。”

爱德华说他不想要，还说他恨自己，说这是不可想象的。与此同时，他又怀着强烈的诱惑想做这件不可想象的事，不是出自肉体的欲望，而是由于精神的确信。他确信，如果南希一旦委身于他，就会永远属于他，爱德华深知这个。

南希在想，婶妈说过，爱德华渴望她在五千英里之外爱着他。南希就说：“我现在没法爱你，我知道你是什么样的男人。我会属于你，来救你的命。但我永远不能爱你。”

这是一场奇异的残忍表演。她完全不知道那意味着什么——属于一个男人。但是，听到这句话后，爱德华迅速振作起来。他开始用正常的语调说话了，生硬、沙哑、霸道，像对仆人或者马说话那样。

“回你房间去，”他说，“回你房间睡觉去。这简直是胡来。”

两个女人困惑不已。

接着我出场了。

6

我的出场显然把很多事端给平息下去——整整持续了两个星期，从我到达到那女孩离去这段时间。我不是说那无休止的夜间谈话不再继续，或者利奥诺拉没有打发我跟那女孩出去，她想在出去期间让爱德华备受煎熬。发现了爱德华的欲求后——南希要到五千英里之外的地方去，仍然像多愁善感的小说里的人物那样，深深地爱着他，利奥诺拉决心要砸碎他的这个野心。她尽可能以各种腔调反复向爱德华说，那女孩并不爱他，因为他冷酷无情，专横霸道，有酗酒的恶习，所以她非常厌恶他。利奥诺拉还说，在南希眼中，爱德华已经向三四个女人发过毒誓。他向利奥诺拉本人，向巴兹尔太太，向逝去的梅西·梅登和弗洛伦斯的亡灵发过誓。爱德华总是一声不响。

南希究竟爱还是不爱爱德华？我也不知道。那时我敢说她不爱，尽管在利奥诺拉诋毁他的声名之前她爱过。南希爱的肯定是我所谓他向大众展示的那一面——爱的是他良好的军人形象，爱他在海里救人的勇敢，爱他作为一个出色的地主和优秀运动员的形象。然而，当南希发现爱德华不是一个好丈夫时，在她眼中，这一切就什么都不是了。因为，以我之见，尽管女人们对一个郡、一个国家或者一种职业没有多少或者压根儿没有责任感——显然她们可能完全缺乏任何集体凝聚力——她们却有一种强烈而又下意识的活跃的本能，把自己与女性的私利紧密联系起来。当然，任何女人都完全有可能夺走另一个女人的丈夫或者情人。但是，我宁肯认为，当女人有理由认为另外那个女人让她丈夫很难过时才会这样做。我坚信，如果她认为这个男人对妻子残酷无情，出于对受苦女性的本能同情，就像人们常说的那样，就会“把他还回去”的。我并不觉得自己总结的这些东西有什么特别重要的价值。这些概括可能对也可能错。我不过是一个年岁渐长、却对生活所知甚少的美国人。你可以认可我的概括，也可以弃之如敝履。但我十分坚信自己在南希·鲁福特这件事上是正确的——她曾深深地、温柔地爱过爱德华·阿什伯纳姆。

当南希发现爱德华对利奥诺拉不忠，而且他的公共服务活动花的钱要远比利奥诺拉认为应该花的钱要多时，她就不再让爱德华拥有自己美好而强烈的感情。那时她本来肯定要让爱德华得到美好而强烈的感情的。她把那个归结为女性的公共舆论。她被迫这样，是自我保护的本能使然，因为她完全可能会想到，如果爱德华对利奥诺拉不忠，对巴兹尔太太以及其他两位的亡灵不忠，那么他也完全有可能对她南希不忠。而且，不用怀疑，她跟其他女人一样有性本能，这种本能会让女人对自己挚爱的人变得残忍得不可忍受。但是，我并不知道这个时候，南希·鲁福特是否爱着爱德华·阿什伯纳姆。我也不知道，在艾登听到爱德华自杀的消息疯了后，南希是否还爱着他。因为她疯了，要么是因为利奥诺拉，要么是因为爱德华的缘故。也有可能同时因为二者。我不知道。我什么都不知道。我已精疲力竭。

利奥诺拉狂热地坚持这样一个信念，即南希不爱爱德华。她强烈地渴望相信这个。这个信念对她的生活的必要性就像相信个人灵魂不死一样。她说在告诉南希自己对爱德华的职业和性格的看法后，南希不可能再爱着爱德华。另一方面，爱德华糊里糊涂地相信，自己身上有些根本的吸引力也许会让南希继续爱他——继续爱他，尽管把真正的痛恨藏在下面。爱德华想，南希假装恨他，那是为了给自己挽回面子，而且认为她那封从布林迪西发来的恶狠狠的电报只不过是又想顾全颜面而已——为了想证明她也有一个女性共通的福利成员都相信的情感。我不知道，还是留给你来评判吧。

这件悲伤的事还有一点让我特别担忧。利奥诺拉说，爱德华向往那女孩应该在五千英里之外还继续爱着他，所以说他就是个自私的大恶魔。他这是渴望一个年轻生命的毁灭。另一方面，爱德华又向我指出，假如那女孩的爱是他生存必不可少，如果他并没有利用任何语言和行动让南希的爱继续下去，就不能说他是自私。利奥诺拉回答说，这只能说明爱德华极端可恶的自私本质，即使他的行为可能正确得无可挑剔。我难以决断他们谁对谁错。还是留给你来评判吧。

无论如何，爱德华的所作所为肯定是绝对——同时也可怕和冷酷——正确的。他端坐不动，让利奥诺拉数落他的人格，任由利奥诺拉把他骂得狗血喷头，却连根指头都不动。照我说，他真是个傻瓜。我看不出，让南希毫无必要地把他想得那么坏到底有何意义。但仍然如此。其实，那三个人呈现给这个世界的都是好人中最好的那面。我向你保证，我在那幢漂亮的老房子里留住的两个星期里，从来没有发现哪怕一件会影响我改变这个美誉的事。甚至当我回看这些往事时，因为了解各种状况，我想不起哪怕有一件他们做过的事，出卖了他们的品质。我想不起，快要吃晚饭时，利奥诺拉读完那封电报——眼不眨，手不抖。那完全是一次愉快的乡村家庭聚会。

利奥诺拉的情绪始终都很好，据我所知一直保持到爱德华葬礼过后八天。那次特别的晚餐过后——参加那次晚餐前，我接到通知说，南希第二天就要离开那里去印度了——我请求利奥诺拉允许我跟她说句话。她把我带到自己的小客厅里，我说——请原谅我不记录当时的情绪——她知道我希望娶南希，还说她似乎赞成我的请求，还说如果利奥诺拉认为南希有可能嫁给我的话，还让她去印度那无疑是白花买票钱，白浪费旅途中的时间。

而利奥诺拉，我向你保证，绝对是典型的英国主妇。她说非常赞同我的想法，还说她不指望那女孩还能找到更好的丈夫，还认为南希在迈出这样重要一步之前，应该多少见识下生活。是的，利奥诺拉用了“迈出这样重要一步”的说法。她真是太了不起。其实，我觉得她很愿意那女孩嫁给我，但我的计划中还包括购买离弗丁桥路有一英里远的克尔肖的房子，想跟南希在那里安顿下来。这个想法并不合利奥诺拉的意愿。她不想今后的生活中让南希住在距离爱德华一里半远的范围。但是，我想她可以设法以婉转的方式让我知道，如果我能把南希带到费城或者廷巴克图，我就可以娶南希。我非常爱南希——而利奥诺拉也知道。

但是，事情到这份儿上我就只好打住了。我只知道南希就要去印度，算是缓期察看，我也没再深思。我觉得这应该是个挺合情合理的安排，而且我也是个有理智的人。我只说，六个多月或者一年后，我就去印度追随南希，把这事儿了却掉。你瞧，一年后我的确追随南希去印度了……

我必须承认，对利奥诺拉没有提前告知这女孩要走了，我有点生气。我把这个理解成罗马天主教徒在应对世俗问题时采取的某种古怪，又不很直率的方式。我理解利奥诺拉担心如果我提前知道她马上就要走了，可能会向南希求婚，或者向她发起我力所不及的强大攻势。也许利奥诺拉的想法是对的。也许天主教徒们这种古怪、变幻不定的处理方式总是正确的。他们在处理着古怪和捉摸不定的事物，那就是人性。因为极有可能，如果我知道了，南希这么快就要走了，我可能会向她求爱。那又会派生出其他复杂问题。极有可能就会这样。

那是些极其体面的人为了故作镇定冷漠的表情而做出的最稀奇古怪和匪夷所思的事。爱德华·阿什伯纳姆和妻子越过半个地球召我回来，就是想让我坐在轻便马车的后座上，由爱德华驾车带着南希去火车站，到那里搭车出发前往印度。我想他们想有个见证者，看到这事儿处理得多么镇定自若。南希的行李已经收拾好，先寄走了。她在船上的铺位已经订好。他们把时间算得如此精确，进行得像钟表一样。他们知道鲁福特上校收到爱德华信件的准确日期，他们几乎知道什么时候会收到他的电报让女儿到他那里去。这都是爱德华亲自安排的，安排得既漂亮又无情。作为发电报的一个理由，他们让鲁福特上校了解到这样一个情况，某个上校太太或者别的什么人也会乘那艘船前往，她会暂时担负起合格陪伴者的使命。这事儿真是太奇妙了。我想如果他们想用切东西的刀挑出彼此的眼睛，在上帝看来这样也许会更好些。但他们是“体面人”。

跟利奥诺拉谈完后，我又漫不经心地走进爱德华的藏枪室。我不知道南希在哪里，我以为会在那里看到她。我想自己心里有个模模糊糊的想法，且不管利奥诺拉，先向她求婚。所以我假设，我不是出自像阿什伯纳姆这种特别体面的家族。爱德华躺在他的椅子里，吸着雪茄，足有五分钟的时间，什么话都不说。绿灯罩里的蜡烛闪烁着，反射到书柜玻璃的光是绿色的，柜里放着枪和鱼竿。壁炉台上是那张发黄的白马的照片。那时真是我经历过的最宁静的片刻。然后，忽然，爱德华眼睛直视着我说：

“你瞧，老伙计，我希望你驾车陪南希和我明天去趟火车站。”

我说没问题，明天驾车跟他和南希去趟火车站。他在那里躺了好长时间，顺着膝盖的方向望着跳跃的火苗，然后忽然又换上极为镇定的口吻，眼睛也不抬地说：

“我真是太爱南希·鲁福特了，我会为此而死的。”

可怜的家伙——他本来不打算说出的。可是我想，他必须得向某个人把这话说出来，我的角色就像一个女人或者律师。他说了整整一夜。

噢，他把那个计划执行到咽气。

那是一个清澈晴朗的冬季的早晨，下了好多霜。太阳格外明亮。从石楠和蕨草间蜿蜒穿过的道路非常难走。我坐在马车的后座，南希坐在爱德华旁边。他们谈论着矮脚马走路的样子。爱德华拿鞭子指着一英里远有三个营房那么大一片峡谷里的一群鹿。我们在延伸到弗丁桥方向的那片高高的树林旁边的一段平路上碰到几只猎狗，爱德华停住马车，这样南希就可以向那个猎人道别，并送他最后一枚金币。她从十三岁起就跟这些猎狗厮混在一起了。

火车晚点了五分钟，他们想可能是因为那天斯温登或者经过的什么地方是集市日。他们谈的就是这种事儿。火车进站了，爱德华在头等厢给南希找了个座位，里面有个上了年纪的女人。南希走进车厢后，爱德华就把门关上，后来她伸出手跟我握手。那些人脸上什么表情都没有。火车出发的信号是闪亮的红色。以我置身于这种场景的情况看，这是就要做激情告白的时候了。南希看上去状态不是特别好。她戴顶褪色皮帽，与头发不是很配。她说：

“再见了。”冲着爱德华说。

爱德华回答道：“再见了。”

他脚后跟踩在地上转过身来，迈着故作沉重的步子，派头很大、没精打采地走出火车站。我跟在他后面，上了高高的马车。这是我生平所见最可怕的执行举动。

从那以后，一种神圣的宁静，犹如传递顿悟的上帝带来的宁静，降临布兰肖·特里拉弗。利奥诺拉在忙自己的日常事务，脸上带着得意的微笑——非常淡的微笑，但依然带着胜利的味道。我想她早已放弃了要让自己的男人回心转意的任何念头，所以，对她来说把南希从这个屋里弄出去就已经很满足，而且治愈了她的想入非非症。有一次，在客厅里，利奥诺拉出去后，爱德华气若游丝的声音说——我刚好听到几个字：

你征服了，噢，苍白的加利利。[①]

引用斯温伯恩的诗句挺适合他的伤感。

但是他非常安静，已经不再喝酒了。那次驾车去车站送别后，他只对我说过一件事："真奇怪。我想应该告诉你，道威尔，我现在对那女孩没有丝毫感觉了，全都过去了。别替我担忧。我挺好。"过了很长时间，他又说："我想那就像镜头里一闪。"他又开始管起庄园事务了。他费尽千辛万苦让园丁的那位杀害自己孩子的女儿无罪释放。他在集市上见了每个农夫都笑眯眯地握握手。他曾在两个政治性集会上发表过演讲，还打过两次猎。利奥诺拉曾为他让园丁女儿无罪释放花了两百英镑很凶地大闹过一场。一切都如常进行，好像南希从来没有存在过。氛围相当平静。

可是，这个故事已到尾声。当我回头再看时，发现这个幸福的结尾响彻着婚礼的钟声。恶人们——因为显然爱德华和那女孩是恶人了——遭到自杀和疯狂的惩罚。那位女主角——绝对正常、品德

① 引自英国诗人斯温伯恩（1837—1909）的诗，"苍白的加利利"是指耶稣基督。

高尚、又有些滑头的女主角——现在已成为一个同样绝对正常、品德高尚和有些滑头的丈夫的幸福的妻子。她马上就要成为一个绝对正常、品德高尚、有些滑头的儿子或者女儿的母亲。幸福的结局，事情的结局往往就是朝这个方向发展。

我无法对自己掩饰这样一个事实，那就是我现在很讨厌利奥诺拉。不用说我是嫉妒罗德尼·巴海姆。我不知道，这种嫉妒是出于我自己渴望得到利奥诺拉呢还是因为她的缘故牺牲了我仅有的两个真正爱着的人，爱德华·阿什伯纳姆和南希·鲁福特。为了让她住进一幢时髦、充满各种便利条件的大厦，受制于一个非常可敬，而且经济上很节俭的豪宅主人，爱德华和南希·鲁福特，至少在我看来，必然最起码会成为悲剧的阴魂。

我仿佛看到可怜的爱德华，赤身裸体，黑暗中斜躺在冰冷的岩石上，像塔塔拉斯或者什么地方的某个遭到诅咒的古代希腊人。

至于南希……哦，昨天午饭时她忽然说：

“羽毛球！”

她把“羽毛球”这个词重复了三遍。我知道她脑子里想表达什么意思，如果可以说她有脑子的话，因为利奥诺拉跟我说过，有一次，南希说她感觉像只羽毛球，在两个粗暴的人，爱德华和他妻子之间被抛来抛去。她还说，利奥诺拉总想把她送给爱德华，而爱德华又巧妙地、默不作声地把她打发回去。蹊跷的是爱德华本人认为，那两个女人把他当只羽毛球来用。或许很可能是这样说的：她们把他像件讨厌的、谁都不愿付邮资的包裹般推来搡去。利奥诺拉也想，爱德华和南希把她捡起来，然后又完全随心所欲地想扔掉就扔掉。从这里你应该看得很清楚了吧。注意，我不想鼓吹任何与大家接受的道德规范相反的行为。在这件或者其他事中，我也并不提倡自由恋爱。我认为，社会必然要前进，只有当正常、品德高尚和多少有些滑头的人兴旺发达，只有当充满激情、偏执和过于诚实的人被指责得自杀和发疯了，这个社会才能存在。我无法向自己掩饰我喜欢爱德华·阿什伯纳姆这样一个事实——而且我喜欢他是因为他就是我自己。如果我有爱德华的勇气、阳刚之气，乃至他的身材，我幻想，我就会做出很多他做过的那些事。对我来说，他似乎就像一个魁梧的大哥，带我出去远足，干了好多潇洒的事，而我只是远远地瞧着他打劫果园。你知道，我跟他一样是一个多愁善感的人……

是的，社会必须要前进；必须要繁衍后代，就像兔子那样。我们活着就是为了这个。可是我并不特别喜欢社会。我是一个荒唐之徒，一个美国百万富翁，买了一个有着英国式宁静的古老的生息之地。我坐在这里，坐在爱德华的藏枪室里，整天待在一幢安静之极的大宅里。没有人来找我，我也不去找别人。没有人对我感兴趣，我对别人也不感兴趣。二十分钟左右，我就可以步行走到村子里，沿着我自己那成片的荆豆丝，去我的橡树下拿美国寄来的邮件。我的佃户、村里的男孩和买卖人，会碰一下帽子向我致意。生命就这样逐渐流逝。我回来吃饭，南希坐在我对面，那位老保姆站在她身后。刀啊叉啊，在南希手中用得那么漂亮得体，那么让人难以理解，而且悄无声息，那双蓝蓝的眼睛盯着前方，挑起长长的眉毛。吃饭过程中，有一两次刀叉会停在半空中，好像在思索什么她忘记的事情。接着她会说，她相信全能之神，或者说出一个单词，也许是“羽毛球”。看到她脸上泛着漂亮、健康的红晕，看到她卷曲的黑发上闪着光泽，头端庄地挺在脖颈上，雪白的手动作优雅，这真是太不寻常了——再想想，这一切又毫无意义——不过是一幅毫无意义的画面。是的，这确实有些古怪。

可是，无论如何，利奥诺拉总能让你开心快乐。我不想让你沮丧。她丈夫是个非常节俭的人，身材如此标准，会一次性买大量现成的衣服。这是生活中最需要的东西。我的故事到此就结束了。那孩子长大后将是个天主教徒。

我突然想到，我忘了说，爱德华是如何与死神相遇的。你还记得宁静笼罩着那幢老宅子；还记得利奥诺拉暗自得意，爱德华说他对那女孩的爱不过是稍纵即逝的一段时间。嗯，有天下午，我们在马厩里，看爱德华在一个空马房里铺新地板。爱德华正兴致勃勃地说着让汉普郡驻兵达标的必要性。他非常清醒、冷静，皮肤的颜色干净透亮，头发金光闪闪，梳得整整齐齐，光滑的棕红色的脸庞一直到眼睑边缘都刮得干干净净。他的眼睛像瓷器般发蓝，坦诚又直率地注视着我。他的脸上没有任何表情，声音深沉又粗硬。他站得笔直坚挺，说道：

“我们应该让他们达到2350名。”

一个看马的男孩给他送来一份电报，然后就走了。他不当回事地打开电报，无动于衷地看了眼，完全默不作声，然后又递给我。粉红色的纸上歪歪扭扭地写了几行字，我看到是：“平安到达布林迪西，非常愉快。南希。”

嗯，爱德华是个英国绅士，但说到底也是个多愁善感的人。他的头脑中也装着若干不咸不淡的诗歌和小说。他只是抬头看了看马厩的棚顶，好像在仰望天堂，然后又说了几句我没听清的话。

接着他把两根手指伸进灰色的粗呢西装马甲的口袋里，取出一把小小的干净的铅笔刀——一把非常小的铅笔刀。他对我说：

“你可以把那封电报给利奥诺拉送过去。”然后他用一种直视、挑战、威逼的目光看着我。我猜想他从我的眼睛里看出，我无意妨碍他。我干吗要妨碍他呢？

我不认为，他还想在这个世界为人所需，让他那些可恶的佃户，那些步枪射击伙伴们，那些酒鬼们，那些得到救赎和没有得到救赎的人们，随心所欲地去生活吧。这好几百人并不是全都值得可怜的爱德华去为他们继续忍受痛苦的折磨。

爱德华看到我不想干涉他后，目光开始变得柔和而且几乎充满柔情。他说：

“再见了，老伙计，你知道，我必须休息会儿了。”

我不知道该说什么。我想说，“上帝保佑你”，因为我也是一个多愁善感的人。可我心想这恐怕不是最好的英国方式，所以，我就拿着那封电报小步快跑着去找利奥诺拉了。她对电报非常满意。

译后记：不确定性的四重奏

杨向荣

人性的微妙谜团被不计其数的作家设计侦探过，福特·马多克斯·福特在《好兵》中的侦探显得有点别致。他不仅披露了侦探的内容，重点在于还呈现了并不完美的侦探形式或过程。任何侦探书里都得有个聪明绝顶，经过千辛万苦的脑力劳动解决貌似不能解决的问题的侦探，这本书的侦探不在书里，而在书外，那就是聪明绝顶的作家本人。从勘探人性微妙这个角度而言，我觉得《好兵》好像是对人性幽暗诸相几近无果的侦探。书中的四个主要人物暂时相聚一堂，作家拿着聪慧的手术刀研究和侦破他们之间互相纠缠的人性与情感乱麻，可作家留给我们的感觉却是既完成了解剖，又留下太多未完成的线索，造成空前的不确定效果。这部小说不仅创作方法精致，对人物心理复杂性的探究也深入了到非常微妙的境界。

小说开篇叙述者就声称这是他听到过的最悲伤的故事，读完全书后我们得知，悲伤的表面的原因在于四个主要人物中有两个男女自杀，跟他们有关的一个年轻妻子突发心脏病而亡，幸存者中一个姑娘疯狂，一个女人精神崩溃，一个男人遭到致命的打击。真正让人悲伤的是无辜的纯真者梅西·梅登和南希的结局。作者大概暗示了她们的命运就是纯真的命运。叙述者道威尔的妻子疑似得了心脏病，利奥诺拉的丈夫也得了心脏病，他们各自陪护病人定期到德国温泉小城瑙海姆疗养，在当地旅馆相识，从此成为亲密无间的好朋友，这样的友好关系维持了九年，期间，在温文尔雅的交往中，流动着通奸、背叛、情欲泛滥、欺骗、情感谋杀等等汹涌的暗流。这些暗流藏得如此之深，貌似心地纯洁如圣人的叙述者道威尔几乎一寸一寸地甄别清楚，可见其隐藏之深邃和厘清难度之大，而他叙述秩序的顿挫也与逐渐发现这些暗流的过程的颠三倒四的真实进程相称配。

这部现代主义经典最显眼的成就当属写作方法。无论用了何种方法，它都没有用现实主义或者自然主义编年体的方法。如果小说中描写的两对夫妇的精神世界是作家研究与呈现的对象，如果把这个对象看成一张圆盘，作家在呈现他们的精神世界时，并没有按照他们的世界活动时的时间顺序和空间秩序来呈现，而是根据作家自己的标准把顺序打乱，把秩序拆解，然后重组，犹如把圆盘剪成诸多面积不均匀的扇形，再把这些扇形有序地打乱，而后工工整整地重新拼贴成一个所谓主观意识主导下修复过的新圆盘。我们不禁要问，在呈现复杂流变的生活与精神世界时，我们想象当中最原始的那个世界真实呢，还是经过裁剪后的那个世界更真实？这个问题在纯粹唯物主义世界观范畴原本不难回答，现代物理学的测不准原理却启发我们有胆量发出这个质疑。测不准原理告诉大家，我们恐怕永远不知道未经测量干扰之前的那个对象的原始状态是什么，被观测对象呈现在观察者面前的结果都是受到观察行为干扰的状态。这样看来，经过作家剪裁过的世界反而是我们能得到的唯一可供呈现的世界。作家把四个人物之间的外部活动与情感的内部活动发生的时空在叙述时进行的重组，或许反而最接近可观测的状态。这是我们在读这部小说时需要的心理准备，不然会对作家几近任性的时空切换感到凌乱，以为是叙述者任凭意识流驱使自言自语，其实这样的貌似凌乱或者自由切换是精心而为。它另立叙述逻辑，但仍然是逻辑。作家意识到自己要侦破的人性活动展开的复杂性用我们习惯了的时空顺序不足以有力呈现时，就选择了在那个年代多少有点石破天惊的新手法。叙述者道威尔先生以见证者的口吻在英国乡下一个老宅子里对一个似有若无，从不提问只默默聆听的听众讲述他和妻子弗洛伦斯、阿什伯纳姆上尉与妻子利奥诺拉四个人之间发生和经历的往事。他的叙述遵从作家的旨意，完全打破读者习惯了的时空顺序，时而把靠后发生的事情提到前面，时而把最早发生的事情放在稍后来说，这种错序又来得不知不觉，稍不留心我们就不知身在何处何时了。

如果我们可以把小说中四个主要人物的表演称为弦乐四重奏，想要给这部微型交响乐记谱的话，肯定会大大有别于对一个单件乐器参与的演奏作品记谱的方法。从这个角度看，它又像本记录人性多声部低唱的乐谱，这本乐谱记录的是人性幽暗王国里的音符和旋律。这些音符和旋律发出含混不清的音声，如果用通感来描述这些音声或者旋律，它们就像各种颜色的斑点铺陈在一本乐谱上，这些彩色斑点总体上偏暗淡，而且斑斓破碎，颜色边界过渡不清不楚，既交融又排斥，正好准确地呈现了四个人所表现出来的人性的晦涩、幽暗、复杂和不确定。我们每个人阅读本书或许都像在独自照它的乐谱来演奏这部四重奏。每个演奏者演奏的效果都会不同，但主旋律却相对稳定，那就是总体上悲悯的调子。我们不妨可以称它为伤心四重奏，只是这部四重奏的衍生版本太不确定了。

弦乐四重奏的乐器组合通常是两把小提琴，一把大提琴，一把中提琴。我们暂且把道威尔和利奥诺拉设定为小提琴手，把叙述分量最重的阿什伯纳姆上尉设为大提琴手，把更加活跃的弗洛伦斯设定为中提琴手。按照叙述者的陈述，最多的暗流从大提琴手那里涌出，但是疑似做了大量反正统、逆主流婚姻道德的阿什伯纳姆在某个方面的圣洁性几乎不亚于貌似圣徒的道威尔，而且他的所谓不少暗流都是在光天化日中流动的。相比之下，藏得最深的暗流倒在弗洛伦斯那里。这位中提琴手奏出的乐声才真正像黑暗中的鬼叫，而且在叙述者看来她把自己装饰得弱不禁风，始终想着扫清世界上的黑暗角落，让更多的阳光照进来。最后，她是道威尔眼中最阴森可怖的存在，而且是名义上同床共枕的存在，但她的自杀，如果叙述者的讲述可靠，却让人有几许同情，并没有觉得大快人心，因为她虽然冷酷可怖，欺骗丈夫，通奸小伙计，引诱上尉，却仍然貌似知道大众不齿的廉耻是什么，觉得自己所干的事情在那个年代羞于见光，见光则必死。她以死或许证明了内心深处还固执着连自己都意识不到的廉耻准则，只是更大的黑暗诱惑似乎更难推却。这样看来，如果我们以上帝般的宽容来俯视她的作为或者黑暗，其实悲悯中还带点酸楚。或许弗洛伦斯越想隐蔽地行使阴暗手段，我们旁观者对她的死亡结局会愈感酸楚，这才是高明的刻画手法。她的自杀也不妨可以这样解读：她并没有什么潜在的廉耻意识，只是害怕见光后丈夫会杀了她。弗洛伦斯故作有心脏病最怕死，却主动选择了死。

阿什伯纳姆的自杀性质，细究起来，却远远没有弗洛伦斯的自杀那么简单，后者自杀的动机主要是怕事情败露后难以忍受自己苦苦经营和维护的淑女形象的崩溃。阿什伯纳姆比四重奏里另外三个乐手要复杂得多。他身上的暗流以及最终自杀所折射的含义也更加多义。如果我们认可道威尔的叙述，阿什伯纳姆是复杂人性的完整范本，各种互斥的人格要素几近浑成般地统一在他身上。他获得过好几种皇家颁发的杰出贡献奖，两次跳海救人，慷慨地给佃户减免负担，还出钱替伤害自己孩子的佃户的女儿打官司，经常救助无家可归的穷苦人。同时，他在本地担任行政要职，深受部队里手下的人的喜欢，本人外形高大清秀，长着漂亮的金发，具有英国绅士的诸多优秀品质，可是这些背后又充满了与外在表现不符的暗作为。他对妻子不忠，受控于追逐女色的激情，这种劲头挥之不去，可为人又极度羞怯。他对大公的西班牙情妇神魂颠倒，欲罢不能，而这位情妇心中却没有一盎司激情，是个纯理性的尤物。他跟上校的妻子巴兹尔太太保持了多年的私情，同时又暗中满足了上校的敲诈。他跟下属军官年轻的妻子梅西·梅登明目张胆偷情，而梅西·梅登受到利奥诺拉和弗活伦斯的双重挤压，心脏病发作亡故。他人生最后的激情对象是妻子唯一的好朋友的女儿南希，他没有彻底抑制南希的崇拜，自己虽然克制了甚至自杀了，但是却让南希疯狂了。至于跟道威尔的妻子弗洛伦斯的私情更是给朋友们造成深深的创伤。奇怪的是，他在做这些事情的时候，若无其事，看不出有多少负疚感，可他又是个叙述者眼中具有强烈社会责任感，心地慈善的绅士。妻子利奥诺拉美丽漂亮，忠诚能干，有着宗教徒般的牺牲精神，可他就是产生不了爱的柔情。叙述者道威尔时不时要由衷地赞美他。我们已经看出阿什伯纳姆谜团般的人格。或许是性格中正直的部分和追逐女色之间的紧张分裂导致了他冷静地选择自杀。

有论者合理地揣测南希可能是阿什伯纳姆与她母亲的私生女，或许只有他知道，而妻子想让备受诱惑煎熬的他接受南希做情人，如果这样的话，阿什伯纳姆追逐女色带来的惩罚其痛苦就可想而知了。他有病理意义上的心脏病，最后却没有顺利地按照心脏病的原理来死掉。

利奥诺拉同样是好几种矛盾人格的复合体。她对自己的宗教信仰绝无二心，可是丈夫的行为与她的宗教信仰又有冲突，在这样的矛盾中，她选择隐藏和维护。她知道丈夫的心不在自己那里，可是又想方设法从财政和女色两个方面提供方便试图挽留丈夫挽救婚姻。她对丈夫的私情听之任之，甚至助恶为虐，这又跟她对教义的坚守是有抵触的。她曾试图发生婚外情，却笨拙得做不出来。她很理性、坚硬，但又处处流露出女性的柔情，虽然这种柔情日一日地在减少，她备受精神的折磨和摧残，虽然崩溃了，但归根结底，她是这本小说中主要人物里最善终的角色。她所做之恶都假借高尚之名，虽然不是刻意而为，却造成了为恶的现实，年轻无辜的梅登太太之死就间接地跟她有关。

道威尔身上更有好多难用常理解释的要素。他对放纵不羁的阿什伯纳姆的崇拜就很奇怪，他超然地看待妻子与上尉的私情就很奇怪，他是来自美国的大富翁，却慎言谨行，小心翼翼地伺候着根本就不行夫妇之道的弗洛伦斯。他隐隐约约知道妻子早年的劣迹，却如痴似醉地追求，心甘情愿地做她心脏病护理者，为此几乎牺牲了自己的所有的人生乐趣。他不近女色，对可能得手的利奥诺拉尊敬有加，这样一个圣徒般的人物，利奥诺拉把小南希介绍给他成亲，可是，喜欢阿什伯纳姆的南希听到自己喜欢的人自杀后却疯了，而且据医生说恐怕永远恢复不了正常。即便如此，道威尔仍然娶了她，伺候她，好像他这辈子的命运就是伺候病人。道威尔并没有抱怨，只是坚韧地承受着。这种几乎无动于衷的坚韧也表现在他对阿什伯纳姆自杀前的叙述中。他口吻中的自杀好像普通得像干了件英国乡下最日常不过的活计。他并不相信上帝，上帝对他的命运也有点不闻不问，让他内心表面上无比平静就好了。我们对他的外形所知很少，只知道他并不高。我们也不知道他面部神色的详情。这样文静的绅士似乎也有暴力行为，比如他想追打对自己的新婚妻子不够顺从的黑人老仆，乃至妻子担心他会杀了她，这个记忆大概也促成妻子怕私情事发后道威尔要了她的命，看到丈夫跟掌握她污点的男子谈话后迅速吞了毒药。道威尔想把自己表现成无情无欲的人，可事实上是否果真如此，从他自己的叙述中寻找蛛丝马迹看，这还有两说。

必须要声明，上面对这些人物复杂性的总结都根据叙述者道威尔的讲述，而道威尔的讲述却处处透出不确定。我们从他的讲述中不仅感到主要人物难以用正常标准理解，而且这位面目模糊的道威尔还让这份叙述本身变得难以理解。从道威尔的叙述口气我们貌似觉得他有些傻乎乎，似乎好多要命的事情都瞒着他，在他眼皮底下发生和进行着，他却浑然不觉，只是后来才从各种途径得知。那么他讲的众多细节从第二手途径得来，可靠吗？比如阿什伯纳姆的种种美德是真的吗？阿什伯纳姆和弗洛伦斯的私情是他从利奥诺拉在丈夫的葬礼后不久漫不经心透露出来的，可是丈夫自杀却直到小说结尾才正式写出。道威尔并不哀叹自己的无知，却常常悔恨自己容易受蒙骗。我们从头到尾面对的都是不确定的叙述。他讲述时刻意用不连贯和容易产生误导的方式来进行，有意用矛盾四出的说法。有论者认为，道威尔的讲述就像迷宫，每翻开一页，都有黑暗的路段横在前方。他不仅不按照正规的时间顺序讲述，而且还随时花开多枝，各表数枝，每枝上人为地附加各种地理的文化的宗教的知识和个人感受，让叙述的节奏放缓，或者让读者忘记之前的线索。他时而强调某个东西很重要，随后又淡化那件事的重要性。我们不禁想问，这个叙述者称职吗？

跟叙述的不确定性息息相关的是，小说中发生的事情本身没有那么黑白分明，他提到了某些真实地名或者建筑，可又用某些小瑕疵来故意让它们显得不像真实，激起读者的怀疑。有些非常特定的知识或者专有词语的拼写失误只有在那个文化环境中成长的读者才会有敏感，从而表示质疑。这种质疑又激发有心的读者更加仔细地研读小说的细节，警惕道威尔说的每件事的真实性。如果道威尔的叙述不可靠，那么随之而来他透露出的价值判断就又值得怀疑其所依赖的基础了。越仔细研究，发现里面的矛盾越多。这种矛盾我们也可以理解成作者认为非连贯和矛盾的结构更加忠实生活本身。论者认为，作为叙述者的道威尔既令人可气地不称职，又精明微妙得非常称职，经常二者同时兼备。

福特在回忆好友康拉德的文章中曾批评英国长篇小说失之过于直接，在现实生活中，你逐渐跟别人熟悉的过程从来不会那么直接，而是从细节入手逐渐获得整体印象，逐渐发现隐秘，要想在小说中表现复杂甚至多面性人物，就不能按照他工作和生活的编年顺序从头到尾来展开，首先要抓住他给人最强烈的印象，然后再向后来回反复探究。他还说，生活并不叙述，而是在我们的头脑中制造印象。道威尔对阿什伯纳姆的叙述采用的就是这种创作理念。

那个年代的很多文学大家都由衷地欣赏《好兵》。诗人埃兹拉·庞德说，福特的散文艺术即诗歌的艺术，而且坚决摒弃陈词滥调。约瑟夫·康拉德声称自己在写东西的时刻克制着不要看《好兵》，担心受到影响。丽贝卡·韦斯特曾说，《好兵》的出版为此后发表的一半小说奠定了模式。这个略微夸张的说法反映了《好兵》在写作方法上的开创性意义。凯瑟琳·安·波特则说福特的影响不可限量，他甚至影响了没有读过他的作品的作家们。格雷厄姆·格林在1962年写的文章中说，将近四十年间，他不知道多少次重读《好兵》，每次都有新的让人钦佩的发现。

《好兵》的翻译有点偶然。我去十月文艺出版社副总编辑胡晓舟那里想要几本社里早些年出的我的短篇集《果园之火》，见到了正在集团开会的总编辑韩敬群先生。韩总谈起他正在看英文版《好兵》，说这是部在国内有些被忽视的现代经典，然后看我能不能翻译。这本书的大名已经久闻，韩总的文学目光我毫不怀疑，几乎当场答应。随后，韩总就把他正在看的那本英文版《好兵》寄给我。于是《好兵》成为我做梦都没想过要翻译却翻译出来的小说。它的文字和心思如此缜密精致，而叙述的确定性又如此难以捉摸，无论从技艺和理念哪个方面看都让人开眼，作为读者我非常感激韩总的推荐。英文原著作者对平常词语微妙意义率性发挥，口语和智性句子交融，总担心原本该模糊含混的地方却译得过于清楚，或者反之。诸多难度可想而知。本书翻译过程中参考了张蓉燕老师早年的译本，谨向拓荒者致敬！责编江汀反复审读译稿，不辞辛劳，十分感激！

2017年12月于南京鼓楼

图书在版编目 (CIP) 数据

好兵 / (英) 福特・马多克斯・福特著；杨向荣译
. — 北京：北京十月文艺出版社，2018.2
ISBN 978-7-5302-1758-0

Ⅰ. ①好… Ⅱ. ①福… ②杨… Ⅲ. ①长篇小说—英国—现代 Ⅳ. ① I561.45

中国版本图书馆 CIP 数据核字 (2017) 第 282474 号

好兵
HAO BING
[英] 福特・马多克斯・福特 著　杨向荣 译

出　版　北京出版集团公司
　　　　北京十月文艺出版社
地　址　北京北三环中路 6 号
邮　编　100120
网　址　www.bph.com.cn
发　行　新经典发行有限公司
　　　　电话 (010) 68423599
经　销　新华书店
印　刷　北京盛通印刷股份有限公司
版　次　2018 年 2 月第 1 版
　　　　2018 年 2 月第 1 次印刷
开　本　850 毫米 ×1168 毫米 1/32
印　张　9.25
字　数　172 千字
书　号　ISBN 978-7-5302-1758-0
定　价　36.00 元
质量监督电话　010-58572393
如有印装质量问题，由本社负责调换。